年下の男の子

五十嵐貴久
Igarashi Takahisa

実業之日本社

年下の男の子／CONTENTS

装幀／重原　隆
装画／片岡美智子

年下の男の子

出会いについて

1

買ってしまった。

印鑑を握る手が、ちょっと震えていた。目の前ではミレニアム21池袋《いけぶくろ》支店課長補佐のオオツキ氏が、これ以上ないほどの笑みを浮かべている。

白髪が目立つが、それ以外はどことといって特徴のない人だ。当たりの柔らかさは、不動産屋の営業マンという職業柄なのかもしれない。

お客様相談室というその部屋で、売買契約書を入念に確かめていたオオツキ氏が、印鑑確認、とつぶやいた。左側に座っていたシマザキというまだ若い担当係長が、印鑑確認、と復唱した。

厳《おごそ》かに、と表現すればいいのだろうか。間違いございません、とオオツキ氏が宣言した。

「この度はヴェール東久留米《ひがしくるめ》マンション、302号室ご成約、ありがとうございました」

ありがとうございました、と慌《あわ》てたようにシマザキ係長が声を重ねた。気がつくと、目の前でオオツキ氏が両手を伸ばしていた。

握手のためだとわかるまで、わずかな間があった。わたしがそっと差し出した手を、オオツキ氏が強く握った。少し湿った感触がした。

「おめでとうございます。本当におめでとうございます」

手と同じぐらい、あるいはそれ以上の力をこめてそう言われた。選挙に当選した候補者になったような気がした。

クリスタル仕様のテーブルには封筒があった。先週末、銀行から下ろしたばかりの、手を触れれば切れそうな札束、二百万円が入っている。わたしの銀行口座から引き出した二百万円。手付け金の二百万円。

まだ頭金の段階とはいえ、マンションを買うのはわたしだ。このお金もわたしのものだ。金を払っているのはわたしだ。

にもかかわらず、ありがとうございます、と震える声で答えていた。なぜわたしがお礼を言わなければならないのか、よくわからない。客はわたしのはずなのだが、そういう心境に陥っていたのも確かだった。

いや本当に、とシマザキ係長が首を振った。ちょっと涙目になっているように見えた。

「ですが、いいご判断だったと思います。こういう言い方がよろしいかどうかわかりませんが、ヴェール東久留米は設備も最新ですし、なにしろ広うございます。都心から三十分圏内で八十平米というのは、今後もなかなかある出物ではありません。もちろん耐震構造も完璧《かんぺき》ですから、ご安心ください」

「弊社が自信をもってお勧めできる物件です」オオツキ氏が深々とうなずいた。「川村《かわむら》様は本当に運がいいと思います。わたくしも、二十年以上この業界にいるわけですけれども、資産価値も含めたお値打ち感を含め、なかなかこれだけの好条件が揃《そろ》った物件は記憶にございません。不動産に出物なし、という諺《ことわざ》がこの世界にはありますけれど、今回のヴェール東久留米は非常にまれな例外といってもいいのではないでしょうか。これは断言できますけれども、間違いなくこの十年でトップクラスの物件と思われます」

ありがとうございます、とわたしは繰り返した。それぐらいのことを言ってもらわなければ困る。五カ月間、悩みに悩んで下した結論なのだ。

人生で一番考えたといっても過言ではない。それほど重い決断だったのだから、嘘《うそ》でも評価してほしい。もっと誉《ほ》めて。お願いだから。

「いや、本当に良かった」ようやく手を離してくれたオオツキ氏が、軽く頭を下げた。「わたくしどももですね、これは確かに商売なわけですけれども、いい物件を本当に喜んでいただけるお客様に提供できるというのは、きれいごとでもなんでもなくて、やっぱり嬉《うれ》しいんですよ」

手付け金、確認します、と囁《ささや》いたシマザキ係長が、うなずいたオオツキ氏から封筒を受け取って部屋の奥にあった機械に中の札を差し込んだ。機関銃を撃つような音が聞こえてきた。

「まあ、しかし川村様はご立派でございますね。まだお若いのに、こうやってマンションをご購入されるわけですから」

若くはないです、と訂正した。三カ月前、わたしは三十七になった。四捨五入すれば、四十ということになる。

四十といえば不惑だ。現実には惑ってばかりなのだが、とにかくそういう年齢になってしまった。決して若くなどない。いえいえ、とオオツキ氏が強く否定した。

「お若いですよ。わたくしなんかもう五十過ぎてますから、本当にね、いろいろ辛《つら》いわけですし、紺屋の白袴《ばかま》といいますか、医者の不養生といいますか、自分が賃貸住んでるわけですけれども、もうね、それと比べたら川村様の年齢でマンションのオーナーになられるというのは、羨《うらや》ましいと申しますか何と申しますか」

いやもう、と情けない笑顔になった。わかっていても、三十七歳という具体的な数字を口にしないのは、営業マンとしての心得というものなのだろう。

戻ってきたシマザキ係長が、二百万円確認しました、と重大な秘密を打ち明けるように言った。こちらに君の印鑑を、と囁いたオオツキ氏が笑顔でわたしを見た。

「それでは、問題ございません」静かな声で言った。「後は住宅金融公庫の融資の認可待ちということになりますが、こちらも問題ないでしょう。なにしろ川村様がお勤めになってらっしゃる会社は、一部上場企業なわけですし」

私も毎日飲ませていただいております、とシマザキ係長が部屋に備え付けの冷蔵庫を指差した。

「おいしゅうございますね、グッドモーニングドリンク。私はヨーグルト味が大好きでして」

わたしが勤務している銘和《めいわ》乳業は、飲料メーカーとして業界で中位クラスだが、最近はビフィズス菌研究のノウハウを生かし、医療品や化粧品の分野にも進出している。グッドモーニングドリンクは健康飲料としても人気が高い、社のトップブランド商品だ。

派手ではないが堅実な経営方針もあり、不景気にもかかわらずわたしが入社した十五年前から、売上は毎年僅《わず》かずつでも前年比で数パーセントは上がっていた。給料だって悪くない。

株価も安定しているから、住宅金融公庫の審査ぐらい簡単に通るだろう。万が一審査で落ちるようなことがあっても、会社には住宅資金融資制度もあり、支払いに困るようなことにはならないはずだった。

「おめでとうございます。いや、本当に良かった」

オオツキ氏が繰り返した。その声を聞きながら、本当に良かったのだろうか、と不意に思った。後悔ではないが、ちょっとそれに似た思いだ。

買ってしまった。本当にこれで良かったのだろうか。また手が震えだした。

「書類もすべて揃っておりますし。これぐらい順調に進むというのは、やっぱりご縁なんでしょうねえ」

シマザキ係長の声がした。そうなのか。順調に物事が進むということは、これも運命なのだろうか。運命なのだ。そう思おう。

「いや、本当に、本日はヴェール東久留米ご成約、まことにおめでとうございました」

渡されたパンフレットと資料、そして領収書を手に立ち上がった。足元がふらついた。先回りしたシマザキ係長が、重厚そうな濃い茶のドアを開けてくれた。

「ありがとうございました」

どうぞ、と声を揃えて送り出す二人に頭を下げて、部屋を出た。買ってしまった。

三十七歳にして池袋から電車で三十分、２ＬＤＫ、三千八百万円の新築マンションを買ってしまった。

とうとう、やっちまった。やっちまったよぉ。

2

マンションだけは買うまい、と決めていた。

三十七歳、独身、一人暮らし。これでマンションを買ってしまったら、何かを認めることになってしまう。決して口には出せない、何かを。

「だけどなあ、でもなあ」

気がつけば、契約を済ませて興奮した頭を冷やすために入った喫茶店で、独り言をつぶやいていた。水を持ってきたウエイターが驚いたような顔でわたしを見ていたが、なんでもないんです、と首を振った。

だけどなあ、でもなあ。あの時はなあ、やられちゃったんだよなあ。

五カ月前、去年の十二月のことだ。銘和乳業はなんといっても牛乳がメインの会社なので、その関連商品も多い。ケーキ類をコンビニなどに卸していることもあって、クリスマス商戦にも参加していた。

その時期会社は狂ったような大騒ぎになるのだが、終わってしまえば年の暮れに向かって平和な日々が続くのは、毎年同じだった。当たり前の話だが、正月はそれほど乳製品についてニーズがないからだ。

そのため、年末年始の休暇は他の会社よりも長かった。部署にもよるが、ゆっくりと休みを過ごす人も多い。

わたしのいる広報課もそうだ。これもまた毎年の慣習だが、家族持ちが優先される形で二十六日から年末休暇を取っていく。

会社納めの二十八日まで出社していたのは、秋山《あきやま》宣伝部長を含め四人だけだった。わたしもその四人の中に入っている。わたしが身軽な一人者だからだ。

最後の日、社内で納会があった。社長とか取引先の会社などから差し入れられたビールや日本酒を飲んで、それで終わりという形式だけの会だ。役員の〝よいお年を〟という声に送られる形で会社を出たのは、夕方ぐらいだっただろうか。

そのまま、前から約束していた通り、大学時代の友達二人と食事をしに行った。両方とも女というのがちょっと情けないが、事実だから仕方がない。

三枝《さえぐさ》敦子《あつこ》は五年前結婚していた。もう一人、紺野《こんの》友美《ともみ》はわたしと同じく独身だ。

青山《あおやま》で軽くイタリア料理を食べて、それから近くのバーで少し飲んだ。昔はあれほど宵っ張りだった敦子が、欠伸《あくび》を浮かべて帰ると言い出したのは、十時頃のことだった。

彼女を見送ってから、わたしと友美はもう一軒飲みに行き、友美が住んでいる三軒茶屋《さんげんぢゃや》までタクシーを飛ばし、駅近くのデニーズでお茶とケーキを食べ、その日を締めた。

わたしは有楽町線の氷川台《ひかわだい》に住んでいて、青山から帰るのが面倒くさくなったのだ。この辺りが独身のいいところだろう。

友美のマンションは駅から五分ほどの場所にあった。わたしたちは互いに泊まりあうこともある仲だったから、パジャマも置いてある。

帰り道で寄ったコンビニで買ったチューハイをちびちびと飲みながら、またしばらく話した。

「今年も一年終わっちまったねえ」

「早いねえ、年々早くなるねえ」

「どうなのよ、仕事は」

「別に、変わんないって。それより、いい男はいないの」

「いないね、そんなの。期待もしてないし」

そんな感じだ。いつもと同じ、不毛な会話。

翌朝、のそのそと起き出した。二人とも会社は正月休みに入っていたから、別段用事もない。ご飯、どうするよ。どうする？　晶子《しょうこ》、あんた作んなさいよ。一宿一飯のオンギって言うでしょ。

ふざけんなバカ、とわたしは答えた。確かに宿は借りたが、そこまでの恩はない。しょうがないねえ、と友美が念入りなメイクをするのを待って、近くのちょっと小洒落《こじゃれ》た喫茶店に行くことにした。携帯電話を会社に置き忘れたのに気づいたのは、その時だ。

わたしは次の日から小平《こだいら》の実家に帰ることになっていた。三十七歳にもなると、正月休みの予定などなかなかないものだ。

会社が始まるまで、誰から連絡があるというわけではなかったが、現代人の哀《かな》しさで、携帯が手元にないとどうしても不安になる。友美とランチを済ませてから、わたしは会社に向かった。駅までは友美が送ってくれた。

「よいお年を」

互いに言い合ってから、地下鉄のホームへと降りていった。三軒茶屋から銘和乳業本社のある東池袋までは、乗り換えも含めて四十分ほどだ。

当たり前だが、会社には誰もいなかった。ひっそりと静まり返ったフロアに入り、自分のデスクに向かった。

充電器に突っ込まれたままの携帯電話がそこにあった。着信なし、メールの受信なし。

会社を出たのは、二時ぐらいだっただろうか。普段は地下鉄の東池袋駅を使っているのだが、池袋の駅まで歩こうと思ったのは、少しばかり買い物をしなければならないのを思い出したのと、ちょっとした気まぐれからだった。

急ぐわけでもないし、用事があるわけでもない。部屋に帰ってもすることはなかった。両親に頼まれていたおせちの黒豆と煮物を買うなら、池袋のデパートの方がいいと思っただけのことだ。

街は正月に向けて、装いを新たにしていた。数日前までのクリスマス・イルミネーションはきれいに片付けられ、すっかり新年仕様だ。先週までは誰もがメリー・クリスマスと唱えていたはずだったが、行き交う人たちの姿は師走《しわす》にふさわしく、少し背中を丸め、早足になっていた。

冬枯れの街を歩き続けた。十二月も残すところあと数日、寒さに身が縮まるようだった。

歩きながら、年始の挨拶《あいさつ》にくるはずの弟夫婦の一人息子、甥《おい》のケンジくんにクリスマスと正月のお祝いを兼ねたプレゼントも買わなければならないことを思い出していた。

今年五歳になるケンジくんは、腹が立つほど生意気だったが、それでもたった一人の甥っ子だ。そしてわたしはその生意気なケンジくんが大好きだったのだ。

東池袋からＪＲの池袋駅までは、いくつか行き方があるのだが、デパートに向かう途中、その道を選んだのは偶然だ。どう行ったところで、早く着くというものでもない。わたしが歩いていたのは、一番単純なまっすぐの道だった。

高速道路の下の横断歩道を渡ったところで、左側に〝本日限り！〟という大きな看板と、寒空の下コートも着ずにティッシュを配っている中年男の姿が見えた。わたしは〝本日限り〟とか〝限定〟という単語に弱い。とても弱い。

その性格のせいで、今までどれほど安物を買い、小金を失ってきただろう。だが、人間の心根はそう簡単に変わるものではない。何かに導かれるように、わたしはその看板の指し示す方向へと歩いていった。

横断歩道の方からは建物の陰《かげ》に隠れて見えなかったのだが〝本日限り！〟という巨大な文字には続きがあった。

〝新築マンション・モデルルーム内覧会・説明会〟。

しまった、と思った。マンションを買うつもりなどない。

場違いなところへ向かっているとわかって引き返そうとした時には遅かった。さっきまでティッシュを配っていた中年の男が話しかけてきたのだ。怖いぐらい満面の笑みを浮かべて、男が言った。

「よかったら、見るだけで結構でございますので、いかがでしょうか」

後で思えば、彼こそが大手不動産会社ミレニアム21池袋支店課長補佐のオオツキ氏だったのだけれど、その時はそんなことを知る由もない。寒かったためもあり、勧められるままモデルルームに足を踏み入れてしまった。

「あれがなあ」

また独り言が口をついた。隣《となり》の席に座っていたまだ若い男女が、ぎょっとしたような目でわたしを見た。すいません、と視線を外したが、まだつぶやきは口の中に残っていた。

「あれが、それだったんだよなあ」

何があれでそれなのか、よくわからないが、とにかくそういうことだった。どうしようかと思いながらモデルルームで佇《たたず》んでいたわたしを案内してくれたのも、オオツキ氏だった。

これは人柄なのか、それとも職業柄なのか、オオツキ氏は腰が低く、懇切丁寧で、説明もわかりやすかった。五分ほどモデルルームを見て回るうちに、その新築マンションが2LDKタイプであること、西武池袋線東久留米駅から徒歩五分、値段は階によって若干異なるが、だいたい四千万円前後を予定しているということもわかった。

もちろん、買うつもりなどなかった。冷やかしの客ですらない。四百万ならともかく、四千万円ともなれば、わたしにとっては現実離れした金額だ。

それ以上に、とにかくマンションを買うことがわたしの頭になかった。むしろ、それだけはしない、というのが率直な思いだったと言ってもいい。

今、この年齢でマンションを買えば、それが終《つい》の住《す》み処《か》となるだろう。住居が確保されるというのは悪い話ではないかもしれない。だが、その代償も大きい。

ローンのことではない。お金の話をしているのでもない。買ってしまえば、わたしの中にある何かが、大きな音を立てて切れてしまうだろう。わたしにはそれがよくわかっていたのだ。

だからわたしはオオツキ氏の話を半分聞き流していた。床暖房が入っていようが、ドイツ製のシステムキッチンが備え付けられていようが、防音壁が完璧であろうが、ブロードバンド対応で光ファイバー完備だとしても、わたしには関係ない。

そのはずだったし、それから五分も経《た》たないうちにわたしはそのモデルルームを後にしていた。ただ、オオツキ氏が差し出した名刺を受け取ってしまったというのは、結局、そういうことだったのだろう。

正月休みを実家で過ごした。いつものように両親と大晦日《みそか》のテレビを見て、母の作った年越し蕎麦《そば》を食べ、あけましておめでとうと言い交わしてから近所の神社に初詣《はつもう》でに行った。

翌元旦、訪れた弟夫婦とおせちを食べ、ケンジくんとプロレスごっこをして、見事に泣かせた。父母に怒られたのは、当然のことながらわたしだった。罪滅ぼしというわけではないが、任天堂DSをあげて仲直りをした。

それから二日間、ごろごろして過ごした。あっと言う間に休みは終わり、一月五日の仕事始めを迎えた。

毎年恒例の出社式があり、そして翌日からすぐに仕事が始まった。何も変わらない、平凡な毎日。

一週間後、わたしは電話をかけていた。ワンコール鳴り終わらないうちに出たのが、ミレニアム21のオオツキ氏だったのは、やはり運命的な何かということになるのだろう。人生とは、なるようにしかならないものなのかもしれない。

「やっちまったよお」

つぶやいたわたしの目の前で、無表情なウエイターが水を取り替えてくれた。すいません、とわたしは小さく頭を下げた。五月の連休が終わってすぐの、日曜日のことだった。

3

翌月曜日、わたしは出社した。マンションを買ったからといって、何が変わるわけでもない。いつも通りの一日が始まるはずだった。

銘和乳業は東京本社だけで八百人、全国の支社や工場、関連会社まで含めれば約二千人以上の社員数を誇る会社だ。資本金七百億円、昨年の売上高は二千二百億円、営業利益は九十八億円強。男女比は六対四、平均年齢は三六・四歳。創業は一九五五年、数年前に五十周年のイベントをやる話もあったが、そんな金があったら社員に還元せよという組合の要求が通り、ボーナスの際に一時金が支給された。社員に優しいのは会社の伝統だ。

主な取り扱い商品は、牛乳、乳製品飲料、乳製品加工食品、健康食品、飲料品、食品などだった。わたしが入社した十五年前にはなかったが、十年ほど前から乳製品やビフィズス菌研究のノウハウを転用した形で化粧品やダイエット食品の開発にも力を入れ始め、今ではその両部門だけで売上構成の約十五パーセントを占めるほどになっている。

特に、コンビニエンスストアだけに販路を絞った各種サプリメントは、その安さもあって爆発的なヒット商品となり、今では主力部門となりつつあった。銘和乳業とは、そんな会社だ。

わたしが働いているのは宣伝部広報課で、わたしには広報課長補佐、という曖昧《あいまい》な肩書がついている。秋山宣伝部長率いる宣伝部は総勢三十名、広報課はそのうち十名だ。

秋山部長は宣伝部全体を担当しているので、正式に言えば十一名というべきかもしれない。わたしの直属上司も、秋山部長ということになる。

広報課長補佐、というのはあくまでも年齢による肩書で、実質的な意味はあまりない。十人いる広報課員の中には、野村《のむら》という広報課長もいたし、課長補佐はわたしの他に五人もいた。肩書を安売りするのも銘和乳業の社風だった。

内規では、三十歳を越えれば主任、三十三歳もしくは入社年数が十年以上になれば課長補佐という肩書が与えられ、役職給が支給される。主任手当は一万円、課長補佐手当は二万円だった。

宣伝部はいわゆる宣伝全体を統括して扱い、広報課はそれ以外のあらゆるパブリシティを担当する。違いは取り扱い金額で、それ以外ない。

単純に言えば、宣伝部はテレビや雑誌などに金を支払って広告を打つのが仕事だ。もちろん、そのための予算も潤沢に持っている。

残念ながら広報課には予算がなかった。では何をしているのかといえば、大きく分けて二つある。社内広報とPR業務だ。

銘和乳業の業務内容は多岐にわたり、牛乳や缶コーヒー、ジュースなどの飲料商品から、化粧品やサプリメントまで含めれば千以上の商品を常時扱い、新製品の開発にも余念がない。当然、すべてを把握しきれるものではなく、最新の情報を常に更新していかなければならなかった。

また、社員の士気向上のために、ヒット商品が出た場合などにはそれを告知していく必要もあった。銘和乳業はどちらかといえば古風な会社で、もちろん一斉メールなども併用していたが、基本的には貼《は》り紙や手書きポスターでニュースを社員に伝えることが好まれる。そういう社内広報をするのがわたしたち広報課員の重要な業務だ。

去年の春、酸素を充塡《じゅうてん》した健康飲料水とダイエット目的のサプリメントが当初の予測を遥《はる》かに上回るペースで売れた時などは、毎日大変だった。

〝大ヒット御礼〟

〝月産二十万本を三十万本に急遽《きゅうきょ》変更！〟

〝商品開発部に社長賞！〟

〝大手コンビニ四社から感謝状！〟

そんな感じのポスターを、毎日のように会社中の壁に貼っては剝《は》がし、剝がしては貼っていった。

これは意外と大変な仕事で、十人の広報課員だけでは手が足りず、宣伝部にも手伝ってもらったりしたものだ。嬉しい悲鳴ということになるから、決して嫌《いや》な仕事というわけではないのだが。もうひとつはいわゆるPR会社との折衝だ。銘和乳業の商品は、その特性上どうしても単価が安い。次々に新商品が市場に投入されていくから、すべての商品についてテレビスポットを流すというわけにもいかない。

そこでわたしたち広報課の出番ということになる。主に雑誌、最近ではインターネット媒体も重要視されているが、そういうメディアに対して無料で新商品の告知を行い、少しでも露出を図るのが広報課の大きな仕事だった。

キャラバンと言って、わたしたち自らが出版社の編集部などを訪れ、商品説明をすることもあったが、それには人数が絶対的に足りない。そのため、商品告知をPR会社に依頼することも多かった。

雑誌などにはプレゼントのページがある。実は、あのスペースを確保するだけでも、あらゆる会社がしのぎを削っているのだ。

そしてPR会社は専門職だから、わたしたちよりもテレビ局や出版社など、いろいろなメディアとの関係は密だった。彼らに任せた方が効率もいいし、社員が自分でするより予算的にも採算がよかった。銘和乳業に限った話ではなく、たいがいの企業ならどこでもPR会社を使っているだろう。

主な業務はこの二つと社内報の作成だったが、別に限定されているわけではない。頼まれればコピーも取るし、お茶くみもする。

手が足りなければ同じ課員の仕事を手伝うこともあったし、時には宣伝部と協力して、テレビ局や広告代理店を回ることもあった。要するに、広報課というのは何でも屋と呼ぶのが最もふさわしい部署なのだ。

わたしは入社以来、広報課に配属され、その後もどういうわけか異動はなかった。東京本社から他の支社へと動いたこともなく、今ではある意味広報課の主《ぬし》のような存在となっている。お局《つぼね》様と噂《うわさ》されていることも知っていた。とはいえ、気にしたことはない。何しろもう三十七歳なのだから、実際その通りだろう。聞いた話だと、わたしは大奥総取締滝山とも呼ばれてるらしい。そこまで偉くはないと自分では思うのだが。

友人たちの話を聞く限り、銘和乳業は給料が飛び抜けていいというわけではないが、悪いということもない。昇給もあれば、ボーナスだってきちんと出る。

仕事内容についての不満もなかった。別に取り立てて面白いというわけではないけれど、仕事とは本来そういうものだろう。

朝、出社して、昨日の続きの仕事をする。時間になれば終わらせて帰宅する。毎日が規則正しく過ぎていく。昨日と変わらない今日、今日と変わらない明日。

隣の宣伝部を見ていると、確かに日々状況は変化していき、あらゆる問題が発生しているようだった。アップダウンの激しいそんな毎日を無事にやり過ごす自信が、わたしにはあまりない。

何もない平穏無事な日々。それこそがわたしの求めるものだった。

わたしはそんな毎日の暮らしに満足していたのだ。そしてとうとうマンションまで買う身になってしまった。もう、この会社に骨を埋《うず》めるしかない。

昼になったら、総務へ行って、入社以来続けていた住宅積み立て金の説明を聞かなければならないだろう。幸い、連休明けで仕事は落ち着いている。私事ではあるが、これが今日一番重要な問題になるはずだ。

だが、そうはいかなかった。トラブルが起きたのだ。人生とは、そういうものなのだろう。

4

「申し訳ございません！」

三十七歳にして初めて、わたしは本物の土下座を見ていた。午後二時、銘和乳業本社ビル十四階、宣伝部応接室。

床に直接正座した男の人が、深く深く頭を垂れていた。青葉《あおば》ピー・アール社の横山《よこやま》部長だ。

その隣で、手足のひょろ長い今どきの若い男の子が、神妙な顔で同じように頭を下げている。

まあまあ、と秋山部長がとりなすように言った。

「とりあえず横山さん、手を上げて下さい。ええと」手元の名刺を確かめてから、顔を男の子の方に向けた。「児島《こじま》さんも」

そうすか、というように児島という男の子が顔を上げそうになったが、横山部長が更に大きな声を上げたので、そのままになった。

「申し訳ございません！」

天まで届きそうな叫び声だった。慌てたように男の子も同じ格好になった。あの、本当に、とわたしはおそるおそる声をかけた。

「……こちらにも非がないわけでもありませんし」

そっと横に目をやった。そうだなあ、とうなずいた秋山部長が筋肉質の腕を組んだ。

「問題は、どう処理するかということです。前向きに考えましょう」

秋山部長でよかった、と心の底から思った。これが野村広報課長の担当案件だったら、どんな騒ぎになっていたことか。男のくせにヒステリー気質の野村課長は、責任遁《のが》れのために会社中を走り回っていただろう。

他部署の同僚たちもよく言っていることだが、銘和乳業の部長職の中で、秋山部長は頼りがいのある上司ナンバーワンだ。正直言って、身長も高く、仕事もできる秋山部長に、わたしはちょっと憧れていた。

横山部長にとっても救いの神に見えたはずだ。ありがとうございます、と顔を上げた頬《ほお》に涙が伝っていた。その気持ちもわからないではない。

銘和乳業では、春の主力商品である健康バランスドリンク〝モナ〟の宣伝のため、フリーペーパーの配布を実施することになっていた。本来ならこれは宣伝部の仕事のはずだったが、同じ時期に基礎化粧品とミネラル入り野菜ジュースの発売が重なっていたため、〝モナ〟のフリーペーパーに関する業務を広報課で担当するよう仕切ったのは秋山部長だ。

宣伝部と広報課の仕事が重複するのはそれまでもよくあることだったし、既にフリーペーパーの編集は青葉ピー・アール社に一任してあったから、後は配布するアルバイトを手配するだけの話で、難しいことは何もない。担当することになったわたしとしても、ひとつ仕事が増えちゃったなというぐらいで、問題はないはずだった。

青葉ピー・アール社とはつきあいも長く、お互いに信頼感もあった。横山部長のことは、彼が係長だった頃から知っている。

だから安心していたのだが、やはり、わたしも安易過ぎたかもしれない。嫌な予感がなかったわけではなかったのだ。

少なくとも過去十年、青葉ピー・アール社及び横山部長との仕事でトラブルが起きたためしはなかった。ただ、今回に限り横山部長は別件があったため、去年入社したばかりの女性社員が担当することになり、彼女と組むことになった。問題はその石丸《いしまる》という女だ。

堅苦しいことを言うつもりはないが、仕事の打ち合わせの席に、両耳に十個ものピアスをジャラジャラ鳴らし、アメリカ人のようにガムを嚙《か》んでいる紫のキャミソールを着た相手が現れたら、さすがにどうかと思うのも仕方ないだろう。石丸嬢はそういう人だった。

フリーペーパーの最後の頁《ページ》は〝モナ〟の商品ラインナップ紹介と決まっていた。これは銘和乳業の側の都合だが、定価はぎりぎりまで決まらなかった。

こちらにも非はあるわけですし、とわたしが言ったのはその点だった。定価の欄を空白にしていたのは、こちらの責任と言えるだろう。

そのため、決定した定価を石丸嬢にメールで伝えたのは、印刷に入る直前だった。電話で確認もしていたが、最終的に校了紙を見ることができなかったのは、やはりわたしのミスということになるかもしれない。

ただし、言い訳はあった。商品の価格は最重要事項であり、そこが間違っていては何にもならないことぐらい、十五年もこの仕事をしていれば嫌でもわかる。

電話で確認をした際に、校了紙を送ってほしいと何度も頼んだし、それが無理ならせめてファクスでいいから送ってほしいと伝えていたのだ。だが石丸嬢からの連絡はなかった。摑《つか》まえようとしたのだが、いつ電話をかけても、席を外しております、と言われるだけだった。

そして配布を明日に控えた今日、いきなりフリーペーパーの見本が送りつけられてきた。確認すると、定価表示が抜け落ちていることがわかった。

最悪の凡ミスだ。貧血で倒れそうになったほどだった。

別に有能というわけではないが、与えられた仕事はきちんとこなしてきた。それがわたしの小さなプライドだ。今までのキャリアが台なしになるような事態だった。

だが、どうしようもない。何とかしなければならなかった。わたしはすぐ秋山部長に報告し、どうするべきか判断を仰いだ。真っ青になった横山部長が駆け込んできたのは、今後どうするかを検討していた時だった。

「今から刷り直すと、いくらかかる?」

秋山部長が囁いた。訂正代、紙代など含め、数十万円前後というところだろうか。オールカラーとはいえ、たかだか八ページのリーフレットだ。金額的に大きなものではない。ただ、問題は別のところにあった。

「お金より、時間の方が……今から印刷し直すことができるかどうか……わかりません」

〝モナ〟の発売日は明日だ。全国紙にも広告を出すし、テレビ媒体のコマーシャルも明日から一斉に始まる。フリーペーパーもそれに合わせて配布することが決まっていた。

銘和乳業がスポンサーをしている朝の情報番組で、その模様を実況中継する手筈《てはず》も組まれていた。今から中止するということになれば、大問題になるだろう。

「印刷所はどう言ってるんだ」

まだ連絡がありません、とわたしは答えた。実際には機械取りができないという回答があったのだが、それはわたしの判断で一度差し戻していた。

何とかなりませんか、と訴えたわたしに、印刷会社の営業は、とにかくもう一度確認します、と答えた。だが、その声の様子では、かなり状況は厳しいようだった。

「アルバイトの手配の問題もあるしな」

組んでいた腕をほどいた秋山部長が、どうするかな、と苦い表情を浮かべた。横山部長はといえば、青を通り越して真っ白な顔になっていた。

「最悪……どうなる?」

「最悪……全部中止ということになります」

申し訳ございません！　とまた横山部長が土下座を始めた。どうしましょうか、とわたしはつぶやいた。

5

深夜、十二時。

わたしは板橋《いたばし》にある製本所にいた。隣にいるのは会社にも来ていた青葉ピー・アール社の児島という若い男の子だった。

その後、事態はますます混迷化していた。まず印刷所から、今からでは刷り直しは時間的にどうしても無理だ、という最終的な回答が出ていた。この時点で、選択肢は二つになった。フリーペーパーの配布を中止するか、定価欄を空白にしたまま強行するか。

話は宣伝担当役員のところまで上がり、中止はできない、という結論が出た。会社の面子《メンツ》というものもあるし、いくらスポンサーとはいえ、テレビ局に無理を言って中継までしてもらうことになっている。今さら中止はできない、というのが役員の判断だったし、わたしが役員だとしても同じことを言っただろう。

刷り直しはできない。中止はできない。その状況でどうしろと言うのか。

ひとつだけ方法がある、とその役員が言った。抜け落ちた定価表示の部分は空白になっているのだが、そこに価格を印刷したシールを貼ってはどうか、というのだ。

役員によれば、過去に二度ほど同じようなことがあったという。その際も、急場しのぎのためにシール貼りをしたという話だった。なるほど、役員も伊達《だて》に年を取っているわけではないようだ。

すぐわたしは印刷会社に確認を取り、シールの印刷なら機械取りは可能だという回答をもらった。ただし、問題はまだ残っていた。誰がそのシールを貼る作業をするか、ということだ。

不幸にも、銘和乳業は他の新商品発売が重なっていたため、余剰人員がなかった。青葉ピー・アール社は、PR会社としては人数がいる方だが、やっぱり、余分な人間はいなかった。つまり、わたしと石丸嬢の二人だけでその作業に当たらなければならないということになる。

今回、印刷会社には何の責任もない。トラブルの原因は青葉ピー・アール社と銘和乳業にある。印刷会社の助力は、当てにできなかった。

銘和乳業と青葉ピー・アール社の協議により、両社から人を出し、欠落した部分へのシール貼り作業に当たらせる、という決定が出たのが午後五時、当然のことながら担当していたわたしと石丸嬢が製本所へ向かうことになった。仕方がない。わたしと彼女の責任なのだから、他の人たちに迷惑をかけるわけにはいかなかった。

ところが、集合時間である夜の七時になって現れたのは、今默々とわたしの横で一万部のフリーペーパーにシールを貼っている児島という彼だった。どういうことになっているのか、わたしにはさっぱりわからなかったが、それを確かめている時間はなかった。

簡単に言うが、一万部というのは並大抵の数ではない。フリーペーパーの空白部分は縦〇・五センチ、横一センチほどのスペースしかなかった。はみ出さないよう、丁寧に貼っていかなければばならない。

一分間で十枚貼っていければ速い方だ。二人で二十枚、一時間だと千二百枚。単純計算でも八時間以上かかることになる。

そして朝五時になれば、この製本所に直接トラックが乗りつけ、山手線の各駅に向かってこの一万部のフリーペーパーを運ぶ手筈になっていた。

あと五時間。まだ三分の一以上が残っている。無駄口を利いている暇《ひま》はなかった。

それに加え、夜七時から座ったままこの単純作業を続けていたため、話をする気力も残っていなかった。十時過ぎに食事休憩を取ったが、その後何も変わることはなかった。わたしたちは黙ったまま、永遠に続くかと思われるその作業に取り組んでいた。

「あの」

いきなり彼が口を開いたのは、壁にかかっていた時計の針がちょうど十二時を回ったところだった。

おそらく、彼はずっとそれを待っていたのだろう。なぜわかるかと言えば、わたしも十二時になったら少し休もう、と自分に言い聞かせていたからだ。

「はい？」

何ですか、とわたしは尋ねた。少し声が尖《とが》っていたのは疲れていたからだったが、彼がちょっと怯《おび》えたような表情になった。

「あの……煙草《たばこ》すってきてもいいでしょうか」

「どうぞ」

彼はわたしの部下ではないし、いちいち許可を得る必要もないだろう。すいません、と嬉しそうに笑みを浮かべて、製本所の外へ出ていった。

その背中を見送って、わたしも立ち上がった。ずっと座っていたせいで、肩も腰もバキバキだ。思い切り腕を伸ばすと、首が何度も鳴った。

次は腰。左右に回すと、やっぱりすごい音がした。いったいわたしの体はどうなっているのだか。

煙草をすいに行った彼が戻ってくるまで、あと数分はかかるだろう。ラジオ体操第一、用意、始め、とつぶやいて腕をまっすぐ振り上げた。それまで止まっていた血液が、一気に流れ出すのがわかった。

年を取るというのは、哀しいことだ。きちんとメンテナンスしていかないと、筋やら腱《けん》やら、何でもかんでも強張《こわば》ってどうにもならない。

会社でも同じだった。二時間以上パソコンに向き合っていると、疲れてしまう。適度な休憩が必要だ。

もしかしたら、ちょっと体操に熱が入り過ぎていたのかもしれない。気がつくと、彼が隣に立っていた。珍しい動物を発見した生物学者のような目で見ている。

小さく咳《せき》払いをして、煙草は？　と尋ねると、表に出たら自販機があったんで、と缶コーヒーを差し出した。

「飲みませんか？」

受け取った缶はよく冷えていた。なかなか気が利くなと思いながら、すいません、と礼を言うと、いえいえ、とちょっと得意そうに小さく笑った。

「いくらですか？」

ポーチから財布を取り出して、払おうとしたが、彼は受け取らなかった。これぐらい、いいですよ、と言う。

たかが百二十円で恩を着せられたのではたまらない。払うと主張したが、彼は譲らなかった。

「こんなんで済む話じゃないのはわかってますけど、とりあえず気持ちってことで」

今どきの若い子らしく軽い口調で言った彼が椅子《いす》に座り直して、細い指先でプルトップを開けた。わたしもそれにならって、缶コーヒーに口をつけた。甘ったるい味がした。

「すいませんでした、迷惑おかけしちゃって」

彼が深々と頭を下げた。いえ、とわたしは慌てて口の中のコーヒーを喉《のど》に流し込んだ。

「そんな……こちらの責任でもあるわけですし」

「はあ、まあ、少しは……いえ、冗談です。やっぱりうちの責任ですから」

基本的には彼の言う通りだ。業界の慣習から言って、最終的なチェックをするのは発注元である銘和乳業、担当者であるわたしということになる。わたしの了解を取ることなく、勝手に印刷所に回した青葉ピー・アール社の石丸嬢の責任は重いだろう。

ただ、わたしとしてもそれほど強く言える立場ではなかった。石丸嬢と連絡が取れなくなった時点で、例えば横山部長でも誰でも摑まえて、確認をするべきだったのだ。

まあ大丈夫だろう、と判断したのはわたしだし、それが甘かったのも確かだ。

責任はわたしにもある。だから、わたしは今ここにいる。

「川村さん、なんで石丸さんがここにいないのとか、思ってるでしょ」

フリーペーパーに訂正用のシールを貼り付けながら彼が言った。わたしはもうひと口コーヒーを飲んだ。

今回の件は、銘和乳業にも青葉ピー・アール社にも責任がある。そして最も罪が重いのは石丸嬢だろう。

最初から思っていたことだが、なぜ横山部長と一緒に謝罪に来たのが石丸嬢ではなくて彼なのか、そしてなぜ今わたしの隣で黙々とシール貼りという無意味な作業に勤《いそ》しんでいるのか、それがわからなかった。本来、これは石丸嬢の仕事ではないのだろうか。

「いや、悪い子じゃないんです、彼女。かばうわけじゃないんですけど」

石丸嬢は青葉ピー・アール社の親会社で大手の商事会社の重役の娘なのだという。入社した経緯は聞くまでもない。縁故採用、要するにコネ入社だった。

「ホント、悪い子じゃないんです。ただ、お嬢様なんで、横山部長もあんまり厳しいことを言えないっていうか」

「わからなくもないですけど」

わたしは一度だけ会った石丸嬢の顔を思い出しながら言った。お嬢様というには、どうも個性的なファッションだったが、それが今どきの若い女の子というものなのだろう。言われてみれば、人形のような細い手足は育ちの良さを感じさせるものがあった。

「でも……やっぱり彼女にも責任があるんだから、ここに来て一緒に作業をするべきだと思うんですけど」

「そうなんですけど……ま、その代打でぼくが来たってわけです。それで勘弁して下さい」

また頭を下げた。そうじゃなくて、とわたしは慌てて手を振った。

「むしろ、あなたに申し訳ないなって。別に関係ないわけでしょ？　それなのに、こんな面倒なこと押し付けられて」

「そんなことないですよ。一応、石丸さんはぼくの同僚で、横山部長の下で一緒に働いてるわけですから。連帯責任っつうか。そういうことです」

それに、と白い歯を見せて笑った。若い男の子だけの特権だ。爽《さわ》やかな笑顔。

「深夜残業なんで、時給がいいんすよ。二千円っすよ、二千円。倍以上ですから」

「倍って？」

時給九百円なんです、と彼が手を休めずに答えた。

「九時から五時までは九百円、それ以降は十時まで千円なんですけど、今回はちょっと特別なんで、ここへ来てから二千円なんです。七時から二千円っすよ。むしろ助かっちゃったなって感じで。ちょっとピンチだったんですよ、今月。いろいろ物入りで」

青葉ピー・アール社は給与体系がきちんとしているようだ。銘和乳業はそこまで厳密ではない。残業代については、深夜になろうが早朝からだろうが、一律いくらかの上乗せがあるだけだ。

「そりゃ社員だからですよ。うちだって同じです。でも、ぼく、社員じゃないんで」

契約なんです、と彼が頭の後ろを掻《か》いた。

「契約社員なの？」

わたしはポーチの中に入れてあった名刺入れを確かめた。青葉ピー・アール社営業部、児島達《たつ》郎《ろう》。

「契約でも、名刺があるの？」

「うち、みんなそうなんですよ。小さい会社なんで、契約社員でも名刺持たされて、社員と同じ仕事するんです。だったら社員で採用してくださいよって話なんですけど、まあしょうがないかなって。契約でも、拾ってくれただけラッキーだったかなって思ってます」

児島くんがシールを貼りながら、自分の就職受難記を語り出した。一時の就職氷河期を乗り越え、今は各企業とも新入社員の採用に積極的だ。四年前、一浪して早稲田に入った彼も、三年生の夏の段階で、中堅規模の広告会社に入社を決めていたという。

ただ、それで安心してしまったのがいけなかったようだ。山岳部に所属していた児島くんは、四年生の春から山に入った。バイトをしながら数カ月を過ごし、山を降りてきた時に、自分が就職を決めていた会社が倒産したことを初めて知ったのだという。

「しかも、一カ月ぐらいそれに気づかなかったんですよ。通知がアパートの郵便受けに入ってたんですけど、全然そんなの見てなくて」

いやあ、笑っちゃいましたよという彼の神経が理解できずに、笑い事じゃないでしょ、と思わずわたしは言っていた。確かにそうなんですけど、と児島くんがうなずいた。

「それで慌てていろいろ捜したんですけど、もう手遅れで。そしたら今の会社が契約募集してて、何とか潜り込んだってわけで。それがこの連休前なんですけど」

「契約社員なのに、こんなことやらされてるわけ？」

「契約だからだと思いますよ。使い勝手がいいんじゃないすかね。オレ、結構これでよく働くくんですよ」

いつの間にか一人称が〝オレ〟になっていたが、それはいいとして、ちょっとかわいそうになった。こんな若い男の子、しかも契約社員に面倒な仕事を押し付けて、横山部長や石丸嬢は何をしているのだろう。

「いやゼンゼン。ゼンゼン気にしないでください。むしろ、立候補しちゃったぐらいなんです。目先のお金が欲しくて」

「どうして？」

まあいろいろです、と児島くんが微笑《ほほえ》んだ。ほぼ初対面の人間に向かって、立ち入り過ぎた質問だったことにわたしも気づいて、それ以上追及はしなかった。

「……煙草、すってこなくていいの？」

いいです、と彼がうなずいた。わたしたちは果てしなく続くように思われた作業に再び戻った。ただ、それまでと少し違っていたのは、お喋《しゃべ》りをしながらシール貼りをするようになっていたことで、児島くんが差し入れた缶コーヒーは意味がないわけではなかった。

別にこれといってたいした話をしたわけではない。登山が趣味だという児島くんと、休日に借りてきたDVDを見るのが何よりの楽しみだというわたしとでは、話が合うはずもない。

典型的なアウトドア派と半ば引きこもりに近いわたしとでは、生きている世界があまりにも違う。おまけに彼は二十三歳、わたしは三十七歳、このジェネレーションギャップはどうにもならないだろう。

それでもわたしたちは数少ない共通点を捜して、会話を続けた。そうでもしなければ、究極の単純作業というべきこのシール貼りに耐えられないと二人とも感じていたからだ。

銘和乳業について、青葉ピー・アール社の業務、最近会社で起きたこと、横山部長のカツラ疑惑、テレビで見た芸能人の話。他愛もない話をぽつぽつしながら、わたしたちは作業を続けていった。

時間は刻々と過ぎていき、一時はどうなることかと思っていたが、結局朝の四時に作業は終了した。昔から言うように、終わらない夜はないのだ。

「ご苦労様でした」

一万部のフリーペーパーの検品を終えた製本所の担当者が、運送会社に連絡します、と事務所から出ていった。タクシー、呼んでもらえますか、とわたしはその背中に声をかけた。

東久留米のマンションは、昨日仮契約をしたばかりで、今のところ住んでいるのは氷川台だ。ここからでは、他に帰る手段がなかった。まだ電車は走っていないだろう。

「お疲れさまっす」

児島くんがやたらと長い両腕をぶんぶんと振り回した。お疲れさま、とわたしも首を左右に振った。

わたしたちの体から、同時にぼきぼきという鈍い音がした。顔を見合わせて、ちょっと笑ってしまった。

肩を落としたまま、わたしは事務所の扉を開けて外へ出た。疲れた。三十七歳で徹夜は体にこたえる。

「すごいっすよ、朝ですよ」

彼の言う通り、きれいな朝焼けだった。体は疲弊しきっていたが、逆に頭は冴《さ》えていた。薄紫色の空がいつもより美しく感じたのは、心がハイになっていたからだろう。

わたしは携帯電話から秋山部長のアドレスにメールを送った。無事作業が終了したこと、今から帰宅して、少し休んでから出社するので午後出になるというのがその内容だ。もちろん、事前にそれは了解を取っていた。

「タクシー、すぐ来るそうです」

巨大な駐車場の方から戻ってきた製本所のおじさんが言った。ありがとうございます、とうなずいて、わたしは児島くんを見た。

「どこに住んでるの？」

「高円寺《こうえんじ》です」

「どうやって帰るの？」

いや、まあ適当に、と答えた。彼はタクシーを呼んでいない。おそらく、横山部長はそこまで考えていなかったのだろう。それとも、契約社員はタクシーに乗ってはいけないのか。

「……どこか、近くまで送る？」

大丈夫です、と児島くんが時計を見ながら言った。

「始発が出るまで、あと少しですから。オレ、それで帰りますよ。川村さんも、気をつけて」

駐車場にタクシーが入ってきた。ホントにいいの？　と尋ねたが、大丈夫っす、という体育会的な返事があっただけだった。

わたしはタクシーに乗り込んだ。近寄ってきた児島くんが、お疲れさまでした、とまた頭を下げた。

「本当に、今回はご迷惑おかけしました。すいませんでした」

とんでもないです、とわたしは答えた。ご迷惑だったのは彼の方だろう。彼には何の責任もないアクシデントのために、ひと晩徹夜することになったのだから。

「いえ、うちの会社の問題ですから。すいません、本当に。今度、お詫《わ》びということで、食事でもおごらせてくださいね」

生意気なことを言う子だ。そうですね、とわたしが社交辞令的に笑みを返したとき、どちらまでですか、と運転手が顔を向けた。

氷川台まで、と答えるのと同時に、ドアが閉まった。慌ててわたしはタクシーの窓を開けた。

「お疲れさまでした」

「お疲れさまでした！」

児島くんが両手を振った。変わった子だ、と思いながら、背中をソファに預けた。タクシーが走りだした。次の瞬間、わたしは眠りの底に落ちていた。

メールについて

1

火曜日、会社に出たのは午後一時だった。野村課長は半休届けを出してほしいというようなことを婉曲《えんきょく》に伝えてきたが、それはさすがに秋山部長の判断で出社扱いとなった。わたしに言わせれば、当然の話だ。朝の五時まで働いていたのだから、それぐらいは勘弁してもらいたい。

他の広報課員から聞いたところによると、新商品〝モナ〟の評判は悪くないようだ。予定通り朝の情報番組でも取り上げてもらえたし、その中にはわたしと児島くんという青葉ピー・アール社の彼の血と汗と涙の結晶であるフリーペーパー配布の様子も生中継されていたという。報われた、という言葉がこの場合にはおそらく一番ぴったりとはまるだろう。

二人の人気アイドルタレントを使ったコマーシャルについては、完成時に会社で見ていたし、今朝もテレビで流れていた。まだ十代の女の子たちが、どこかの家の屋根で延々と〝モナ〟を飲みながら、ただ喋っているというだけのコマーシャルだ。

片方の女の子が、きっかけは？　と問いかける。うーん、ともう一人が答える。ねえ、きっかけは？　きっかけは？　と質問が繰り返され、最後にようやく〝モナ〟かなあ……とうなずくというだけの内容だったが、そのダウナーな雰囲気が受けているらしい。

商品名は最後の二秒間映し出されるだけで、ぱっと見ただけでは何のコマーシャルなのかわからないかもしれない。少なくともわたしにはよくわからないのだが、会社の若い社員たちの間では好評だった。〝新しいっぽい〟そうだ。何だ、新しいっぽいって。

宣伝部はいくつかのファッション誌に広告を打っていたし、わたしたち広報課は広報課で、女性誌男性誌を問わず数多くの雑誌の新商品発売ニュースやプレゼント頁を押さえ、健康飲料ドリンクの類《たぐい》としては珍しいほどに露出もしていた。

今回〝モナ〟はユニセックスドリンクというのが隠れたコンセプトで、男性にも女性にも受け入れられるようにデザインもすっきりとさせていた。売れ行きが好調だというのは、それが功を奏したということもあるのだろう。

その方向性を作ったのは宣伝部で、その中でも秋山宣伝部長の力によるところが大きかった。簡単に言うが、企業において部長レベルの人間が最初のコンセプトを貫き通すのは、なかなか難しい。

今回の〝モナ〟について言えば、珍しいほど現場、開発者などの理想通りにいったのではないか。秋山部長の説得力、あるいは決断力がなかったら、こうまでうまくはいかなかっただろう。

そして、そういう商品の場合、ヒットに結び付く可能性が高いことを、わたしは経験的に知っていた。頼むから、今までの経験則に基づく形でうまくいってほしい、と心の底から願っていた。このところ、一年前のサプリメント・シリーズ以降、新商品に目立ったヒットがなかったため、社全体のムードは決してよくなかったからだ。

新商品の発売というものは、だいたい初速で決まると言われている。スーパーや大手小売業者からの報告はまだまとまっていなかったが、コンビニエンスストアのＰＯＳデータは販売部に続々と集まっていた。午後三時過ぎの中間報告では、予想通りか、あるいはそれ以上の売れ行きを示しているコンビニチェーンも少なくなかった。

「もちろん、まだ楽観視できるわけではないのですけどね」

野村課長が秋山部長に報告をしている声が聞こえてきた。どうもわたしは偏見もあるのかもしれないが、野村課長のひと言ひと言が気に障《さわ》って仕方がない。

とりあえず今の段階ではすべてがうまくいっているのだし、ヒットの予感さえも感じられる状況なのだ。素直に喜べばいいと思うのだが、心配性で悲観的な性格の彼にとっては、それさえも不安の材料になるようだった。

確かに、過去にも好調な滑りだしを見せておきながら、尻《しり》すぼみになった商品はいくらでもあった。あれは四年ほど前だっただろうか、鳴り物入りで始まった銘和乳業のパーフェクトミルクという牛乳は、発売当初こそ予想を遥かに上回る売上を示し、すぐに増産体制を取ったのだが、値段が多少高かったということもあって、最終的には販売中止という結果になってしまった。増産のためのライン取りが大きすぎて、採算割れすることがわかったためだ。

そういう意味で、悪例は過去にいくつもある。しかし、それはどんな業界でも同じなのではないだろうか。成功と失敗を繰り返しながら、時として生まれる大ヒット商品があることを信じて、頑張っていくしかない。少なくとも、わたしはそう思っている。

夕方五時近くになって、大手スーパー〝セイエイ〟の担当役員から、今後〝モナ〟の仕入れについて増やす方向で考えていきたいという連絡が入ったという知らせを受けて、とりあえずわたしたちの間に安堵《あんど》感が広がった。その担当役員は〝仕入れの鬼〟という異名を取っており、売れ筋の商品を把握する能力に関して、業界でもよく知られていたからだ。

販売即日の段階で、ここまで直接的な申し入れをしてきた例を、わたしは知らない。つまり、今の段階ではうまくいっているということだ。

もちろん、〝セイエイ〟の判断が絶対というわけでもないし、少なくとも数日は様子を見た方がいいだろう。だが、状況として悪くないことだけは間違いなかった。

直接売れ行き動向を把握している販売管理部などでは、成功を祝して部内で祝勝会を行うことを決めたというし、それは宣伝部でも同じだった。商品開発部、販売部などはもちろん、宣伝部や広報課の努力も決して無駄ではなかったということだろう。

こういう時、秋山部長は対応が早い。人心掌握術に優れていると噂される所以《ゆえん》だ。宣伝部と広報課の若手社員に命じて、週末に飲み会を開くと声高らかに宣言していた。

別に積極的に参加したいわけではないが、企業に勤める者として、やはり新商品の成功は素直に嬉しいものだ。もちろん、わたしも出席するつもりだった。

その後、わたしは溜《た》まっていた仕事の処理に忙殺された。残念ながら、わたしの仕事は〝モナ〟だけではない。他にもいくつか健康飲料の新しいラインナップが加わることも決まっていたし、午前中不在だった間の会議で、決まっていた案件もあった。それをどうするかだけでも、やらなければならないことは少なくなかった。

わたしがメールチェックを怠《おこた》っていたのは、そういう理由からだった。全部が全部、見ていないというわけではなかったが、急を要するもの以外は、とりあえず放置していたのだ。

ようやく落ち着いた時には八時を回っていた。それでもまだ仕事は終わらなかった。半日いなかっただけでも、結構な量の仕事が残ってしまう。

もうひとつ言えば、やはり徹夜がこたえていたのだろう。四、五時間ほどは寝ていたのだが、それぐらいでは疲れを回復するまでに至っていなかった。

ただし、こういう場合うちの会社は便利で、スタミナ回復ドリンクであるとか、強壮成分が多量に含まれた飲み物が冷蔵庫に山のように入っていた。銘和乳業で働いていて良かった、と思うのはこんな時だ。

完全健康回復ドリンク〝スーパータフ〟と、ベータカロチン三百ミリグラム配合の野菜ジュースを一気飲みしてから、わたしはパソコン端末に向かった。今まで見逃していたメールがあったことに気づいたのはその時だ。

「川村晶子さま」

メールの宛て先にはそう書いてあった。発信人はＴａｔｓｕｒｏ　Ｋｏｊｉｍａ。送信時刻は午前九時だった。

Ｔａｔｓｕｒｏ　Ｋｏｊｉｍａといえば、例の青葉ピー・アール社の児島くんだろう。板橋の製本所で彼と別れたのは朝四時過ぎ、それから彼がどうしていたのかわからないが、どうもこのメールから察するに、そのまま会社に出ていたようだ。わたしたちは名刺交換をしていたから、彼がわたしのメールアドレスを知っているのは、不思議ではない。

それにしても、若さとは素晴らしいものだ。あの徹夜明けの状況から出社して、そのまま仕事につくなんて考えられない。

そう思いながら、わたしはメールを開いた。お疲れ様でした、というのが冒頭の一文だった。

『お疲れ様でした。

川村さんには、なんかものすごくご迷惑をおかけした形になって、大反省しています。

お忙しいとは思いますが、お詫びの印ということで、ぜひお時間作っていただければと思っています。

例えばなんですが、来週の週末、木曜とか金曜とか、夜は空いてますか?

もしよかったら、お食事なんかごちそうさせていただければと。

ご迷惑でなければ、なのですが。

では、ご連絡お待ちしております。児島でした』

はあ、そうですか。それがわたしの率直な感想だった。

例の印刷ミスの件について、確かに責任の多くは青葉ピー・アール社にある。それは横山部長も認めていたことだ。先方の石丸という女性社員が、きちんと段取り通りにしてさえいれば、あんなことにはならなかったはずなのだ。

だが、だからといって向こうだけの責任というわけでもない。わたしにも反省すべき点はあった。確認を取るべき立場だったのはわたしで、石丸嬢ではない。

連絡が取れなかったのは彼女にも問題があったのだが、それでもわたしがやるべきことをしっかりやっていれば、あそこまで面倒な事態にはならなかったはずなのだ。

児島くんの謝意はわからなくもないが、見当違いなことは確かだった。それに、十四歳も年下の男の子と食事をすることが、わたしにとっては、はっきり言って面倒だった。

しばらく当たり障りのないお断りメールの文面を練っていたのだが、よく考えるとそんなことのために時間を割くのも馬鹿《ばか》らしいと思い、結局返事は書かなかった。向こうだって、儀礼上送ったメールなのだから、別にそれでいいだろう。

わたしは児島くんからのメールのことを頭から押しやり、別の仕事を始めることにした。午前中、何もできなかったハンデは大きい。まだまだ夜は長く続きそうだった。

2

火曜水曜と二日間売れ行き動向の数字を見守っていた販売部が、〝モナ〟の実売率を全社員にメールで報告したのは、水曜の午後六時だった。予想を遥かに上回るペースで商品が売れているのは、添付されていたグラフを見れば誰にでもわかっただろう。

大変おめでたい話だが、わたし個人に関していえば、木曜の朝は絶不調だった。ベッドから起き上がることさえ苦痛なほどだった。

ＯＬもサラリーマンもそうだと思うが、休み明けの月曜日が辛いのは万国共通だろう。ブルーマンデーという言葉もあるぐらいだから、日本人に限った話ではないはずだ。

これは心理的な理由によるものだと思う。週末、楽しく過ごした後、次の日から会社に行かなければならないと考えただけで、絶望的な気分になるのは仕方のないことだ。

確かにわたしもそうなのだが、最近はむしろ週末の方が、どうもなんだかしんどくなってきている。これは体力的な理由によるものだ。まだ三十七歳じゃないのと言われそうだが、しんどいものはしんどいのだからどうしようもない。

わたしは別に趣味もなく、休みにすることはこれといってない。唯一〝如月会《きさらぎ》〟という句会に入っていて、月に一度だけその例会があるのだが、これも友美とのつきあいで参加しているだけのことだ。別にやりたくてやっているわけではなかった。

たまに友人と会ったり、実家に帰ったりすることもあるが、大半は本や雑誌を読むか、借りてきたDVDを見るかで、あとは買い物をして料理を作り、ご飯を食べたらテレビをぼんやり眺《なが》めているぐらいだ。そのうち猫でも飼うようになるのだろう。

四年前まで、わたしには一応彼氏と呼ぶべき存在の男性がいたから、それなりに外へ出ていく習慣もあったのだが、それがなくなってしまうとわざわざ出掛けていくことが億劫《おっくう》になった。三十七歳というのは微妙な年齢で、買い物ひとつ行くにしても、化粧なしというわけにはいかないのだ。

もともと、わたしはどちらかといえば出無精で、友人もそれほど多いわけではなかったし、さすがに大半は結婚して子供がいたりするから、そうそうつきあってはもらえない。この三年ほどは、ぼんやりと週末を過ごすことの方が、圧倒的に多くなっていた。

週末に向かって、体がしんどくなってくるというのはそういうことだ。土日をのんびりと過ごしているから、週明けはまだ元気だが、木金ぐらいがちょっと辛くなる。

そして、これは多くのＯＬもそうだと思うが、わたしの仕事もデスクワークで、パソコン端末に向かっていることが多い。姿勢が悪いのは昔からで、そのせいもあって木曜ぐらいから金曜日にかけては、デスクに座っていること自体が軽い拷問状態だった。

幸い、広報課の仕事が土日にかかることはめったになかった。結局のところ、今やわたしは月曜から金曜にかけて酷使した体を休めるために土日を過ごしているようなものだ。どうも何が楽しみなのか自分でもよくわからないが、働くというのはそういうことなのだろう。

だから、木曜の朝はちょっと憂鬱《ゆううつ》だった。おまけに、週末辺りに生理がくるはずだった。幸か不幸か、小学校六年の夏、初潮を迎えた時から今日に至るまで、わたしの生理は規則正しく、狂ったことがない。

そして数日前になると、うっすらと、だが確実に頭が痛くなってくる。そのせいもあって、わたしは不機嫌だった。

会社に着き、自席でパソコンを立ち上げ、メールボックスを開いた。この五年ほどの習慣だ。いくつか届いていたメールをチェックしていたら、Ｔａｔｓｕｒｏ　Ｋｏｊｉｍａという名前があるのに気づいた。

今度は何だろうか。川村晶子さま、というタイトルのメールを開いた。

『川村晶子さま
お世話になっております。青葉ピー・アール社児島です。
お疲れですよね。さすがにこちらも疲労困憊《こんぱい》気味です。

さて、先日のメールの件ですが、いかがでしょう。

時間、日などは、川村さまのご都合に合わせます。

お忙しいとは思いますが、お詫びということでぜひ、よろしくお願いします。

児島でした』

いったいどういうつもりなのか。若い子の考えていることはよくわからない。

くどいようだが、児島くんという例の彼に、謝罪してもらう筋合いはない。もしあるとすれば、あの石丸という彼女だ。

とりあえず今日まで、石丸嬢からは何の連絡もなかったし、あっても対応に困っていただろう。二度と口を利きたくなかったから、連絡がないのはむしろありがたいぐらいだった。

だからそれはいい。もうわたしの中では終わったことなのだ。彼は何をこだわっているのだろうか。

児島くんは今どきの若者らしく、手足も長く、身長も高く、なかなかに端正な顔付きでもある。彼のような若い男と食事をするのは、めったにない機会でもあるし、嬉しくないわけではないのだけれど、今回に限っては古いことを言うようだが筋が違うだろう。

そして、児島くんと二人で会って、何を話せばいいのかわたしにはわからなかった。彼が悪い子でないことぐらいは、同じ屋根の下でひと晩過ごしたのだから、わかっているつもりだ。

だが、彼とわたしとではあまりにもギャップがありすぎた。年齢もそうだし、立場も違う。お詫びというのは結構だし、その気持ちを受け入れるつもりもないわけではないが、それ以上何をどうすればいいのか。

二十三歳の男の子との話題など、わたしには思い浮かばない。間が持つとは思えなかった。この前は、あまりにも単調な作業から現実逃避したいという互いの思惑もあり、それぞれが持てる知識を総動員して、細々と会話をつないでいくこともできたが、今回はそうもいかないだろう。

ちょっとだけ考えてから、お断りのメールを打つことにした。一昨日と同じように放っておいてもよかったのだが、児島くんは律義な性格のようだから、返事をしないといつまでもメールが送られ続けることになるのではないかと思ったのだ。

『青葉ピー・アール社　児島様
お世話になっております。銘和乳業の川村です。
返事が遅くなりまして、申し訳ございません。
先日はお疲れさまでした。
児島様のお仕事でもないのに、お手伝いいただきましたことを本当に感謝しております。
とはいえ、弊社にも責任のあるトラブルでございましたので、
わざわざお詫びいただくほどのことでもないと思っております。
むしろ、私の方こそお詫びするべきではないかと考えているのですが、
児島様もお忙しいかと存じますので、
失礼ながらこのメールをもって、お詫びに代えさせていただければと思います。
今後とも、銘和乳業をよろしくお願いいたします』

ビジネスメールの典型例のような文面だが、こんなものだろう。わたしはこういうメールを打つことに慣れていた。商品を取り上げてくれた雑誌などの媒体にメールを送るのも、わたしの重要な仕事だった。

心がこもっていないのはすぐにわかるだろうが、これは儀礼というものだ。世の中は、社交辞令でできている。

それからようやく仕事に取り掛かった。会議用の資料を作成し、先月始まった新商品キャンペーンのアンケートの分類に手をつけたところで、宣伝部の女の子がやってきた。小川弥生《おがわやよい》といって、昨年四月に入社してきたばかりの新人だ。

銘和乳業では、四月一日の入社式のすぐ後で、二週間ほどの間に研修のため各部署を回らせる。連休前には新入社員の配属を決めてしまうのが慣例だった。

本社採用であっても地方の支社へ行かされることがあるため、その配慮だ。連休を利用して、引っ越し先を捜してほしいという狙《ねら》いもあるのだろう。

去年の新入社員の中でも、小川弥生はちょっと目立つ子だった。銘和乳業には、明文化されているわけではないが、短大出枠というものがあり、短大出身の女性も積極的に採用していた。していた、と過去形になっているのは、この何年かは事実上四大出も短大出もなくなっていたからだ。彼女は最近では珍しく、短大出身だった。

二十一歳という若さと、そして陳腐な表現だが、まるでお人形のようにかわいらしいところが、男子社員の注目の的だということは、わたしも知っていた。

「あの、すいません……お忙しいところ、本当にすいません」

おどおどしたような口調だった。そこまで怯えながら話しかけてくることもないだろう。そんなにわたしが怖いのか。

広報課は宣伝部内にあり、わたしと彼女は同じ部にいるのだが、偶然仕事が重なっていないこともあって、この一年間、今日まで彼女とほとんど話したことはなかった。席も違うから、極端な話、ちゃんと声を聞くのも初めてだったかもしれない。アニメのヒロインみたいな声だ、と思った。

「なあに?」

精一杯優しく答えたつもりだったが、どうも向こうはそう受け取らなかったらしい。ますます顔が強《こわ》ばっていくのがわかった。

「あの……明日の飲み会の件なんですけど……出欠を確認してほしいって、部長に言われて……」

手に小さなノートを持っていた。今回の〝モナ〟祝勝会の幹事役を命じられたのだろう。

最初の一年間、あるいは次の代の後輩が入ってくるまで、歓迎会や忘年会などの幹事はその部署で一番若い社員が務めるのが銘和乳業の慣習だ。わたしもそんな役目を押し付けられていた時期があった。相当昔の話だが。

「それで、その……出席の場合は、課長職は会費六千円ということで……」

幹事をやる代わりに、彼ら彼女らは会費が無料になる。そしてその穴を埋めるのはわたしたち管理職だった。年齢を重ねるというのは、そういうことなのだ。

「出るわよ」

わたしはポーチから財布を取り出した。

3

翌日、金曜日の夜、飲み会が始まった。名目は〝モナ〟祝勝会だ。

戦争か、という話だが、実際のところ昨日今日と〝モナ〟の売れ行きはさらに伸びていた。予想以上に良かったといってもいいだろう。

定番商品はともかくとして、この一年ほどそんなに目立ったヒット商品がなかっただけに、誰もが素直にそれを喜んでいた。宣伝担当役員は、別の会合があるとかで欠席していたが、ポケットマネーで五万円も置いていってくれたというのだから、勢いのほどがわかるというものだ。

もちろん、新製品〝モナ〟の成功は嬉しいことだが、銘和乳業のアイテムの中では、あくまでワン・オブ・ゼムでしかない。まだ発売して数日、これからどこまで売上を伸ばしていったところで、全体の売上高の一パーセントにも達しないだろう。そして、それによって得られる利益がどれぐらいのものになるのかはまだわからない。

にもかかわらず、みんなの顔に笑顔が浮かんでいたのは事実だった。会社というのは、面白いところだ。売上が好調だからというだけでは、こんなふうに心の底から喜んだり笑ったりはしないだろう。

商品が売れているというのは、世の中に認められたということを意味する。みんなは、それが嬉しいのだ。

もちろん、わたしもそうだ。商品が認められたという以上、その製作や販売、宣伝などに係《かか》わった者たちも認められたということになる。嬉しくないはずがなかった。

夜七時、いつもならまだ仕事が残っている時間だったが、それを言っていればきりがない。秋山部長の命令下、広報課を含めた宣伝部三十人のうち二十人ほどが会社から歩いて十分ほどの店へと向かった。

仕事の都合で出られない人や、野村課長のように〝飲み会には参加いたしません〟というポリシーを持っている人もいたから、全員が集まったというわけではないが、遅れてきた人たちも含めれば、最終的に二十五人が集まっていた。最近では多い方だろう。これも〝モナ〟がヒットしたおかげだ。

店を選んだのは、幹事の小川弥生だった。単なるワインバーだが、なかなか落ち着いた感じの店で、さすがに若い子は違う、と思った。

以前、今、広報課でわたしの向かいに座っている水越《みずこし》というバリバリの体育会出身の男の子が幹事役を務めていた時は、歓送迎会やら忘年会やら新年会やら、とにかく量が多くてひたすら安い、ということがすべての基準になっていた。ずいぶんと荒れた飲み会が続いたものだ。

今回はさすがにそういうことはなく、女性向けにソフトドリンクなども用意され、過ごしやすい店だった。ワインバーということもあって、客層も比較的落ち着いていた。

水越をはじめ、男性陣の中には露骨に不満そうな表情を浮かべている人もいたが、わたしたち女子社員は素直に弥生を誉め称《たた》えることにした。これぐらいの店の方が、気楽に過ごせるというものだ。

秋山部長は形式ばったことをあまり好まない。こういう会で一席ぶつ偉い人も多いが、その辺はあっさりしたものだった。とりあえず〝モナ〟絶好調ということで、乾杯。それだけだ。こういうところも、秋山部長の人気を高める理由のひとつなのだろう。

後は皆さん、ゆっくりとご歓談を、ということで会が始まった。広報課で良かったと思うのはこういう時だ。部署にもよるし、上司にもよるが、何か歌え、芸を披露しろ、モノマネできる奴《やつ》はいないのか、そんな昭和の風習を頑《かたく》なに守り続けている人たちも少なくない。

守口清美《もりぐちきよみ》というわたしの同期が販売部にいるが、彼女は〝ゲゲゲの鬼太郎〟の主題歌をドラえもんの声で唄《うた》うという特技を身につけている。そんな子ではなかったのだが、環境とは恐ろしい。

適当にワインを飲み、出てくるイタリアンと和食を混ぜたような創作料理に箸《はし》をつけながら、他愛のない話をした。三十分も経つと、何となくみんなが席を移って、別の人と話したりするのもいつものことだった。

普段、常に顔を突き合わせている広報課の連中だけだとちょっと辛いところもあるが、宣伝部全体の飲み会だったから、久しぶりにゆっくり話せる人もいて、わたしにしては珍しく素直にその場を楽しんでいた。

みんなもそうだったようだ。やっぱり物が売れないとさあ、とかいう声が聞こえてきたが、本当にそうだと思う。

「ごめんねー、晶子さん」

一時間ほど経った頃、宣伝部の春山加代子《はるやまかよこ》がわたしの隣にやってきて、開口一番そう言った。

年は少し下だが、彼女は一時期広報課にいたこともあって、もともと仲がいい。ごめんね、というのは、例のフリーペーパーの件をわたしに頼んできたのが加代子だったからだ。

「いいじゃない、もう」

その話は火曜の夜のうちに済ませていたのだが、彼女としてはもう一度謝っておきたいという気持ちもあったのだろう。しょうがないって、とわたしは言った。

「まさか、あんなことになるなんて思ってなかったもんね」

「そうなんだけど。でも、あたしが晶子さんに迷惑かけたことになっちゃったわけだし」ごめんなさい、とまた頭を下げた。「出張じゃなかったら、あたしも手伝いにいったんだけど……ひと晩、シール貼らされたって聞いて、ホントに申し訳ないなって」

例のトラブルが起きた時、彼女は〝モナ〟のキャンペーンのために大阪に行っていた。すいませんすいません、とわたしの携帯にお詫びのメールが入ったのは、月曜の夕方ぐらいだったろうか。

気にしないで、と言ったわたしの横から、加代子と同じ宣伝部の土山成美《つちやまなるみ》が割り込んできた。彼女は大阪出身で大阪支社採用なのだが、東京本社へ移ってきて三年ほどが経っていた。

銘和乳業は資本金七百億円という商法上の大企業ということもあり、大阪や名古屋など、全国各地に支社がある。人事交流に熱心な社風もあって、成美のような者は少なくなかった。

「なあ、聞いたで」

彼女は骨の髄からの大阪人で、好きなものは阪神タイガースとお好み焼き、東京のうどんと無駄遣いを心の底から憎んでいる。確かわたしより年次で二年ほど後輩に当たるはずだが、一切敬語を使わないのは、彼女の中にそういう概念がないからなのだろう。

あくの強い大阪弁で話す彼女が、どちらかといえばわたしは苦手だったが、聞いたで、と言われれば何のことかと問い返さないわけにもいかない。

「何よ、いきなり」

「あんた、すごいなあ。たいしたもんやで」感心したように何度も首を振った。「ホンマ、ソンケーするわ」

どうしたんですか、と加代子が聞いた。知らんの？　と成美が文字通り目を丸くした。

「川村さんなあ、買《こ》うたんやて、マンション」

「え？」

加代子が甲高い声で叫んだ。何だどうした、と他のみんなが視線を向けてきた。やめなさいって、とわたしは首をすくめた。

「そんな驚かなくてもいいでしょ。あたしだって買うわよ、マンションぐらい」

「マンションぐらいて。なあ、どこに買うたん？　なんぼしたの？」

いつもそうであるように、成美の質問は直截的だった。銘和乳業の人事交流制度は、ある意味フリーエージェント制に近いもので、異動後五年経てば希望する勤務地で働くことができる。

多くは東京の本社勤務を望むものだが、成美は大阪に戻ると公言していた。東京は仮住まいと考えているせいか、東京での人間関係には頓着しないところがあった。それとも性格的なものなのだろうか。

「誰から聞いたの」

それはよう言わん、と成美が口を閉じたが、察しはついていた。総務の大畑《おおはた》辺りだろう。わたしは月曜の昼、総務部へ行って住宅積み立て金の残高を確認していたのだが、その担当者が大畑だった。個人情報保護法は、銘和乳業においてあまりうまく機能していない。

ＯＬの間で噂が流れる速度は、光より速いとも言う。給湯室をキーステーションに、ランチの席などで一斉に流されるのだから、いつまでも隠しておけるものではない。だいたい、隠すようなことでもなかった。

「東久留米、三千八百万」

サンパチ！　と叫んだ成美が目を剝《む》いて加代子に倒れかかっていった。大阪人という人種は、リアクションを大きくしないと死んでしまうのだろうか。

「どっから、そんな金出てきてん。そんななあ、サンパチなんて、あんた」

でも、と遠慮がちに加代子が口を挟んだ。後輩ということもあって、加代子には成美に対して遠慮があるのはわたしも知っていた。

「別に即金で全額払うわけじゃないでしょうし。ローン組むんですよね。だったら、何とでもなるんじゃないですか？」

いやいやいや、と成美が三回顔の前で手を振った。

「何とでもなる言うたら、そら何でも何とでもなるわ。そんなんと違う。考えられへん……あ、でもあれか、川村さんって独身やったか」

「悪い？」

「そんな意味と違う。こっちもそうやし」

成美もわたしと同じく独身だ。複雑な顔で加代子がわたしたちを見ていた。

彼女は入社してすぐ同じ部署の先輩社員と結婚し、二人の子供がいる。そしてこういう時、女同士はどんな顔をしていいのかわからなくなるものだ。

「そうですか、川村さんもとうとう諦《あきら》めはりましたか」

成美が言った。そっちはどうなのと尋ねると、ガハハと大きな口を開けて笑った。あと十年も経てば、彼女は総金歯にするのではないか。

「諦めるも何も、最初っから考えてへんて。結婚なんか、面倒くさいわぁ。何も得することないでしょ？　どうなん、あんたも。何かええことあるん？」

いきなり矛先《ほこさき》を向けられた加代子が、まあ少しは、と答えた。そうかあ？　と懐疑的な眼差《まなざ》しを向けた成美が、どうなの、ダンナとはしてるん？　といきなり聞いた。

まだ飲み会が始まって一時間ほどしか経っていないというのに、これだから大阪人は怖い。まだそこまで飲んではいないだろう。それなのに直球勝負か。

「土山さん、セクハラですよ」

「何言うてんの、女同士でセクハラなんかありませんて」成美が加代子の肩を突いた。「なあ、どうなん？　え？　白状せえや、コラ」

何だかとんでもないことになってきそうだったので、わたしは席を移ることにした。逃げんなコラ！　という声が降ってきたが、相手をするのも面倒だ。加代子には悪いが、例のフリーペーパーの件の罪滅ぼしと思って、今回は犠牲になってもらおう。

それから二時間ほどで、飲み会は終わった。二次会へ行く人もいたようだが、わたしは帰ることにした。疲れていたこともあったし、そこまでつきあいのいい方ではない。お疲れさま、と言い交わして店を出たのは、夜十時過ぎだった。

4

池袋の駅へ向かってとぼとぼと歩きながら、少し考えた。

わたしには、最初から考えていないという成美ほどの潔さはない。いい人がいれば恋もしたい。結婚もしたい。まだ諦めてはいなかった。

ただ、問題があった。驚くほど、男性と出会う機会がなくなっていたのだ。

週刊誌か何かで、女性の平均初婚年齢が上がっているという記事を読んだことがある。統計上、その年齢は二十八歳を上回っていたのではなかったか。

現に、わたしの会社、身の回りにも独身女はいくらでもごろごろしていた。わたしの実感で言えば、平均は三十歳ぐらいという気もしている。

だが、それでは計算が合わない。町を歩けば、あるいは電車に乗れば、若い母親を見ることはしょっちゅうある。ヤンママという言葉もあるぐらいだから、十代とか二十代前半で結婚している人たちも少なくないはずだ。

そんな子たちがいるのに、平均初婚年齢が二十八歳というのはおかしくないか。平均という以上、二十八歳とか三十歳どころか、遥かに上の年齢で結婚している人がもっとたくさんいなければおかしいだろう。

だが、現実はどうか。知っている限り、うちの会社も含めわたしの周辺で、三十五歳を超えてから結婚した女性は本当に少ない。

銘和乳業は全国にある支社まで含めれば、社員総数は千人を超える。関連会社も入れれば、二千人以上の人数がいるだろう。

正社員に限っても、女性の割合は約四割、つまり四百人以上は女だ。にもかかわらず、三十五歳以上の女性の結婚話はほとんど聞いたことがなかった。

なぜそう言い切れるのかと言えば、わたしたち広報課が社内報を作っているからだ。三カ月に一度発行するその社内報には、支社も含めた全社の慶弔関係の記事を載せなければならない。

その情報は総務部から入ってくる。わたしも何度か手伝ったことがあるが、少なくともこの数年、そのような心温まる、あるいは何かの励ましになるようなニュースを扱った記憶はなかった。

それとも、三十五歳を超えて結婚した女は、それを秘密にしておかなければならない法律でもできたのだろうか。いつの間に。わたしの知らないところで、そんな大陰謀が巻き起こっているなんて、気がつかなかった。

いや、そんな馬鹿なことがあるはずもない。だが、それでは統計の数字と合わなくなる。やっぱり政府は何かを隠しているのか。

でも、厚生労働省は嘘をつかないだろう。ということは、やはり三十代後半、あるいは四十歳以上で結婚している人も少なくないということだ。

だとしたら彼女たちは、どこで、どうやってその相手と知り合ったのか。わたしが知りたいのはそこだった。

狭いレベルの話で言えば、わたしが最後に合コンに参加したのは三十三歳の時だ。条件をつけていたわけではないが、四対四のその合コンに出席していたのは男女双方全員が三十歳以上だった。

男の中には四十五歳という強者《つわもの》もいた。あの時の平均年齢は、それこそ三十七、八歳ではなかったか。

そして男性陣の意気消沈ぶりたるや、見ていて逆に申し訳なくなってしまうほどだった。向こうの幹事がどういう話をしていたのか知らないが、もっと若い子が来ることになっていたのだろう。とにかく全体に、早く帰りたい、というオーラが漂う合コンだった。

もちろん盛り上がることなど一切なく、淡々と食事をし、淡々と酒を飲み、淡々と家路についた。反省会もなかった。

あれ以来、わたしは合コンに出ていない。だいたい、お呼びがかからなくなっていた。それでもその翌年ぐらいまでは誘いもあったような気もするのだが、三十五歳を超えた時から、ぱったりとそんな話も途絶えてしまった。

そして、合コンがなくなれば、出会いの選択肢はもうほとんど残っていない。紹介？　結婚相談所？　ねるとんパーティー？　社内、あるいは仕事関係？　ないって、そんなの。

いや、そういうことではないのだ。必要なのは、一歩踏み出す勇気だろう。でも、わたしを逆さにして振ったところで、そんな根性は出てこない。それでは出会いも何もあったものではない。

だが、成美との会話が、わたしの心の隠しボタンを押してしまったようだ。微妙な焦《あせ》りが心に浮かんでいた。とにかく、何かを始めなければならない。でも、何をすればいいのか。その時、

〝モナ〟のコマーシャルが頭に浮かんだ。

〈ねえ、きっかけは？　きっかけは何？〉

わたしの足が勝手に止まった。目の前の信号機が点滅している。早足でいけば、渡ることはできるだろう。渡ってしまえば、駅までは一本道だ。

（会社に戻ろう）

どういうわけか、そう思った。戻ってどうなるものでもないことはわかっていたけれど、メールのことがあった。青葉ピー・アール社の児島くんという例の彼からの誘いのメールだ。

誘いといっても、別に色気のある話ではない。仕事上起きたトラブルについて、彼は謝罪をしたいと言っているだけだ。

わたしはそれを丁重にお断りしていたのだが、それもおかしいのではないか。別に児島くんと何がどうなるわけでもないことぐらい、百も承知だ。誰よりもわたし自身が一番よくわかっていると言ってもいい。

十四も年下の男の子とどうにかなるなど、どんなうぬぼれた女でも考えないだろう。ただ、何かのきっかけにはなるかもしれない。

今までもそうだったが、別に男たちを避けてきたつもりはなかった。ただ、成美の言う通りで、男がいなければいないで、別に困らないことをわたしはこの数年で学んでいた。何もない方が楽だということが、体に染み付いていた。

それはそれでいい。毎日を平穏無事に過ごすのも悪くない話だ。ただ、それだけで終わってしまうのはどうだろう。いや、もしかしたらもう終わっているのかもしれないのだけれど、それは自分で決めることではないはずだ。

もし、万が一彼がもう一度メールをくれていたら、食事ぐらいしてもいい。そう思った。何かのきっかけになるかもしれない。

会社まで十分ほどの道を、最初はゆっくりと、途中からは急ぎ足で進んだ。気がつけば会社は目の前だった。ＩＣカードをかざして社屋に入り、エレベーターで十四階の宣伝部フロアを目指した。

フロアには明かりが灯《とも》っていた。誰もいないと思っていたが、飲み会から戻って仕事をしている社員がいるようだった。

「どうしたの、川村さん」

ドアを開けると、驚いたように秋山部長が顔を上げた。びっくりしたのはこっちだ。まさか部長がいるとは思わなかった。

「いえ、あの、ちょっと確認事が」

口の中でもぞもぞ答えて、自分の席に向かった。ああ、そう、と部長は別に疑う様子もなくそう言った。

「無理しないでよ。川村さんあっての広報課なんだから」

お愛想とわかっていても、気分がほっこりする言葉だった。さすがに四十歳で部長職まで昇る人は違うものだ。

結婚してなきゃなぁ、と思ったが、残念ながらいい男の多くがそうであるように、秋山部長も二十代の後半ぐらいに結婚していた。社内恋愛で、部署は違ったがわたしも奥さんのみどりさんのことは知っている。一年先輩で、わたしが入社した次の年ぐらいに寿退社していた。

だからあまり彼女と接したことはなかったが、社内外を問わず評判のいい、落ち着いた感じのきれいな人だった。お嫁さんにしたい女性ナンバーワンタイプといえばわかりやすいだろう。結婚して十年以上経っているはずだったが、噂では今も部長とは仲がいいそうだ。休日には夫婦で美術館を回ったりしているらしい。ふん。

（そんなことはいい）

わたしはひとつ頭を振って、パソコンの電源を入れた。別に期待などしていない、と自分自身に言い聞かせた。わたしは自分で児島くんに断りのメールを入れていたし、彼もそこまでこだわっているわけではないだろうから、あれですべては終わっている。

彼がもう一度メールをくれることなど、あり得ないはずだった。ただ、わたしは念のために確認作業をしている。それだけのことだ。

秋山部長に言った通り、ちょっと確認事がある。それだけの話なのだ。

しばらく待つと、ウィンドウズの画面が浮かび上がってきた。メールボックスを開くと、万が一の事態が起きていた。児島くんからのメールが届いていたのだ。発信人、Ｔａｔｓｕｒｏ　Ｋｏｊｉｍａ。

『銘和乳業川村さま
お世話になっております。何度もメールをお送りして、申し訳ございません。
〝弊社にも責任のあるトラブル〟ということですが、やはりこちらの責任の方が大きいかと存じます。

お詫びというと大げさかもしれませんが、何となく落ち着かない感じがして、メールをお送りする次第です。

お忙しいとは思いますが、お時間いただければ幸いです。何度も申し訳ございません。児島でした』

ううむ、とわたしは唸《うな》り声を上げていた。秋山部長が驚いたようにこっちを見ているのがわかったが、何しろ万が一の事態が起きているのだから、これぐらいは許してほしい。

とにかく、キーワードはきっかけだ。児島くんはともかくとして、青葉ピー・アール社にも独身男ぐらいはいるだろう。いわゆるPR会社としては、そこそこに規模も大きい方だ。社員の数も決して少ないとはいえない。

もしかしたら、児島くんが誰かを紹介してくれるかもしれないではないか。きっかけきっかけ、とつぶやきながら、わたしはキーボードに指を置いた。

『青葉ピー・アール社児島さま
銘和乳業、川村です。
何度もメールいただきまして、こちらこそ申し訳ございません。ありがとうございます。
確かに、お詫びというとちょっと堅苦しくなってしまうと思いますが（笑）
せっかくのお誘いですので、喜んでおつきあいさせていただければと存じます。

来週、木金というお話でしたが、金曜日は予定が入っておりますので、よろしければ木曜日ということでいかがでしょうか。

児島さまの都合が合わなければ、またの機会ということでも結構です。

では、また連絡させていただきます。川村拝』

二度読み返して〝またの機会ということでも結構です〟という一文を消し、代わりに〝翌週でも結構です〟と書き直した。前向きの姿勢を表現したかったのだ。

金曜日は予定が入っておりますので、というのはわたしにとって最後の見栄《みえ》だった。別に何があるというわけではない。ただ、週末の金曜日に何もないというのでは、ちょっと寂しいのではないかと思っただけだ。

直した文章をもう一度読み、おかしな表現がないことを確認してから送信ボタンを押した。押した瞬間、これでいいのだろうかと思ったが、何しろキーワードは〝きっかけ〟だ。何がどうなるか、前に進んでみなければわからないではないか。

メールを送ってしまうと、後は別にすることもなかった。とはいえ、秋山部長が何か熱心に書類をまとめているのを見ていると、どうもそのままあっさりと帰るというのもはばかられた。

「部長、コーヒーでも淹れましょうか」

「そう？　悪いね」

すまん、というように部長が片手でわたしを拝むようにした。コーヒーを淹れるといっても社内のフロアに備え付けのコーヒーマシンのボタンを押し、決して美味《おい》しくはない出来合いのコーヒーを紙コップに注ぐだけのことだ。

持っていくと、川村さんは気遣いの人だよね、と笑顔を向けてくれた。ちょっと自分の頰が赤くなっているのがわかった。とんでもありません、と答えてわたしは自席に戻った。

驚くべきことに、メールボックスに一通のメールが届いていた。わずか数分の間の出来事だ。いったい最近の若い連中はどうなっているのか。パソコンを背負って移動しているのだろうか。

『川村様
お返事、ありがとうございます。
では、木曜日ということで、よろしくお願いいたします。
時間ですが、七時ぐらいと考えていてよろしいでしょうか。
川村様のおっしゃる通り、
お詫びということになると、やっぱりちょっと堅いですよね。
そんなことは抜きにして、またお会いできるのを楽しみにしております。
とりあえず用件だけで失礼します。児島でした』

ううむ。わたしの喉からもう一度奇妙な声が漏れた。何だか異常にレスポンスが早いので驚いたが、とりあえず話はついたようだ。きっかけきっかけ、と繰り返しながら、わたしはパソコンの電源を落とした。

ディナーについて

1

七時でいいですか？　という確認のメールが届いたのは、月曜の昼だった。

広報課の仕事はここのところ増える一方で、七時というのもなかなか厳しいものがあったが、遅くなるのも面倒なので、それで結構ですと返事をした。週に一日ぐらい、早く上がる日があってもいいだろう。

マメなのかヒマなのか、場所はどうしましょうか、というメールがしばらく経ってから送られてきたが、どうしようかと考えているうちにその日が終わってしまった。お任せします、と連絡したのは翌火曜日のことだ。

やっぱり池袋がいいですよねと言ってきたので、その方がありがたいです、と答えた。もう、お詫びという単語はメールの文面にも出なくなっていたが、やはり基本としてそれがあるのは暗黙の了解だったから、青葉ピー・アール社のある銀座《ぎんざ》より、こっちのホームに来ていただきたい。帰りも楽だし。

水曜になって、店を決めました、というメールが届いた。西風館、という店だそうだ。地下鉄東池袋駅徒歩五分、明治通り沿いに調理師学校と〝モジャース〟という大型ディスカウントショップが立っているが、その向かいだという。

罫《けい》線で描いた簡単な地図もついていて、気配りがいいのはありがたかったが、店の名前が気になった。どうも水越的なコンセプトに基づく選択のようだ。珈琲館みたいな名前に思える。また新しいチェーン店ができたのか。インターネットで検索してみたが、店のホームページは現在工事中ということだった。

(まあ、でもその方がいいか)

前提はお詫びということだが、実質的にはお疲れさまの慰労会ということだ、とわたしは解釈していた。年齢や社会的な立場を考えれば、いいところ割り勘だろう。

それに、あんまり気張った店へ行くような関係でもない。あの日、うちの会社へ謝罪に来た時と、板橋の製本所で十時間近く一緒にいた以外は、会ったことさえない相手なのだ。

せめて禁煙だといいのだが、と思ったが、それはむなしい期待というものだろう。きちんとしたレストランなら、今どき大概のお店が禁煙になっているが、居酒屋レベルではまだそこまで至っていないはずだ。

了解しましたと返事をすると、楽しみにしています、というメールがすぐに来た。本当に最近の若者はどうなっているのか。パソコンの前で、忠犬ハチ公のようにメールをじっと待っているのだろうか。

水曜の夜、帰宅したのは夜の九時過ぎだった。先週末、例の不動産会社ミレニアム21のオオツキ氏から、住宅金融公庫の審査が無事通りました、という連絡があった。月末には今借りている氷川台を引き払い、いよいよ例の東久留米のマンションに引っ越さなければならないということだ。そのため、この数日わたしは部屋の整理にかかりきりになっていた。

そのせいもあって、部屋は凄《すさ》まじい状況だった。たかが1LDKのマンションで、別に何があるというわけでもないのだが、ここは五、六年住んでいたから、それなりに物も多くなっていた。あと二週間ほどですべてを片付けなければならないと思うと、それだけで気分がげんなりした。

昨日の続きで、溜《た》まっていた古い雑誌をまとめようとしたが、なかなかその気になれない。なぜだろうと考えてみると、驚いたことにどうもわたしは明日の児島くんとの食事会について思い悩んでいるらしかった。他人事のようだが、本当にそんな感じだった。

(何を着ていこう)

わたしのワードローブ類は、それほど充実しているわけでもない。お気に入りの何着かと、あとはバーゲンで買ったような服を着回しているだけの話だ。

会社に何を着ていくのかを選ぶのに悩んだり、あるいはそれが楽しいのは、やはり二十代までだろう。気持ちとしてはオシャレでいたいが、どうしても服を選ぶ基準が、楽だったり、動きやすかったりという方向に向いてしまうのが三十代というものなのではないか。

何を着ていけばいいのか。別に児島くんと何があるというわけではないのだが、あまりみっともない服を着ていくわけにもいかないだろう。

わたしとしても、男性と二人だけで食事をするというのが、甥のケンジくんを除くと四年ぶりのことなので、ちょっと見当がつかなくなっていた。

ケンジくんはわたしのことをある種の動物、またはぬいぐるみぐらいに認識しているので、何を着ていても関心はない。最近どこで覚えたのか、オッパイ攻撃！と称してわたしのそれほど大きくもない胸をつかみたがる癖《くせ》がつき、ブラジャーをしていると不満そうな顔になるので、ケンジくんと会う時はなるべくブラジャーを外すようにしているのだが、児島くんと会うのにノーブラというのはあり得ないだろう。

会社帰りに会うので、あまり派手な格好をしていくわけにもいかない。最近は着る機会がなかったが、淡いオレンジのブラウスなんかどうだろうか。いや、こんなのを着ていったら、野村課長が何を言うかわかったものではない。

いつも通り、ビジネススーツで行けばいいのはわかっていたが、どうもそれだと何だか収まりが悪い気がした。平常心、と三度唱えた。

何ということもない話だ。一種のビジネスディナーだと考えればいい。とはいえ、いつもと同じというのもいかがなものか。

(いいじゃん、別に)

わたしの中で悪魔が囁く。何着てったって同じだよ。向こうだってただお詫びしたいっていうだけなんだから、服なんか気にすることないって。

(そりゃそうだけど)

わたしの中で天使がつぶやく。だけど、男の人と食事するなんて、ずいぶん久しぶりなんだから、少しはオシャレしてもいいんじゃない?

気がつけば、わたしはクローゼットの洋服をすべて床に広げ、コーディネートチェックを始めていた。上を明るい暖色系にした場合、バランスから言って下も同じような色の方がいいだろう。

例えば、この薄いベージュのスカート。

いや待て、だいたいスカートというのもどうなのか。別にスカートでなくてもいいだろう。基本的にわたしは会社に行く際、パンツルックが多い。だとすれば、今一番気に入っているのは紺のパンツだが、それだとあまりに色気がないのではないか。いや、色気を出してどうする。意味がないぞ。

待て待て、とはいえ、それなりに女性っぽく、フェミニンな感じも必要なのではなかろうか。それもまた礼儀というものだろう。

(そうだ、靴)

慌《あわ》ててわたしは立ち上がり、玄関に向かった。オシャレの基本は足元だ。靴からコーディネートしていくというのもありではないかと気づいたのだ。

趣味というわけではないし、イメルダ夫人ほどではないが、靴だけは揃えてある。シューズボックスを開くと、そこそこの数の靴が並んでいた。パンプス、ローヒール、ハイヒール、ミュール。色や素材も多種多様取り揃えられていた。それなりにお金もかけているのだ。

(どうしよう)

逆効果というべきか、二十足ほどもある靴の中からどれを選べばいいのか、わからなくなってしまった。わたしは玄関先に座り込んで、同じ言葉をつぶやいていた。どうしよう。

いや、ホントに。だから男は面倒くさいと言うのだ。

2

翌日、会社へわたしが着ていったのは、結局いつもの紺の上下だった。ジャケットと白のブラウス、そしてパンツ。リクルートか、というスタイルだが、無難に無難にと考えているうちに、こういう方向に落ち着いてしまったのだ。

靴だけは一応フェラガモにしていたが、これだってふだんから履《は》いているものだ。今日のためにしたことといえば、念入りに髪を洗ったのと、少し早起きして化粧の時間を長めに取ったぐらいだった。

いつものように始業五分前に席に着いた。珍しくわたしより先に来ていた水越が、ん？　という顔になった。

「おはよう」

「おはようございます……あれ、何か川村さん、痩《や》せました？」

朝から何を言い出すのだろう、この三年目の新人は。

「いや、まあ、その」水越が口を濁した。「何となくそう思っただけで……すいません」

自慢ではないが、いや自慢になるのかもしれないが、四年前からわたしの体型は変わっていない。百五十八センチ、四十八キロ、スリーサイズは上から八二・五九・八四。

この一年ほど髪もいじっていない。美容院には行くが、肩までのストレートという基本線は守っている。もともとちょっと色が薄いので、染めてるんですかと聞かれることもあったが、これは地毛だ。

「びっくり」わたしは言った。「何なの水越くん。口説きの練習？」

水越がちょっと露骨に嫌そうな表情を浮かべた。何が悲しくて、三十七歳のオバサンを口説かにゃいかんのか、とその顔に書いてあったが、許してあげることにした。

痩せましたかという問いは、おそらくイメージの問題だろう。わたしは朝から、いや正直に言えば昨日の夜から緊張していた。生理からくる頭痛のことも忘れるほど、がちがちになっていたといっても過言ではない。

たぶん、その緊張が体のどこかに出ているのだ。現実に痩せてなどいないが、水越が錯覚するのも無理はない。そしてそれはどういう意味であれ、悪いことではなかった。きっかけきっかけ、と口の中でつぶやきながら仕事に取り掛かった。

水越だけではなく、他にも何人かに、ん？　という顔をされた。ランチの時、同僚の女の子にも、川村さん、何か今日違いますねと言われたし、廊下ですれ違った加代子にも、気合い入ってますね、と言われた。本人のつもりとしては、気合いというところまではいってないのだが、それなりにオーラが出ているのは確かなようだ。

そして、そのオーラのおかげか、夕方になっていきなり突発的なトラブルが発生したり、野村課長が急な仕事を命じたりするようなこともなく、無事仕事は終わり、会社を出たのは六時半過ぎのことだった。あまりの順調さに、我ながら何か不気味な感じさえしていた。

3

西風館という店について、わたしは何も知らなかった。最近できたばかりだそうです、という児島くんからのインフォメーションと、送られてきたものすごく簡単な地図だけがすべてだった。

地図によれば、会社から歩いていくと、東池袋の駅を通り越して、四、五分行ったところにモジャースという界隈《かいわい》では有名なディスカウントショップがあるが、その斜め向かいだ。この辺りに勤めていて、モジャースを知らない者はいないだろう。地図が簡単であっても、問題はなかった。

(二時間ぐらいかな……いや、もうちょっとはかかるか)

夜七時からという児島くんとの食事について、どれぐらいかかるだろうか、ということの方がわたしにとってよほど問題だった。モジャースは食料品から電化製品、日用雑貨まで品揃えも豊富で、確かに安い。会社と駅の間にあったら、毎日通ってしまいそうな店だ。

ただ、銘和乳業の他の社員も言っているように、駅を越えなければならないというのがネックだった。駅の反対側に出るのが、どうも損した気になってしまう。だからそれほど頻繁《ひんぱん》に行くわけではなかったが、せっかく近くまで行くのだから寄らない手はないだろう。

ディスカウントショップの多くがそうであるように、モジャースも閉店時間はかなり遅い。ドン・キホーテのように二十四時間営業ではなかったが、確か十時ぐらいまではやっていたのではなかったか。

仮に児島くんとの食事が二時間かかったとしても、解散は九時だ。それからモジャースへ行けばいい。氷川台のマンションを引き払うに当たり、部屋の掃除をしなければならなかったが、トイレ用の使い捨て雑巾《ぞうきん》とか、洗剤とかスポンジとか、そういう類《たぐい》のものを買わなければならなかったのだ。

近所のスーパーで買ってもいいのだが、わたしもそれなりに節約というものを心掛けている。一円でも安い店へ行き、お釣りで受け取った五百円玉は使わずに専用の貯金箱に入れておくなど、涙ぐましい努力を続けていた。

モジャースまで、会社からは歩いて十五分ぐらいだ。早く着き過ぎて待つのも嫌だったし、基本的には児島くんのお詫びということになっていたので、のんびり歩いていった。モジャースのある交差点に出たのは七時五分前、予定通りだった。

ただ予想外だったのは、西風館というその店がどこにあるのかわからなかったことだ。白木屋のように、あるいは和民のように巨大な看板が出ているかと思っていたが、どうも見当たらない。わたしは場所を間違ってしまったのだろうか。

モジャースの向かい、ということがわかっていればそれで良いと思っていたので、地図は会社に置いてきてしまっていた。どうせ罫線で書かれただけの地図だ。持ってきていたとしても同じだっただろう。

モジャースの前の通りを三往復したが、それでも場所はわからなかった。仕方がないので、通りかかった人や近くにあった床屋、ついにはモジャースに入って店員にも聞いてみたが、西風館という店は知らないという。

いかん、これはマズイ、と本格的に思ったのは、七時を十分ほど過ぎた頃だった。わたしは何か根本的な間違いを犯していたのかもしれない。

もしかしたら、モジャースは他にもあるのだろうか。それでなくても池袋は新陳代謝の激しい町だ。モジャースの二号店や三号店ぐらい、知らないうちにできていてもおかしくはないだろう。

だが、念のためモジャースの店員に聞いてみると、池袋近辺ではここにしか店舗はないという。一番近いのは江戸川橋だそうだが、いくら何でもそれは遠すぎる。何丁目かは忘れたが、地図に池袋と書いてあったのは覚えていた。

いったいどうしたものか。わたしは児島くんの携帯の番号を知らない。携帯のメールアドレスさえ知らなかった。知っているのは青葉ピー・アール社の直通番号だけだ。連絡をつけようと思っても、どうにもならなかった。

１０４の番号案内にも電話をかけてみたが、西風館という店は登録されていないという。まだ新しい店だというから、届けを出していないのか。ますます焦った。

モジャースの前の通りをうろうろ歩きながら、どうするべきか考えた。とりあえず青葉ピー・アール社に電話をした方がいいのか。だが、もう七時を回っている。児島くんはとっくに会社を出てしまっているだろう。

銘和乳業の川村です、と名乗って彼の携帯番号を聞いてもいいのだが、素直に教えてくれるかどうかはわからなかった。個人情報保護法が施行されてからというもの、どの会社でも個人の携帯番号は気軽に教えてくれないはずだ。

銘和乳業の場合、折り返しこちらから電話させますので連絡先をいただけますか、と答えるようにお達しが出ている。おそらく対応としては似たようなものだろう。

後は横山部長に直接電話をかけるぐらいしか手は残っていなかったが、それもはばかられた。横山さんならわたしの声はわかるだろうし、部下の携帯番号ぐらいすぐ教えてくれるだろうが、何というか、変に勘ぐられそうで嫌だったのだ。

困ったなあ、というつぶやきが唇から漏れた。融通が利かないとよく言われる。わたし自身はそんなことないと思っているのだが、確かに約束とか時間にはけっこううるさい方だ。

十分も二十分も平気で遅れてくるような相手との仕事は、なるべく避けてきた。時間を守るというのは、ささやかではあるが、わたしにとってはある種のプライドだった。だが、このままではどうにもならない。

時計を見ると、もう七時十五分になっていた。これはさすがにまずい事態だ。歩いていると煙草屋があり、小さな窓のところに、お婆《ばあ》ちゃんが座っていた。聞いてみるしかないだろう。

「すいません、あの」

お婆ちゃんが愛想のいい顔になったが、ちょっと道を聞きたいんですけどと言うと、すぐ笑みが引っ込んだ。わかりやすい人だ。

「あの、この辺に西風館という店があるの、ご存じありませんか？」

「知らない」

ものすごい速さで答えが返ってきた。取り付く島もない、とはこのことだろう。

「そうですか……どうもすみませんでした」

「どんな字」

立ち去ろうとしたわたしに、お婆ちゃんが投げつけるように言った。溺《おぼ》れる者は藁《わら》をも摑むではないが、東西の西に風、最後が館ですと説明した。

「ならいだて」

「は?」

「西風館って書いて〝ならいだて〟って読むの。最近の子は字を知らないねえ。活字離れってのは本当だね」

いきなり新聞の見出しのようなことを言われても困るが、そうなのか。わたしの読み方が間違っていたのか。

「ここのすぐ裏だよ。一本路地入って、左側。確かにわかりにくいけど、行けばすぐだから」

顔は怖いが、悪い人ではないようだ。わたしは財布を取り出した。児島くんがすっていた煙草。確か赤っぽいロゴが入っていた。どれだろう。

「おばさん、そのマルボロを二つください」

親切に報いたいと思ったのだ。律義なのはわたしの性格だ。あらどうも、とにこやかな笑みを浮かべたお婆ちゃんが、煙草を渡してくれた。

そのまま路地へと回り、奥へと進んだ。ならいだて、ならいだて、とつぶやきながら左右を見て歩いた。

「川村さん」

足が止まった。数歩先の左側に、心配そうな表情を浮かべた児島くんが立っていた。その足元に、西風館という店の名前の入った小さな行灯《あんどん》があった。

風が強く吹いて、中のロウソクの炎を揺らした。

4

西風館、〝ならいだて〟は地下一階にある店だった。創作フレンチというのだろうか。オーナーはもともとフレンチのシェフで、詳しくもないわたしでさえ知っている有名なポール・ボキューズの店で修業を積み、何年か前に帰国したそうだ。その後は資生堂パーラーでシェフを務めていたという。

独立したのは今年のはじめで、店は最近オープンしたばかりだというのは児島くんからも聞いていた。驚いたのは、西風館というのがオーナーシェフの本名ということで、岩手《いわて》には多い名前だという。できればもう少し読みやすい名前であってほしかった。そうであれば、ここまで遅刻することもなかったはずだ。

「いやあ、忘れられちゃったかなあと思って、マジ焦りましたよ」

「ごめんなさい！」

謝るしかないだろう。冗談です、と児島くんが明るく笑った。

「仕事で遅くなってるのかなって思ったんですけど、場所がわかんなかったっていうのは、ぼくの方にも責任がありますし。もっとちゃんとした地図を送ればよかったですね」

児島くん本人も〝ならいだて〟と読むのは知らなかったという。すいません、といかにも体育会的な感じで頭を下げた。いえ、そんな、とわたしは手を振った。

「遅刻したのはこっちなんですから。すいませんでした……あの、すごく雰囲気のいいお店ですね」

無理に話を変えたわけではない。本当に落ち着いた感じの店だった。

全体としては少し暗いのだが、間接照明を多用しているため、テーブル周りはよく見えた。もちろん、向かい側の席に座っている児島くんの顔もだ。

店のそこかしこに、竹と笹《ささ》を使ったオブジェが置かれていた。創作フレンチの店、とメニューには小さく記されていたが、竹を大胆にあしらった店内のデザインは、和のテイストを取り入れているという意図を表すものなのだろう。

四人掛けのテーブルが四卓、カウンターもあって、そこは五席だった。別に個室が二つあるという。少し小さいかもしれないが、居心地《いごこち》が良さそうなのは間違いなかった。

「あっち側の席だと、小さな池があって水が流れてるそうなんですけど、今日は予約が入ってるらしくて取れなかったんです」

すいません、仕切り悪くて、とまた頭を下げた。今どき、店の中に池があろうがプールがあろうが驚きはしないが、想像と違っていたので驚いた。絶対に居酒屋だと思っていたのだが。

食前酒はいかがいたしましょう、と音もなく近づいてきた黒いジャケットの男の人がわたしの耳元で囁いた。暗がりから突然現れたその姿は、魔法使いのようだった。

メニューを開いていた児島くんが、どうしますかと尋ねた。何とかのひとつ覚えかもしれないが、こういう時わたしはキールと答えることにしている。じゃあ、ぼくもそれで、と児島くんが言った。

かしこまりました、とカタログの見本のように微笑んだ男の人が、コースはシェフお任せということでよろしいでしょうか、と確認した。児島くんがうなずいた。

「何か、苦手なもの……お嫌いなものなどございましたら、お教えいただければと存じますが」

わたしは首を振った。自慢ではないが、食に関して嫌いなものは何もない。ぼく、セロリがちょっと、と児島くんが顔をしかめた。

「セロリ……でございますね」

判決を告げる裁判官より重々しい声で、セロリ、と繰り返していた男が、大丈夫でございます、とゆっくりうなずいた。

「本日、シェフのスペシャリティにセロリはございません……少々、お待ち下さいませ」

ミュージカルのダンサーのような足取りで男が下がっていった。その後ろ姿に目をやりながら、児島くんがつぶやいた。

「セロリ」

「セロリ」

わたしも同じように言った。セロリという単語を国家機密のように発音できる日本人は、たぶんあの男だけだろう。

「セロリ、駄目なんですか？」

「いや、食えと言われれば食いますよ。これでも山男なんで。でも、好きか嫌いかって言われたら、はっきり嫌いですね」

苦いじゃないですか、と言う。子供みたいなことを言うなあと思って、ちょっとおかしくなった。

「ちょっと意外でした。山岳部ってこの前聞いてたから……こんなオシャレなお店、知ってるなんて思いませんでした」

しまった。失言だ。いやあ、そりゃ偏見ですよ、と児島くんが真面目《まじめ》な顔で言った。

「山岳部だって、たまにはこういうところにも来ます……なんてね。実は、兄貴がコックなんです。親父もお袋も食い意地張ってて、そのせいかもしれないんですけど」

「お兄さん、いらっしゃるんですか？」

「ちょうど十歳上かな？ フレンチじゃなくて、中華なんすけど。去年の冬から、修業だとか言って香港《ホンコン》いっちゃって、三十超えて修業も何もないと思うんですけどね。いつ帰ってくるんだっけな……とにかく、大学の時とか兄貴がいろいろ連れてってくれたんで、知り合いとかもけっこう増えちゃって。それで、そこそこお店とか知ってるんすよ。ここは誰に教わったんだっけなあ」

十歳上、とあたしは頭の隅にメモした。ということは三十三か、三十四歳か。もしかしたら、これもひとつのきっかけになるかもしれない。お兄さんは独身なの？ と聞きそうになったが、慌てて口を閉じた。それもあんまりな話だろう。

例の黒服の男が食前酒を運んできた。すぐ後ろから、作務衣《さむえ》のような服を着た若い男が、前菜をテーブルに並べてくれた。

「左から、タケノコと湯葉《ゆば》のポワレ、壬生菜《みぶな》と鮎《あゆ》の煮浸し、空豆とゴルゴンゾーラチーズとフォアグラのパテ、一番右が浅蜊《あさり》のソテー、ガーリックソース蒸しでございます」

ではごゆっくり、と二人が下がっていった。グラスを手元に引き寄せた児島くんが、飲む前に、と両手を膝《ひざ》に当てた。

「今回は、どうもすみませんでした」

きちんとしたお詫びだった。いえ、こちらこそ、とわたしも両手を揃えた。

「メールにも書きましたけど、こちらにも責任のあることです。わたしの方こそ、ありがとうございました」

顔を上げると、児島くんがわたしを見つめていた。不意に微笑がこぼれた。

「じゃ、そういうことで。乾杯しませんか？」

「乾杯？」

グラスを掲げながら尋ねた。黄金色の液体がゆっくりとその中で揺れていた。

「何に乾杯しましょうか……何でもいいんですけど」一瞬、間が空いた。「じゃあ、〝モナ〟の成功を祝して」

「ありがとうございます」

グラスを合わせると、乾いた音が余韻を残した。わたしはグラスに口をつけて、少し飲んだ。甘い味がした。

「とりあえず、食べますか」

児島くんが濃い灰色の箸を手に取った。

5

さすが山男というだけのことはあって、児島くんの食べるスピードは恐ろしいほどに速かった。ビデオの倍速モードのようだ。

背こそ高いが痩せて見えるのに、どうしてこんなに食べるのが速いのだろうとも思ったが、テレビの大食い選手権などでも、痩せている人の方が速かったりするから、そういうものなのかもしれない。

わたしが二品目の壬生菜と鮎の煮浸しに箸を付けた時には、彼は四品の前菜をすべて食べ終わっていた。すいません、とまた頭を下げた。

「ぼく、早食いなんですよ。よくからかわれます」

「女の子に?」

どうもわたしは余計なことばかり言っているようだ。だが、児島くんの方に気にする様子はなく、男も女も両方ですと答えた。

「いつも、だいたいこんな感じですね。相手が半分ぐらい食べた頃には、こっちはもう全部食べ終わってるんです」

その割りに、グラスの中身は減っていなかった。お酒はどうなんですかと聞くと、あんまり飲めないんですよ、という答えが返ってきた。意外なことばかり言う人だ。

「それもよく言われますねえ……食う分、飲めよって」

「煙草はいいんですか？」

「親のしつけが厳しくて、食事する時は煙草すわないんです……いや、冗談です、もちろん」

この店、個室以外全部禁煙なんです、と小さく笑った。たぶん、それは彼の気遣いなのだろう。わたしが煙草をすわないのは、彼もわかっているはずだった。

水越に聞かせてやりたい。銘和乳業は食品会社ということもあり、かなり早い時期から全社的に禁煙になっていたが、夜になれば少しぐらいは自席ですってもいいという暗黙の了解がある。水越はそれをいいことに、七時を過ぎるとそれまでの鬱憤《うっぷん》を晴らすかのように煙草をすいまくるのが常だった。

喫煙が悪いと言っているのではない。ただ、マナーというものがあるだろう。くわえ煙草で煙をその辺りに撒《ま》き散らしながら、相談なんですけどと言われても答える気がなくなるというものだ。

早食いを自称する児島くんは、その分いろいろ喋ってくれた。それもまた気配りなのかもしれない。何を話せばいいのかわからなかったわたしにとって、それはとても楽なことだった。

そういえば、と彼が言ったのは、二皿目の海の幸スープを飲み終えた時だった。さすがにスープなら、わたしも彼の速さに追いつくことができた。

「一応ですね、ご報告といいますか、本来なら横山の方からお伝えするべきなんでしょうけど……今回のことがあったからというわけではないんですが、石丸が御社の担当から外れることになりました」

そうですか、とわたしはうなずいた。当然といえば当然だし、特にわたしにとってはありがたいことだった。また彼女と組むようなことがあると考えただけで、胃が痛くなってくる。

「じゃあ、石丸さんは別の会社の担当に？」

「いや、さすがにそれは……」

困ったような表情を浮かべていた児島くんが、内勤ということになりました、と言った。

「内勤？」

「営業部は変わらないんですけど、社内業務関係の仕事をするそうです。本人の希望もあったみたいですね……彼女も、今回の件についてはすごく反省してるんですよ。銘和さんに申し訳なかったって」

本当だろうか。ちょっと疑わしい。石丸嬢はそんなにしおらしいタイプではないだろう。児島くんはかばっているつもりのようだが、わたしにとってはどうでもいいことだった。

「それで、代打じゃないんですけど、後任がぼくになりましたので」

よろしくお願いします、と頭を下げた。今日、何度目だろう。

「え……だって」

あなた、契約社員なんでしょ、と言いかけてまた口を押さえた。それは最低の失言だろう。

「人使いが変なんですよ、あの会社」先回りするように児島くんが言った。「契約でも名刺持たせるし、社員と同じ仕事させるし……あ、それはこの前も言いましたね」

やはりご時世なのだろう。正社員採用を手控え、パートや契約社員に正社員と同じ仕事をさせるという流れは、どこの会社でも同じだ。

銘和乳業は古い体質の会社なのでまだそこまで至っていないが、普通の会社ではよくある話だという。ひと月ほど前に会った大学時代の友人も、そんなことを言っていた。

「不慣れなんで、いろいろご迷惑おかけすることになるかと思いますが、勘弁してください」

「そんな。この前みたいなことはないと思います」

わかりませんよ、と児島くんが悪戯《いたずら》っぽい笑みを浮かべた。

「もっとすごいことになったりして……会社名間違ったまま、印刷しちゃったりとか」

まさか、と笑ったところで、黒服の男がスープの皿を下げ、代わりに白い紙に包まれた上品そうな料理を出してきた。器用な手つきで紙を破ると、テーブルの上に湯気がたった。

「サーモンの奉書包み焼き、エンドウ豆のムース添えでございます。香りをお楽しみくださいませ」

優雅な笑みを浮かべて去っていくその後ろ姿を見ていると、なぜかおかしくなってきた。

「エンドウ豆のムース添えでございます、か……いや、独特な人ですよね」

「止《や》めて」

わたしは一度本格的に笑い出すと、止まらなくなってしまう。これは冗談でなく、レストランなどで椅子から転げ落ちたことが何度もあるのだ。

「いやいや、大仰な人ですよ……最近じゃ貴重ですよね、ああいう人は。さて、じゃあお勧めに従って、香りをお楽しみしましょうか」

皿ごと持ち上げた児島くんが、鼻を近づけていった。わたしは唇をぎゅっと噛み締めて、爆発しそうな笑いを堪《こら》えた。

6

予想とはまったく違った展開だった。気詰まりな時間が続くだろうと思っていたが、そんなことにはならなかった。

店の雰囲気がよかったこともあるし、料理がどれもおいしかったせいでもあるが、とにかく児島くんとの間で話が途切れるようなことはなかった。

だいたい、七対三ぐらいの割合で児島くんから話してくれた。話題を振ってくれるのも彼だし、そこから話を広げ、次へとつないでいくのも彼だった。

わたしが聞いたことといえば、なぜわたしからのメールに対して、あれほどレスポンスが速いかということぐらいだ。聞いてみれば何のことはない、パソコンから彼の携帯電話にメールを転送しているというだけのことだった。

知識として知ってはいたが、設定の仕方がわからないこともあって、そんなことをしようと思ったこともなかったが、やっぱり仕事的には便利ですよ、と彼は言った。今度、わたしも試してみることにしよう。

児島くんは気配りもよく、わたしのグラスが空くと何か飲みますか、とすぐに聞いてきた。わたしも決してアルコールに強いわけではないのだが、気が付けばメインの鴨《かも》肉のローストが出るまでの間に、食前酒に加えワインを三杯も飲んでいた。あんまり気を遣わないでくださいと言ったが、そんなつもりはないんですよ、とちょっと悲しそうな顔になった。

「環境ですかねえ……どうしても大学生気分が抜けてないと言うか……ああ、あと女家族だったからかな」

「女家族？」

「うちの親父、建設会社に勤めてるんです。大角《おおすみ》建設っていうんですけど」

もちろんわたしも知っている。というか、日本人なら大概の人が知っているのではないか。大手のゼネコン会社で、業界ではおそらく最大手のはずだ。

「そこの資材課ってとこで働いてるんです。鉄とかコンクリートとか、そういう資材を調達して、運んだりするんですけど、要するにこれって現場仕事なんですね。それで親父が無類の現場好きで、ぼくが小さい頃から、出張は多いし単身赴任はするし、あんまり家にいたことなかったんすよ。落ち着いたのって、本社に戻った頃だから、つい二、三年前じゃないかなあ。だから、ほとんど母子家庭みたいなもんでしたよ」

「でも、お兄さんがいるって」

「兄貴とは十違いますから。それに、兄貴だけじゃないんです。五歳上の姉貴、二つ下の妹。あと、バアちゃん。八十ちょうどなんですけど、凄まじく元気なんですよ。ある意味、家を仕切ってるのはバアちゃんですね」

なかなかパワフルな家族のようだ。

「それで、兄貴はぼくが小学校の時、高校出てすぐコックの修業に入っちゃって、家を出ていったわけです。だから、ずっと女ばっかしですよ」指を折りながら言った。「バアちゃんでしょ、お袋でしょ、姉貴、妹。四人の女に囲まれてたら、気遣い覚えないと生きていけないですよ」

だから嫌でやってるんじゃないんです、と慌てたように言い訳した。なるほど、彼の会話のスムーズさは、四人の女性に囲まれながら育ったためなのか。

「川村さんは、ご兄弟は？」

弟が一人、とわたしは答えた。

「大学出て、すぐ結婚しちゃって。ホント、嫌な弟です」

すごいっすね、と感心したように児島くんが首を振った。

「大学出てすぐってことは、今のオレと同じくらいの歳《とし》で結婚したってことでしょ。すごいなあ。熱愛だったんですね」

「すごいかどうかわからないけど……大騒ぎだったなあ。父も母も、若すぎるって大反対で」

「まあ、早いっていえば早いっすもんね。うちだったらどうかなあ……やっぱ反対するかなあ」

正直に言えば、弟の結婚はいわゆる〝できちゃった婚〟だった。わたしの父と母は、どちらかと言えば古いタイプだ。

順序が違うだろうと父は怒り、母は母でお姉ちゃんもまだなのに、と余計なことを言ったりしたのだが、そんなことを今話すわけにもいかない。

とにかく、できてしまったものは仕方がないので、お腹《なか》が大きくなる前にと大急ぎで式を挙げたのが六年前のことだった。

「お兄さんとかお姉さんは結婚されてるんですか？」

全然、と鴨肉を切り分けながら児島くんが眉間《みけん》に皺《しわ》を寄せた。

「まあ、姉貴はまだ二十八とかだからいいんですけど、兄貴はねえ……もういい歳なんだから、いい加減にしろよってオレもいつも言ってるんすけど、独立するまでは結婚しないとか言って。カッコつけたがりなんですよ、うちはみんな」

また、いつの間にか、一人称がオレになっていたけど、あまり気にならなかった。そうか、お兄さん、まだ結婚してないのか。いいな、コックさんの奥さんっていうのも。ずいぶんと家事が楽だろう。

メインを食べ終えると、チーズとデザートが出てきた。その辺りは完全にフレンチのスタイルだった。

デザートは胡麻《ごま》のアイスクリームと小さなイチゴのミルフィーユで、両方ともとてもおいしかった。児島くんはコーヒー、わたしはストレートの紅茶を飲みながら、しばらく話した。

まだ入社して二カ月ほどの児島くんとしては、仕事の事が気になるらしい。ＰＲ会社って、何だかよくわかんないんですよ、と言う。

確かに、一般的にはそれほどなじみのない職種かもしれない。広告代理店と似ているところもないわけではないが、やはり違っている点も多い。

今までは横山部長の下で、アシスタント的な仕事をしていたが、今回の件もあって石丸嬢の仕事をすべて引き継ぐことになり、覚えることだけでも山のようにあるそうだ。いろいろ教えてほしいんです、とその時だけちょっと真剣な表情になった。

わたしでよければ、と答えた。それ以外、どう答えればいいのか。

「すいません。でも、ありがたいです。やっぱ、まだ心細いっていうか」

気持ちはわからなくもない。社会人一年生なんて、みんなそんなものだろう。

「……どうしますか」児島くんが時計をちらっと見た。「ちょっと、飲みに行きます？」

わたしは時計を見なかったが、だいたい九時半から十時の間ぐらいだろう。行ってもいい。というより、もうちょっと積極的に行きたいと思っていた。

ただ、どうだろうか。素直にうなずくべきなのか、それとも迷ったふりをするべきなのか。彼の誘いは儀礼的なものかもしれない。そんな想いが一瞬頭をかすめた。それで答えをついためらってしまった。

「あ、別に無理にっていうんじゃなくて」気にしないでください、と児島くんが手を振った。

「まあ、明日も仕事ありますもんね。今日はこの辺でお開きってことにしましょうか」

そうですね、とわたしはうなずいた。失敗した。ていうか、もっと強引に誘いなさいよ、とも思った。我ながら、混乱しているのがよくわかった。

児島くんが合図をすると、例の黒服が近づいてきた。財布を取り出した児島くんに、わたしも払いますと言ったが、今日はうちが、と首を振った。

「お詫びですから。それに、正直言うと横山部長からお金預かってるんです」財布を開きながら児島くんが言った。「川村さんに払わせたなんてわかったら、オレが怒られちゃいますよ」

そうか、それなら仕方がないか。一応、お詫びということなのだから、今日のところは甘えておこう。

「じゃ、ごちそうになります」

いえいえ、と児島くんが何枚かの札をトレイに載《の》せた。

7

階段を上って外へ出ると、いい風が吹いていた。そろそろ夏ですねえ、と児島くんが伸びをした。

「川村さんって、氷川台ですよね」

どうして知っているのだろうと思ったが、タクシーに乗るとき、言ってたじゃないですか、と笑った。

「有楽町線か……じゃ、東池袋の駅まで行きましょう」

「児島さんは、どこなんでしたっけ？」

この前、聞いたような気もしていたが、何しろ徹夜明けだったので、記憶が少し飛んでいた。

「高円寺です。ＪＲの」

「それなら、児島さんは池袋の駅へ直接出た方がいいんじゃないですか？　高円寺って、確か中央線ですよね。あ、でも池袋からだと新宿で乗り換えなのかな」

「いや、ここからだと東池袋の駅の方が近いですから。ぼくも有楽町線で池袋まで行きますよ」

確かに、池袋駅まで歩くのはちょっと遠いかもしれない。二人で東池袋の駅へ向かうことになった。

レストランで向かい合っていた時はわからなかったが、並んで歩くと彼の背が思っていたよりもっと高いことに改めて気づいた。百八十センチぐらい？　と尋ねると、百八十一です、という答えが返ってきた。

「川村さんは、百六十ぐらいですか？」

はい、とうなずいた。本当は百五十八センチなのだけれど、なぜか百六十ぐらいと言っておいた方がいいような気がした。

これだけ身長が違うと、歩幅も違う。彼が気を使ってゆっくりと歩いてくれているのがわかった。わたしはわたしで、なるべく大股《おおまた》で歩くよう心がけた。

駅までは五分ほどだった。ちょっと待ってて下さい、と切符を買ってきた児島くんと一緒に自動改札を抜けてホームへと降りた。

駅の時計が十時ちょうどを指していた。次の電車が来るまで二、三分あった。

わたしはこういう時間が苦手だ。エレベーターとかでもそうだけれど、短い時間の間に気の利いた話をすることができない。

「混んでますかねえ。この時間だから、そこそこ混んでるでしょうね」オレ、でかいじゃないすか、とちょっとすねたような顔になった。「何か、すごい迷惑そうにされるんですよ」

小さいのも損ですよ、とわたしは返した。

「すごい勢いで、みんなに押し潰《つぶ》されるみたいで」

「それぞれ、苦労が絶えませんね」ホームの左右を見渡していた児島くんが、来ました、と言った。「何かこういう時に限ってすぐ来るな、電車って」

こういう時というのは、どういう時だろう。そんなことを考えているうちに、ゆっくりと電車が停《と》まった。降りていく人もそこそこにいたが、児島くんの言う通り車内は混んでいた。

「池袋でみんな降りるんでしょうね」

児島くんがわたしをドア脇《わき》のスペースに押し込んでくれたので、少し楽だった。よく見ると、彼は両手を壁について、わたしを周囲の乗客から守ってくれていた。わかっていたことだが、優しい人だなと思った。

「あれなんですかね……川村さんは、やっぱりすごく忙しいんですよね」

次は池袋、というアナウンスが流れた。東池袋から池袋駅までは、二分ほどだ。すぐに着いてしまう。

「まあ……すごいかどうかはわからないですけど、そこそこ忙しいですよね」

そうっすよね、とうなずいた児島くんがちょっと黙った。電車が少しスピードを緩《ゆる》めた。

「あのですね、忙しいのはわかってるんですけど……また……」

池袋、池袋、というアナウンスの声と重なって、よく聞こえなかった。はい？　と問い返すと、また誘ってもいいすか、と少し大きな声がした。

意味がよくわからないでいるうちに、電車が停まった。池袋の駅だ。

座っていた乗客も含め、大勢の人たちが開いたドアに向かってくる。わたしたちも巻き込まれるようにして外へ出た。

「また誘ってもいいですか?」

ホームに降りた児島くんが、ちょっと怒ったような口調で言った。ええと、どう答えればいいのだろう。

「……あの、ごちそうさまでした。わたし、このまま乗っていくんで、気をつけて帰ってくださ

のだろうか。

い」

「また誘ってもいいすか？」

車内に戻ったわたしに、今度は大声で児島くんが言った。若い子は恥じらいというものがない

「……はあ……あの」

「気をつけて！」

手を振った児島くんの目の前でドアが閉まった。電車がゆっくりと動き始めた。彼はホームに立ったまま、わたしに向かって最敬礼していた。

どうも、と同じように頭を下げながらわたしは考えていた。また誘ってもいいですか、というのはどういう意味なのだろうか。

（よくわかんない）

ちょっと酔っているようだ。わたしは空いていた席に腰を下ろして、じっくりと考え始めた。

会議について

1

結局、氷川台に帰り着いたのは十時半少し過ぎのことだった。今や、どこから手をつけていいのかさえわからない状態だ。

相変わらず乱雑きわまりない部屋を見渡しながら思った。

(モジャース、行けなかったなあ)

とにかく、児島くんとの食事は楽しかった。正直なところ、かなりグレードが高い店だったと言ってもいいだろう。この前の部内の祝勝会で、幹事役を務めた宣伝部の小川弥生がそうだったように、最近の若い子はわたしなんかよりよほど世間を知っているようだ。

出てきた食事も、それぞれに創意工夫の込められたもので、今度、友達と一緒に行ってみようか、素直にそう思えるお店だった。そして、これは児島くんと関係ないのだけれど、何より笑えたのは例の黒服の男だ。

妙に慇懃《いんぎん》で、丁寧でもあるのだけれど、何かひとつポイントがずれているあの男がいなければ、児島くんとの会話はもう少しぎこちなくなってたかもしれない。まさか〝セロリ〟という単語ひとつで十分間も話せるとは思っていなかった。

「また誘ってもいいすか？」

児島くんの声がリフレインした。はあ、まあ、そうですねえ。誘っていただくのはやぶさかではない、と思う。

とはいえ、いったいどういうつもりなのか。彼にとっても、今日の食事会が楽しかったということなのか、それともただの社交辞令なのか。

楽しくなかったわけではない、と思う。思いたい。

意外といえば意外なことに、インドア派のわたしと典型的なアウトドア派の児島くんとでは話も合わないと思っていたのだが、そんなことはなかった。

会話が煮詰まるようなこともなかったし、話が途切れて変な間が空くようなこともなかった。もちろん、彼の配慮があってのことだろうし、わたしだってそれなりに気配りはしたつもりだ。お互いの共通項になることを事前に捜していたし、いくつか話題だって用意していたのだ。

でも、そこまで考えておく必要がないほど、彼との会話はスムーズだった。例のシール貼りで、十時間を共にしたためもあるのだろう。ちょっと戦友みたいな意識もあったのかもしれない。

ただ、もちろんそれは今日だけのことだろう。もちろん、というか、たぶんそうだ。

とりあえず、今日は会社関係の話だけで十分に間が持ったけれど、次に会うとすれば、今度はもう少しプライベートな領域まで話すことになる。そうなれば、どうしても年齢のことをスルーするわけにもいかない。そして、それで終わりだ。

だいたい、彼はわたしのことをいくつだと思ってるのだろう。もし十四歳も上だとわかったら、彼はどこまで引いてしまうのか。それこそ宇宙の果てまで飛んでいくかもしれない。想像すると、ちょっとおかしくなった。

また誘ってもいいすか、というのはとても心地《ここち》よい響きの言葉だったけれど、それに甘えてはいけない。深い意味があって言ったことではないのだ、とわたしは自分自身に言い聞かせた。当たり前のことだ。

それにもっと重要なことが、今、目の前にある。この部屋を片付けること、お風呂《ふろ》に入ること、明日の出社の準備をすること。

わたしにはそれがよくわかっていた。優先順位をつけて、その通りに行動する。学生時代からわたしはそうしてきたし、その習慣を変えるつもりはなかった。ただ、どういうわけか、今日に限ってどれもやる気がしなかった。

とりあえず、部屋の整理は明後日からにしよう。明後日の土曜日は休みだし、朝から始めれば日曜のうちに終わるかもしれない。風呂に入るのも面倒だ。とりあえず手足と顔だけ洗えば、それでいいのではないか。さすがに化粧は落とさないと。

昨夜、散らかすだけ散らかしていた服の中から、適当に春っぽいニットのアンサンブル、それにタイトスカートを見つくろい、造り付けのタンスから下着類を出して、風呂場へと向かった。

ああ、歯を磨《みが》くのさえ面倒だ。

2

いつ寝たのかもよく覚えていない。適度に飲んだワインと、四年ぶりの男性との食事という緊張から解放された相乗効果もあってか、眠りは深いものだった。

朝、目覚めた時から気分が良かった。生理が終わりかけているということもあったのだろう。そのままの勢いでベッドから飛び出し、顔を洗いに行った。冷たい水が気持ち良かった。メイクも一発で決まった。こんなことは久しぶりだ。

よく見ると、昨日の夜に選んだ紺のニットとオレンジのタイトスカートというのは、ちょっと色のバランスが良くなかったけれど、なんだか勢いがついていて、このままでいいだろうと思った。今日は来客の予定もないし、別に何を着て行ったって構わないはずだ、と半ば開き直りながら会社へ向かった。

いつもよりちょっと早く家を出てしまったのは、少しだけ期待があったからだ。もしかしたら、児島くんからメールが来ているかもしれない。昨日、楽しかったですね、というような。

もちろん、そんなことはないだろうという思いもあった。仮にメールが来ていたとしても、それは一種の社交辞令的なものであり、それ以外に深い意味などない。それでも、やっぱり期待してしまう。女というのは、そういうものだろう。

「また誘ってもいいすか?」

彼の言葉には魔法のような何かがあった。どういう意味があるにしても、また誘ってくれるかもしれないというのは、素直に嬉しいことだった。たとえ、それが単にいい先輩という意味であったとしても。

定刻より三十分ほど早く社に着いた。野村課長だけが席にいた。この人はいつもそうだけれど、常に朝が早い。本人にそのつもりはないと思うが、どうも見張られてるみたいですよね、と若手からの評判は良くなかった。

「……何か、ありましたっけ」

ちょっと怯えたような声で課長が言った。いえ、ちょっと早く目が覚めてしまったもので、ともごもご言い訳して、自分の席に座った。

パソコンの電源を入れると、すぐにウィンドウズが起動を始めた。メールは来ているだろうか。立ち上がったパソコンのメールボックスを、ちょっとどきどきしながら開いた。期待外れというか、予想通りというべきか、児島くんからのメールは届いていなかった。現在進んでいる仕事の経過報告やつまらないニュースレターの類がいくつかあったが、それだけだ。

まあ、むしろ、さっぱりしたというものだろう。それならそれでいい、とちょっと乱暴にニュースレターを削除しながら思った。悲しいことだが、これが現実というものだろう。

彼にとって、昨夜の食事なんて、それほど意味のあることではなかったのだ。あくまでも、お詫びの一環であり、それ以上でも以下でもない。そういうことだ。

それならそれでいい。わたしだって、別に何か期待していたわけではないのだ。

わたしはナマハゲではない。どこがに独り者の男さいねが。すごしぐらい若ぐても歳取っででもいいがら、独身男はいねが。そういうわけではないのだ。

それはそれとして、とわたしは前にもらっていた児島くんからのメールにカーソルを合わせた。ごちそうになったのだから、お礼をするのは社会人の常識というものだろう。

〈青葉ピー・アール社　児島様
銘和乳業広報課川村です。
昨日は、すっかりごちそうになってしまい、申し訳ありませんでした。
とてもオシャレで、ステキなお店に連れていっていただいて、感謝しております。
今後、弊社の担当をしていただくということで、
これからご迷惑をおかけすることもあるかと思いますが、
どうかよろしくお願い致します〉

こんなところだろう。普通なら、またぜひご一緒にとか書くべきなのかもしれないが、そんなことを言われても児島くんが困ってしまうだろうと思い、あくまでもビジネスライクなメールにした。わたしも伊達に齢《とし》を重ねているわけではないのだ。

他に来ていたメールの確認をしていると、何人かずつ広報課員が出社してきた。今日は十一時から宣伝部だけではなく、販売など他部署も含めた大きな会議がある。

〝モナ〟の予想を遥かに上回るヒットにより、会社は予定を繰り上げ、コマーシャルの第二弾を流すことを決めていたが、その方向性を決める会議だ。遅刻魔の水越でさえ、九時半前にはきちんと顔を出すほど重要な会議だった。

ただ、主体となるのはあくまでも宣伝部であり、わたしたち広報課は一種のオブザーバーとして出席することになっていたから、気分的には楽だった。隣の宣伝部フロアでは、秋山部長自らが陣頭指揮を執っており、ちょっと近寄りがたい雰囲気すらあったが、広報課はその意味ではのんびりしていた。

「川村さん……今日の会議なんですが」

音もなく忍び寄ってきた野村課長にいきなり声をかけられて、心臓が飛び出しそうになった。他のことは何でも許すから、後ろから突然声をかけるのだけは勘弁してほしい。

「十一時からでよかったですね？」

「はい、十一時です」

「他部署はどこが？」

「販売と、企画部、開発部、それに経理と総務が出席すると聞いてますが」

会議に出てくる部署について、秋山部長から説明があったのは昨日のことだ。もう忘れてしまったのか。

それに、そんなことを聞いてどうしようというのだろう。あくまでもわたしたちの役割はオブザーバーに過ぎない。今回、メインになるのは宣伝部と販売部なのだ。

「それで、会議室はどこでしたっけ」

「ええと……」

会議室までは覚えていなかった。会議が始まる時に、誰かについていけば何とかなるだろうと思っていたのだ。

「ちょっと、宣伝に聞いてみます」

受話器を取り上げてプッシュボタンを押そうとしたわたしの手が止まった。広報課のドアが開いて、おはようございます、と元気のいい声が聞こえた。青葉ピー・アール社の児島くんだった。

「……川村さん、電話」

慌ててわたしは内線ボタンを押した。その時考えてたのは、会議室のことでも何でもなくて、自分が着ていた服だった。紺のニットとオレンジのタイトスカート。決してバランスがいいとは言えない。どうしてこんな格好をしてる時に、彼は現れるのだろうか、ということだった。

3

児島くんが秋山部長のところへまっすぐ行った。何か話をしていたが、時計を確かめていた部長が、困ったように首を傾《かし》げた。いえいえ、というように手を振った児島くんが、指を一本立てた。どうやら合意が成立したようだ。また児島くんが頭を下げて、部長席から離れていった。

そのままフロアを越えて、わたしのところへやってきた児島くんが、おはようございます川村さん、と明るい声で挨拶をしてきた。

「おはようございます……どうしたんですか?」

「いやあ、参っちゃいましたよ」屈託のない笑い声を児島くんが上げた。「昨日話した、担当替えの件で、今日宣伝と広報の人たちを紹介するっておっしゃっていただいてたんで、直行してきたんですけど、何か大きな会議があるんですって?」

テレビ・コマーシャル会議のことだ。ありますよ、とわたしは答えた。

「十一時から」

「らしいっすね。全員集まってるはずだから、ちょうどいいだろうっていう話だったんですけど、何かいろいろ準備が間に合わないとかで、会議が終わってからにしてくんないかって言われて。よくわかんないんすけど、こんなのってよくあるんですか？」

よくかどうかはわからないが、ないとは言えないのが大人の社会だ。会議の決定はかなり急だったから、かばうわけではないが、一概に秋山部長のせいとばかりは言えないところもあった。

「一時って言われたんですけど、大丈夫っすかね。どこまでも伸びちゃったりするとか」

「そんなことはないと思うけど……」

さっき児島くんが一本指を立てていたのは、一時という意味だったのだろう。いくら何でも、昼休みを越えて午後一時まで続くとは思えなかった。

「じゃあ、会社に戻って、もう一回出直してきます。どうしようかな、本当に」

今は十時で、午後一時までは三時間ほどある。わたしだったら、映画でも見て時間をつぶすところだが、社会人一年生によけいな知恵をつけることもないだろう。会社に戻るしかないでしょうね、と言った。

「あ、そういえば、メールありがとうございました」児島くんがワイシャツの胸ポケットから携帯電話を取り出した。「いや、マジですいません。こっちから出さないといけなかったのに、気を使ってもらっちゃって」

いいえ、とだけ答えた。児島くんが携帯の画面をじっと見つめた。

「面白い店でしたね。店がっていうより、あのオッサンが面白かったってことですけど」

たぶん地声なのだろうけれど、児島くんの声はけっこう大きい。本人は一応声をひそめて話しているつもりのようだったが、誰かに聞かれたらどうするのかとわたしははらはらしていた。

別に何か後ろ暗いことがあるわけでもないが、取引先のPR会社の若い男の子と食事をしたなど知られたら、とりあえずランチタイムのちょっとした話題になってしまうだろう。わたしは立ち上がって、児島くんをソファのところまで連れていった。

「あなたも社会人になったんだから、ちょっとはこっちの立場も考えてください。そんな話、誰かに聞かれたらどうするの」

あ、すいません、と児島くんが何度も頭を下げた。それもまたわたしにとっては気になるところだ。何だかこれでは、お局さまが新人の男の子をいじめているようではないか。

「いちいち頭下げたりしなくていいから」

「いや、でも、マジでメールもらって嬉しかったっすよ」また携帯電話を取り出した。「すぐ返事しようって思ったんすけど、どうせこっちに来ることになってたから、それなら直接言った方がいいかなって」

若者とのコミュニケーションは難しい。今はそんな話をしているのではないのだ。

「とにかく、わたしも仕事中なんで、あんまり横でいろいろ言われると集中力がなくなっちゃうっていうか」

どうして集中力がなくなってしまうのだろう。いや、そんなことはどうでもいい。

「すいません、オレ、気が利かなくて、そういうこと」

有名な日光猿軍団のように、反省のポーズを取った。わたしも、そんなに気にすることはないのに、どうしてこんなにかりかりしてしまうのか、自分でもわからなかった。

どうもすいませんでした、と謝る児島くんに、じゃあ、そういうことで、とだけ言って席に戻った。

しばらくすると、ユー・ガッタ・メール、とパソコンが喋った。開いてみると、そこにあったのは児島くんからのメールだった。振り向くと、児島くんが携帯を手に申し訳なさそうな顔になっていた。

〈お忙しいところすいません、児島です。
あのお、昨日のお店気に入ってもらえたみたいで嬉しいです。
ちゃんとお返事いただけなかったので、改めてうかがいますけど
また誘ってもいいですか？〉

最近の若者は携帯の扱いが堂に入っている。水越などがいつでも携帯を首からぶら下げているのは、こういう時のためなのかとやっとわかったような気がした。

「そろそろ、みんな集まり始めているようです」

いきなり背中で声がした。また野村課長だ。

「我々も行った方がいいと思いますが、どうでしょうね」

頼むから、それぐらいのことは自分で判断してほしい。メール一本打ったらすぐ行きますと答

えると、じゃお先に、とエレベーターホールへ向かっていった。わたしは自分の携帯を取り出して、そこに児島くんから来たメールのアドレスを打ち込んだ。

〈児島さま
これは会社のパソコンですので、私用はこちらのアドレスにお願いします。
また機会がありましたら、ご一緒させてください。ではよろしく。川村〉

そのまますぐにエレベーターホールへ行った。着くか着かないかのうちに、携帯が鳴った。じゃあ、いつがいいですか？　とそこには書かれていた。今はそれどころじゃないのよ、とつぶやきながら、わたしはエレベーターに乗り込んだ。

4

テレビ・コマーシャル会議は、総勢五十人ほどが集まる大会議だった。宣伝部は秋山部長から、一番下の小川弥生に至るまでほぼ全員、その他広報、開発、販売、企画、総務、経理などからも担当者が出席していた。

開発部の部長が商品開発の経緯を説明し、販売部の貴島《きじま》部長が現在の売れ行き状況と今後予想される数字を具体的に挙げた。会議の争点はそこだった。

販売部の調査によれば、もともと二十歳以下の学生層をターゲットにしていた〝モナ〟は、実際にはその予想を超えて三十代までがボリュームゾーンとなっていることがわかっていた。特に女性にその傾向が強く見られるため、第二弾のコマーシャルに関してはその点を考慮してほしい、というのが販売部からの強い要請だった。

それに対し、秋山部長は真っ向から反対した。確かに、二十歳以上、三十代の女性までが商品を支持しているのは事実だろう。だがそれは結果論であって、当初の予定通り学生層に向けて宣伝を展開していくべきだというのが部長の主張だった。

「ここでターゲットを広げてしまえば、狙《ねら》いが散漫になってしまい、結局は虻蜂《あぶはち》取らずということになってしまうと思うんですがね」

「そりゃそうかもしれないけど、せっかく購買層を広げるチャンスなんだし」

貴島部長が言った。貴島部長は昔流の人で、大きいことはいいことだと思っている。二十歳以下と絞り込んでいくよりも、極端に言えばすべての年齢層に販売のチャネルを拡大していきたいというのは、いつも通りの主張だった。

わたしのように広報課に属していると、秋山部長の意見の方が正しく聞こえる。ターゲットを絞っていったからこそ、今の結果があるのではないか。ただ、それは見解の相違というもので、もしかしたら両者の意見は永遠に相いれないものなのかもしれなかった。

いずれにしても、コマーシャルを作ることは決まっている。予算に関しても、役員会の承認まで下りているのだ。

早急にその内容を決定しなければならない。今の波に乗る形で、という点では二人とも立場が一致していた。

参考までに、ということで他部署の担当者も意見を述べさせられたし、かくいうわたしもその一人だったのだが、結局のところ今回に関していえば、秋山部長の立場の方が強い、というのが会議に参加していた者たちの総意だっただろう。なぜなら〝モナ〟プロジェクト自体が、秋山部長の発案によるものだったからだ。

全体の雰囲気は、秋山支持という形になっていった。もちろんわたしもだ。はっきり言えば、たとえ秋山部長の理屈が間違っていたとしても、わたしはそれを支持したはずだ。

貴島部長もそれを察したのだろう。なるべく上の年齢層にまで届く形での内容にしてほしい、というところまで譲歩してきた。

もちろん、秋山部長もそこで揉《も》めるような大人気ない人ではないから、なるべくその方向で行きます、と返事をした。そんなふうにして、約一時間後に会議は終わった。

わたしの立場でいえば、こういう会議は悪くないと思う。最悪なのは、商品が売れていない時の会議だ。

誰も発言しないし、責任遁《のが》れをしようとするし、あんな不毛なものはない。それと比べれば、ちょっと険悪な雰囲気になったとはいえ、今日の会議は建設的なものだった。いつもこうだといいのだが、そこまで言えば罰が当たるというものだろう。

とりあえず、会議は終わった。一時までに戻ってくるように、と秋山部長が宣伝部員に言っているのを背中で聞きながら、わたしは会議室を後にした。

5

一時きっかりにランチから戻ってくると、宣伝部のフロアで秋山部長が児島くんを部員に紹介しているのが見えた。

他部署もそうしているように、広報課でも昼間のランチタイムは当番制を敷いている。全員が出てしまうと電話番がいなくなってしまうため、誰か一人は残るようになっているのだが、今日の電話番は水越だった。どうしたの、と聞くと、何か青葉さんの担当替えの挨拶みたいいっすよ、とふて腐れた答えが返ってきた。

「ホントに青葉さん、担当替えちゃったんですね」

水越が隣のフロアを横目で見ながら言った。そうみたいね、とわたしはうなずいた。

「何だ、マジかよ。しかも男か」つまらなそうな顔になった。「前の、何ていいましたっけ、そうだ石丸さん。彼女、別に悪い子じゃなかったのに、何でですかねえ」

何でも何も、あんたはもうこの前の大騒ぎを忘れたのか。例のフリーペーパーの件を話したら、そんなこともありましたっけ、と真顔で言った。学習能力のない男だ。

「いや、そりゃ仕事でちょっと問題があったかもしんないですけど、石丸さんって親会社だかの重役のお嬢さんなんでしょ？　そんな感じしましたよ、育ちも良さそうだし。バカですね、うちの会社も。いいじゃないですか、石丸さんで」

手のつけられないバカがもう一人、今わたしの目の前にいる。そこへ児島くんを連れた秋山部長がやってきた。

「みんないいか……うちがいつも仕事をお願いしてる青葉ピー・アールさんの担当者が替わって、彼になったんだ。今後ともいろいろあると思うんで、紹介しておきたい。児島さんだ」

「青葉ピー・アールの児島です。よろしくお願いいたします」

はっきりした声で児島くんが挨拶した。仕事の時は、やっぱりそれらしく見える。なかなか引き締まった表情をしていた。

「川村さんは、例の件があったから、彼のことはもう知ってるよね。じゃあ児島さん、こっちが広報課の野村課長。基本的に広報のことは彼が窓口だから、たぶん一番会う機会が多くなると思うよ」

児島くんと野村課長が名刺交換を始めた。わたし以外の広報課員が、その後ろに列を作った。

「まあ、助かったよ」わたしの横に立っていた秋山部長が囁いた。「例の件も含めて、あの石丸さんってのはちょっとあれだったからな。彼、なかなか良さそうじゃないか。礼儀もきっちりしてるし」

そうですね、とわたしも答えた。立とうとしたが、いいから、と部長が手で制した。

「川村さんも、彼女があのまま残ってたんじゃやりにくいだろうと思ってね。ぼくの方から向こうの横山さんに頼んでおいたんだ。とりあえず、ペナルティじゃないけど、誰かと担当を替えてほしいってね。横山さんも、さすがに失敗したと思ったんだろ。あの人にしては、ずいぶん手回しがいい」

そう言って笑った。わたしも釣られてちょっと笑ってしまいながら、秋山部長の気配りに感心していた。極端に言うと、奥さんが羨しいとまで思った。全員終わったか、と秋山部長が声をかけた。

「みんなに言っておくけど、彼は社会人になりたての一年生だ。不慣れなこともあるだろうから、そこはなるべくフォローしてあげるように。青葉さんとうちはつきあいも長い。一緒に広報活動を盛り上げていくつもりでやってほしい。まあ、児島さんもいきなり宣伝だ広報だって言われても、全員を一度に覚えられるはずもないから、だんだんと慣れていくようにしてください。水越、同じぐらいの歳なんだから、お前がフォローするんだぞ」

「わかりましたあ」

俺かよ、と言いたげな口調で水越が答えた。

「言い忘れてたけど、野村くんと同じく川村さんも窓口になってるから、わからないことがあったらどっちかに聞いてください。何か児島さんの方からありますか？」

「いえ、今のところは。皆さん、よろしくお願いします」

児島くんが深々と頭を下げた。顔を上げた時、ちらりとわたしの方を見たような気がしたけど、それが偶然なのかどうかまではわからなかった。

6

一週間が過ぎた。

結局、もろもろの問題は無事に解決したようで、コマーシャルは前回の路線を踏襲することになったらしい。宣伝部の連中が毎日大騒ぎしているのはそのためだった。

それと比べれば、わたしたち広報課は平和だった。平和なのが広報課の取り柄だろう。とはいえ、仕事は相変わらず忙しかった。

加えて、これはわたし個人の問題だが、例の引っ越しが間近に迫っており、業者の手配やら見積もりやら、部屋の片付けやら新居に入れるベッドを買いに行くやら、何だかとんでもないことになっていた。

実際、引っ越しというのはものすごくエネルギーを使うものだ。早い話が、新居の電気、ガス、水道などについても、いちいち連絡を取って、場合によれば立ち会わなければならない。おそるべき面倒くささだったが、それでもやらなければ前に進めないというのだから、これは仕方のないことだった。

児島くんは毎日会社に顔を出していた。あの日、じゃあ、いつがいいですか？　という彼からのメールに対し、わたしは返事を出していなかった。出す余裕がなかったと言いたいところだが、それぐらいの時間はあった。返事を出さなかったのがなぜなのかは、自分でもわからない。

ひとつには、見栄もあったのだろう。誘われたからといって、ほいほいついていくほど軽い女だと思われたくないという見栄だ。三十七歳にもなって軽いも重いもないと思うのだが、これは性格だから仕方がない。

もうひとつは年齢のこともある。十四歳も年下の男の子と食事するなんて、わたしの常識の中ではあり得ないことだ。もし、あのメールをくれたのが秋山部長だったら、わたしはすぐに返事をしていただろう。これもまた性格によるものだ。

あとは何か理由があったのだろうか。とりあえず思いつかない。返事をしなければならないメールに限って、何と書けばいいのかわからずそのままになってしまうことがあるが、そういうことだったのだろう。

週明け、児島くんからまたメールが来た。お兄さんの友達だかの紹介で、神楽坂《かぐらざか》のスペイン料理の店を見つけたのだが、とてもおいしいからぜひご一緒に、という内容だった。

この前まで大学生だったくせに、神楽坂だのスペイン料理だの、ちょっと生意気だとは思ったが、この時もやっぱり返事を出せなかった。これはタイミングがものすごく悪くて、その時わたしは仕事と引っ越しの準備が重なって、どうにも動きが取れなかったのだ。

せめて礼儀として、お断りのメールを出すべきだったとは思う。だが、どうも億劫《おっくう》でそれができなかった。億劫というより、ちょっとどうしていいかわからなかったのだ。判断停止状態、そんな表現が一番当てはまりそうだった。

それから児島くんはメールを送ってこなくなった。まあ、それは仕方がない。どう考えてもわたしの責任だ。

そんなことを考えていた金曜日の昼過ぎ、児島くんが会社に来た。その時、広報課にいたのはわたし一人だった。その日はわたしが電話番の担当だったのだ。

「あの……いいですか?」

児島くんが様子を窺《うかが》うようにしながら、わたしの席に近づいてきた。

「何ですか?」

別につんけんしているつもりはない。ただ、年下の男の子に対して、どうふるまっていいのかわからなくて、こういう口調になってしまうのだ。

「いえ……あの、川村さん、やっぱりそんなにものすごくお忙しいのかな、と思いまして……」

やはり、メールの返事を出さなかったことについて、いろいろ言いたいことがあるようだった。

「まあ……忙しくないとは言えないですよね」

広報課というのは、ある意味で何でも屋だ。予算のない便利屋というのが一番実態に近い。その分、頭と足を使って動き回らなければならなかった。当然、それほど暇というわけにはいかない。まったくの暇でも困るが。

「そうっすよね」

児島くんが、少し低い声で言った。何と言えばいいのだろう、こんな場合。順番からいって、わたしが何か言わなければならないのだけれど、どう答えていいのかわからなかった。

「まあ、その、仕事もいろいろ多いし」

「はあ」

「面倒なことばっかりだし」

「ですか」

「もういい歳だから」しまった、自虐だ。「疲れちゃうと、もう全然ダメだし」

そうっすか、と児島くんがうなずいた。そこは肯定ではなく、否定してほしかった。

「まあ、そんなこんなで、その……」

そうっすか、ともう一度うなずいた。ええと、どうしよう。どうやってフォローすればいいのか。

「ああ……あと、わたし、引っ越すんですよ」

これは言い訳でもなんでもない。もう引っ越しは目前に迫っていた。来週末、わたしは東久留米のマンションに移ることになっている。今や毎晩夜なべのごとく、せこせこと荷造りに励む毎日だった。

「引っ越し？」

児島くんの目が一瞬光った。そうなんです、とわたしは言った。

「それもあって、もう何かわけわかんなくなっちゃってて……別にねえ、そんな、すごいたくさん物があるわけじゃないんだけど、やっぱり引っ越しって大変だなあって」

「いつなんですか？」

「はい？」

「いや、引っ越し。いつ引っ越すんですか」

早口言葉のような勢いで児島くんが言った。思わず釣られてしまった。

「いつって……来週末ですけど」

「いやあ、そうですか。引っ越しかあ。そりゃちょっと、オレも頑張らないといかんですね」

「はあ？」

どうも最近の若者の言動にはついていけない。何を頑張るというのだろうか。

「川村さん、忘れないでくださいよ。オレ、山岳部っすよ。重い荷物とか持つのは、任せてください。冷蔵庫ぐらいだったら、一人で運べますから」

「はあ？」

立ち上がった児島くんが腕を大きく振った。

「腕が鳴るなあ。久しぶりっすよ、引っ越し。いやあ、オレ引っ越し大好きなんですよ。もうね、何でも言いつけてください。バリバリ働きますから」

「あの……児島さん、もう、わたし、業者さん頼んであるから……」

「そりゃ、そうでしょう。だけど、あれでしょ、やっぱ人手とかは多い方がいいじゃないですか」

ううむ。そういう問題じゃないと思う。

確かに、わたしは経費節約ということもあって、何から何まで業者がやってくれる〝完全おまかせコース〟ではなく、荷造りも含め、事前にできることはすべて自分でやっておくという〝ゆるゆるコース〟を選んでいた。

このコースの場合、洗濯機や冷蔵庫のように特定の物に関しては、もちろん業者さんがやってくれる。ただ、中途半端に重い本棚とか、もっと中途半端な電子レンジとか、わたしのたったひとつの自慢である自動食器洗浄機のような物は、結局自分で場所を選び、据え付けなければならない。もっと細かく言えば、テーブルやベッドなどの位置の微調整もわたしがやることになっていた。

一人でできるはずがないことはわかっていたので、少し落ち着いたら弟を呼んで手伝わせようと思ってたし、日程も空けさせてあった。児島くんに手伝ってもらう必要はない。だいたい、そんなによく知っているわけでもない男の人に頼むことではないだろう。

だが児島くんはすっかりその気になっているようで、わたしの言葉に耳を貸すことはなかった。

何時からですか、今のマンションは駅から遠いんですか、どこへ引っ越すんですか、と嵐のようにさまざまな質問をぶつけ、それじゃあ当日、現地集合ということで、とわけのわからないことを言ってフロアから出ていってしまった。

どうも、わたしの与《あずか》り知らないところで、わたしは彼に引っ越しの手伝いをお願いしてしまったようだ。そんなことをしていいのだろうか、と悩んでいたら、昼食に行っていた連中が戻ってきた。

とりあえずランチだ。考えるのはそれからにしよう。何でも後回しにするのはわたしの悪い癖のひとつだったが、この場合仕方がないのではないか。

映画雑誌を一冊バッグに突っ込んでから、後はよろしくね、と言ってわたしは広報課を後にした。

7

週末、わたしは最後の引っ越し準備を氷川台のマンションで進めていた。その間も児島くんからのメールはしばしば届いた。

いざとなったら、冗談ですからと言ってごまかそうと思っていたのだが、どうもそんな感じではなかった。段ボールの手配や、ガムテープの準備はどうなっているのか、もし人手不足なら山岳部の後輩を連れていくが、その必要はあるのだろうか。新しいマンションの近くに駐車場はあるのか、そんな細かいところまで質問は留《とど》まるところを知らなかった。

全部業者さんにお願いしてあるから大丈夫です、と何度も返事をしたのだが、下手《へた》な業者に頼んで痛い目にあった人を何人も知っているんです！　と妙に力強いメールが戻ってきた。わたしにはどうやって彼の勢いを止めていいのかわからなかったし、それ以上にやらなければならないことが山のように残っていた。

先週業者から届いた段ボール箱に、包装紙で包んだ食器などを詰めていくだけでも、相当な時間が取られた。食器だけではなく、洗面道具などもある。本や雑誌、CDなどのようなものもあれば、ノートパソコンのように厳重に梱包《こんぽう》しなければならないものもあった。なぜマンションを買おうなどとあの時思ったのか、と波のような後悔がわたしを襲っていた。

当然、段ボール箱には何を入れたのか、書いておかなければならない。靴とかならいいが、下着とかだとそう書いておくのもはばかられる。いろんなことが面倒だ。

テレビは買い直すことにしていたから、それも業者さんに引き取ってもらわなければならない。これはベッドも同じだ。そんなことをしていたら、時間などいくらあっても足りなかった。

おまけに、机を引っ繰り返していると、そういう時に限って大学時代の友人と一緒に行ったハワイ旅行の写真とか、昔の彼氏と撮ったプリクラまで出てきてしまう。そんなものに見入っていたら、土日はあっという間に過ぎていってしまった。

男の人はどうだかわからないが、女の場合は化粧道具のように毎日使う必要のあるものもあるので、その意味でも引っ越しは大変なのだ。ようやくすべての段ボール箱を廊下に積み上げたのは日曜日の夜のことだった。

それですべてが終わったわけではない。今度の土曜日、引っ越しのトラックが来るまで、わたしは当然会社に行かなければならない。掃除をしている時間があるのは、今日の夜だけだった。

１ＤＫの部屋だが、何年も住んでいたからそれなりに汚れも目立つ。別に潔癖症というわけではないけれど、わたしにはいいかっこをしたがるところがあり、大家さんとか不動産会社にだらしのない女だと思われたくなかった。

特に、バスルームやトイレについては念入りに掃除をした。気が付くと朝になっていた。

その時になって気がついたのだが、わたしはその週着ていく服も含め、すべての洋服を段ボール箱の中に詰め込んでしまっていた。もちろん靴もだ。

銘和乳業では、よほどのことがない限り、ジーンズでの通勤は禁じられている。がっくりと肩を落としながら、再び段ボール箱を開き、とにかく今日のコーディネートを一通り揃えた。明日からのことは今日帰ってからやればいいだろう。

そして、その時もうひとつ重要なことに気づいた。わたしは掃除が終わったらお風呂に入ろうと思っていたのだが、バスタオルを段ボールの中に入れてしまっていたのだ。

このまま会社へ行ってやろうかとまで思ったが、夜ずっと掃除をしていたので、体は汗だくだった。これではあまりにひど過ぎるだろう。

とりあえず一枚だけバスタオルを出して、それを使ってシャワーを浴びた。五月の終わりということもあって、暑くもなく寒くもないのだけが救いといえばいえた。ちょっとだけベッドで仮眠を取ってから、ほとんど半徹夜の状態で、会社へ向かった。今日は何の仕事があっただろう。

(何でもいいや)

電車の吊《つ》り革につかまりながら、開き直ってそう考えた。幸いなことに、銘和乳業には女子用の仮眠室が完備されている。昼休みにでも、そこで寝てやろう。

だが、そうはいかなかった。会社に着くと、すぐに宣伝部の春山加代子がやってきて、わたしに耳打ちしたのだ。

「秋山部長、離婚するらしいよ。知ってた?」

「何、それ。何の話?」

ああ、また眠れなくなってしまう。どうしてこんな時に、そんな大ニュースが飛び込んでくるのだろう。そう思いながらも、わたしはみんなが集合しているという給湯室へ向かっていった。

引っ越しについて

1

　給湯室は戦争の司令本部のようだった。指示を下しているのは、宣伝部の大塚佳奈子《おおつかかなこ》課長で、課長職に就《つ》いているような立場の人が率先して噂話の収集と分析に当たるのもいかがなものかと思うが、銘和乳業というのはそういう会社なので仕方がない。

　やたらと人が出入りして、その騒ぎたるやまさに戦場そのものだった。確かに、秋山部長の離婚というのは、十分それに値するだけの出来事なのだが。

　次々に新しい情報が入ってきた。主な発信元は総務部で、前から思っていたことだが、うちの会社の総務部は個人情報保護法を明らかに無視しているところがあった。わたしがマンションを買ったという話も、ほぼその日のうちに多くの人の知るところとなったし、今日もこの有り様だ。ちょっとさすがに問題ではないかと思うところもあったが、やはりこれだけの大ニュースともなると、人の口に戸は立てられないということなのだろう。わたしも嬉々としてその輪に参加していたのだから、偉そうなことは言えなかった。

　わたしたちOLにとって、噂話は何よりの楽しみだ。極言すれば、噂話のために会社へ来ていると言ってもいい。人事異動の季節になると、やたらと張り切って情報収集に走り回るサラリーマンがいるが、その気持ちはよくわかる。

そして、昔から言われているように、他人の不幸は蜜《みつ》の味で、誰と誰がくっついたという話よりも、誰と誰が別れた、という話を好むのがわたしたちの基本スタンスだった。特に秋山部長の奥さんであるみどりさんは、もともと銘和乳業の社員だったから、知っている人も多い。

知り合い同士が別れたというのは、ある意味で痛ましい話ではあったが、わたしたちの道徳心はそこまで高くない。むしろ好奇心の方が先に立つのはやむを得ないところだっただろう。

大塚課長の指揮は、見ていて惚《ほ》れ惚《ぼ》れしてしまうようだった。正直、彼女は年齢こそいっているものの、それほど仕事ができるというわけではない。ただ、噂話のさばき方については、練達というか熟練しているところがあった。

入ってくる情報を取捨選択する能力、矛盾があればそれを訂正する能力、あるいは更に突っ込んだ情報を求めるなど、見事としか言いようがなかった。もし安藤優子がニュースキャスターを辞めたら、ルックスその他は別として、大塚課長こそがその後任者に相応《ふさわ》しいのではないかと思ったほどだ。もうひとつ言えば、その能力を仕事に向けてほしいと思わないわけでもなかったのだが。

昼過ぎ、だいたいのあらましがわかった。秋山部長の離婚はやはり事実のようだった。

ただし、まだ確定ではない。離婚届けが提出されるところまではいっていないという。とはいえ、すべての情報を分析した結果、数週間前から別居生活に入っているという事実に間違いないことが明らかになっていた。

もちろん、理由はある。驚くべきことに、奥さんであるみどりさんの浮気が別居の原因だった。わたしはほとんど彼女と入れ違いで入社していたため、人柄については詳しくない。ただ、どちらかといえばおとなしそうで、真面目な感じのする人だと思っていたから、余計に驚いてしまった。

それはわたしだけでなく、わたしより年上で、みどりさんと一緒に働いたことのある先輩社員たちも一様に同じ感想を漏《も》らしていた。あのみどりちゃんが、まさか、浮気なんて。

だがどうやらそれは事実らしく、みどりさんはどういうわけかいわゆる携帯の出会い系サイトにはまり、そこで出会った男と定期的に会い、最終的にはその男と暮らすと言って家を出たのだという。

なぜ、そこまで詳しい情報をわたしたちが入手できたのかといえば、秋山部長は相手の男だかみどりさんに対して慰謝料請求の訴訟を起こすつもりだったらしく、会社に弁護士を紹介してほしいと依頼し、その理由を話さなければならなかったから、というわけだった。

わたし自身もよく知っているわけではなかったが、わたしより若い世代の子たちには、みどりさんという人の顔さえ知らない者もいた。というより、むしろその方が多かったかもしれない。

みどりさんってどんな人だったんですか、という質問が飛び交ったが、浮気をするような子には見えなかったんだけどねえ、と誰もが異口同音に言った。わたしもあくまで印象に過ぎなかったが、やっぱり同じ意見だった。少なくとも出会い系サイトにはまるような人とは思えなかった。

どちらかといえばというより、はっきりと上品で、楚々《そそ》としたイメージさえあったのだ。自分も女だから、こんなことを言うのもおかしな話だが、本当に女というのはわからないものだ。

午後になると、どういうわけか女子社員たちの態度がなんとなくいつもと変わっていた。どことなくてきぱきしているし、仕事に対する取り組み方も積極的だ。いつもは何度鳴っても誰も出ない電話に、誰もが飛びつくようにして出ていた。

おまけに、メイクを入念に直してきた人も何人かいた。いったいどういうことなのかと不思議に思っていたら、鈍いねあんたは、と例の大塚課長に呼ばれた。

「あんた、今どういう状況かわかってんの？」

「もちろん、わかってます」

わかってないね、と大塚課長が首を振った。

「見てごらん。化粧を濃くして戻ってきたのは、みんな独身女だよ」

言われてみればその通りだった。それが何かと尋ねると、だからあんたはいつまでも独り身なんだよ、と言われた。

「秋山はさ、もうしばらくすればフリーになるってことなんだよ。見渡してごらん。あのぐらいの年齢で、秋山ぐらい仕事のできる男がいるかい？　まともなのがいるかって話だよ。放っておいたって、しばらくすれば平取《ひらとり》ぐらいになるのは、あんただってわかってるだろ」

確かに、秋山部長は社の内外から評価が高い。いわゆる幹部候補生であることは、いくら社内事情に疎《うと》いわたしでも知っていた。

「え……ということは、つまり」

「そうだよ。みんな秋山を狙ってるんだよ」

ちょっと待って、と思った。いくら何でも、それは早すぎないだろうか。だいたい、まだ秋山部長が離婚するかどうかさえ、正式に決まっていないと聞いている。その状況で、そこまで早手回しに事を進めるなど、わたしにはできない。

「みんな、そうやって早め早めに手を打ってるんだよ。人生ってのはね、早すぎて損することはないんだからさ」

ヤバイ、と思った。わたしはこの生存競争社会に生き残っていく自信がない。

「でも大塚さん……どうしてそんなこと、わざわざ教えてくれるんですか？」

「そりゃあねえ、晶子。あたしだって仏心ぐらいありますよ。一人だけぼんやりして、何にもしないで突っ立ってる子がいたら、教えてあげるのが人の道ってもんでしょうが」

どうもありがとうございます、とわたしは頭を下げた。さあ、わたしも化粧室に行かなければ。そして念入りにメイクをしなければ。このチャンスを逃がすわけにはいかないじゃないの。

2

「何か、秋山部長、大変なんですって？」

児島くんが話しかけてきたのは、その翌日のことだった。なかなか彼も侮《あなど》れないところがある。どこでその情報を入手したのだろう。

大変なのよ、と言いたかったが、さすがに社外の人なのでそれは遠慮することにした。わたしもよく知らないんですと言うと、いや別にいいんですけど、と彼がうなずいた。わたしの立場はわかっているということなのだろう。

「まあ、そんなことはともかくとして」

フリーペーパー第二弾のゲラが刷り上がったんで、お届けに上がりました、と彼が封筒を差し出した。テレビのコマーシャルと同様に〝モナ〟のフリーペーパーも、もう一度配布することが決まっていたのだ。

「早いですね」

発注したのは数日前のことだったから、ちょっと予想外の早さだった。来週ぐらいになるのではないかと思っていたのだ。

「いや、前回のひな型があったんで、デザインとかは踏襲してますから」それに、とちょっと苦い表情を浮かべた。「この前みたいなのは、やっぱりぼくもちょっと勘弁してほしいんで」

例のシール貼りの一件を言っているのだ。もちろん、わたしだってゴメンだった。顔を見合わせて、二人でちょっと笑ってしまった。

「スケジュールで行くと、あと二回色校出せますけど」

「そこまでしなくても大丈夫だと思いますよ。再校は出していただきたいですけど」

封筒の中からゲラを出した。初校段階で、ネームの類は全部入っていた。

これなら後は確認作業だけで十分だろう。まだ見習いの身でありながら、どうすれば仕事がスムーズに進むのか、児島くんはよくわかっているようだった。

「まあ、今回は楽ですよ。定価も商品名も全部決まってるわけですし」

「確認して、なるべく早く連絡します」

了解しました、と児島くんが敬礼した。子供っぽいその仕草が妙に似合っていて、わたしはまた笑ってしまった。ところで、と児島くんが声を低くした。

「あの……例の引っ越しの件なんですけど」

「ああ、それなら……」

結構です、と言おうとした。実際問題として、業者さんがすべてを仕切っているから、児島くんに何かをしてもらう必要はないのだ。

「あのね、児島さん、それは……」

わかってます、と児島くんが右手を前に出した。

「邪魔になるだけかもしんないですけど、やっぱりお手伝いしたいというか……とにかく、車も出しますから。いえ、別にお礼とかそんなのいいんです。終わったらビール一杯おごってくださ い。それで十分ですから」

じゃ、当日、ご自宅まで伺います、と言い残して彼がフロアから出ていった。ご自宅はいいのだが、わたしは氷川台のマンションの名前と、だいたいの場所しか言っていない。

それだけでどうやって来るつもりなのか、よくわからなかったけど、まあいいだろう。それで来れば来たでいいし、来なかったとしてもそれはわたしの責任ではないはずだ。

(そんなことより)

宣伝部のフロアに目をやった。昨日と同じく、いやもしかしたらそれ以上に女子社員の多くがメイク、ヘアスタイル、そしてファッションに至るまで気を使っているのがわかった。

正直な話、わたしだってそうだった。いつもより三十分も早く起きて、それなりに身だしなみを整えていたのだ。宣伝部だけではなく、広報課の女性陣の多くも、それは同じだった。

秋山部長は普段と何ら変わることなく、デスクで仕事をしていた。着ているものもいつもと同じだし、様子にも別に変わったところはなかった。

周りのみんなが部長の離婚問題について知っていることに気づいているのかどうかはわからなかったが、表情はいつも通り落ち着いたものだった。

わたしは今受け取ったばかりのゲラを持って、宣伝部のフロアへ向かった。別に急いでいるわけではなかったが、一応上司の確認を取らなければならない。

特に、このフリーペーパーについては、前回のこともあったから、取扱要注意物件だった。どういうわけかこの業界では、同じ事故が二度続くことが多い。気をつけなければならないのは確かだった。

青葉ピー・アール社からゲラが届いた旨《むね》を伝えると、後で見るからその辺に置いておくように、と部長に言われた。ちょっとクールな対応もいつも通りだった。

言われた通りゲラを置いて自分の席に戻ろうとした時、宣伝部の小川弥生とすれ違った。いつもならちょっと頭を下げてそれだけだったけど、珍しく彼女の方から話しかけてきた。

「……あの、川村さん」

「はい？」

なぜか彼女はわたしと話す時、必要以上に緊張しているような気がする。この時もそうだった。別に取って食う気はなかったけれど、いかにも女の子っぽく気弱そうに見えるその態度は、今のわたしにはなくなっているものだった。

「あの、さっき児島さん、いらしてましたよね……青葉ピー・アール社の」

「うん、来てたけど」

「フリーペーパーの件ですよね?」

そうそう、とわたしは答えた。何でそんなことを知っているのだろう。

「ずいぶん、早いですね」

「そうねえ……かなり早いかも」でも、とわたしは説明した。「前の時、例のフリーペーパーがトラブった話は聞いてるでしょ? それもあって、あの子も気を使って早く上げてくれたんだと思うけど」

そうですか、とちょっと肩を落としながら弥生が言った。何か言いたげなそぶりは、そういうことに鈍感なわたしでも、感じるところがあった。この子、もしかして。

「いえ、だったらいいんです……すいません、つまらないこと聞いて……」

気にしないで、と言ってわたしは自分の席に戻った。なるほど、若い子は若い子でいろんなことを考えているものだ。児島くんにいつ伝えてやろうか。ちょっと楽しみがひとつ増えたような気がしていた。

3

土曜日、朝十時。

氷川台のわたしのマンションの前に、四トントラックと一台のパジェロが停まっていた。トラックの方は引っ越し業者のもので、パジェロは児島くんの車だった。

児島くんはわたしのマンションを捜して、朝八時からこの辺りをうろうろしていたのだという。そのやる気はいったいどこから来るのか聞いてみたかったけれど、とりあえずそんな感じではなかった。

それにしても、昔と比べて引っ越しはずいぶん楽になったものだと思う。事前に指示されていた通り、洋服や食器などをまとめておいた段ボール箱を、業者さんがどんどん運び出していく。わたしとしては、ただ黙って見ているだけでよかった。

では児島くんはどうしていたのかというと、すっかり業者さんの一員と化していた。彼は初夏らしく短パンにTシャツ、そして軍手と首に巻いたタオルという姿だったが、もし業者さんと同じように制服を着ていたとしたら、誰にも見分けがつかなかっただろう。それほどまでに自然に荷物の搬出を手伝っていた。

聞いてみると、大学の頃は引っ越しのバイトをやっていたことがあるという。なるほど、そうでなければここまで器用に溶け込むことはできなかっただろう。

さすがにプロとは手際がいいもので、わたしが半月以上かけてまとめた荷物やその他のものも含め、すべてを彼らがトラックに収めたのは作業を開始してちょうど二時間後のことだった。その時間は彼らの計算のうちに入っていたようで、今から東久留米に向かいますが、と業者のリーダーらしき男の人がわたしに説明した。

「途中、食事休憩を取らせていただきます。今、十二時ですので、だいたい一時間半後に現地に着くとお考えください。今日はそれほど道も混んでないようですので、時間に大きな狂いはないと思います」

遅くても二時までには必ず着くようにするので、それまでには東久留米のマンションに来てください、と言われた。そしてトラックは出ていき、わたしと児島くんだけが残された。

「じゃあ、オレらも行きましょうか」

児島くんがパジェロの助手席を指さした。後部座席にはわたしの最低限の生活必需品、それは例えば洋服だったり、化粧道具だったり、トイレットペーパーだったりするのだけれど、そういうものを入れた段ボール箱が二つ積まれていた。はあ、と答えたわたしはパジェロの助手席に乗り込んだ。

ありがたいといえばありがたい話で、児島くんが車を出してくれたために、東久留米まで行くのが楽になったのは確かだ。それにしても、ここまで甘えていいものかどうか。

「いや、やっぱオレ、力仕事の方が向いてんですかね」児島くんがエンジンをかけた。「何つうか、書類仕事よりこうやって額に汗して働く方が、オレらしいっていうか」

東久留米までの道はわかるのかと尋ねると、さっき業者さんから地図もらいました、と紙をダッシュボードの上に置いた。本当に手回しのいい子だ。

「オレらもメシ食ってきますか？　まだ時間はありますから。あんまり長居はできないでしょうけど」

「どこか知ってるんですか？」

いや全然、と車を走らせながら児島くんが首を振った。

「だけど、走ってればファミレスぐらいあるでしょ。いいっすよね、それで」

イエスもノーもない。車を出しているのは児島くんで、運転しているのも彼だ。わたしとしては従うしかなかった。

カーナビによれば、氷川台から東久留米まではだいたい三十分ぐらいということだった。とはいえ、新しいマンションの鍵を持っているのはわたしだけだから、それほどのんびりもしてられない。引っ越し業者の人たちよりは早く着いていなければならないだろう。

しばらく走っていくうちに、和食っぽいファミレスがあった。あそこにしますか、と児島くんがパジェロを駐車場に入れた。

店はちょうど昼時で混んでいたけれど、運よくカウンターに二つだけ席が空いていた。わたしたちは二人並んでランチを取ることにした。彼が頼んだのは生姜《しょうが》焼き定食のご飯大盛りで、わたしは刺し身御膳《ごぜん》という比較的あっさりしたものにした。

生姜焼き定食を食べている間、彼は無言だった。前に一緒に食事をした時もそうだったが、とにかく彼は食べるのが異常に速い。

何か、そういうテレビ番組に出てもいいのではないかと思えるほどだ。特に、今回は朝からずっと働き詰めだったので、話すより食欲の方が先だったのだろう。

「コーヒーでも飲みたいところですけど」わたしが刺し身御膳を食べ終えるのを待っていた彼が言った。「やっぱ遅くなるとまずいですから、行きましょうか」

その方がいいだろう。児島くんは自分の分は自分が払うと言ったが、さすがにそういうわけにもいかない。強引に伝票を奪い取って、わたしが払った。不服そうな表情を浮かべている彼に、バイト料だと思いなさい、と言った。

「バイトって、そんなつもりじゃないっすけど」

じゃあ、どんなつもりなの、とわたしは聞くべきだったのかもしれない。でもその前に店を出なければならなかった。何だかんだでけっこう時間が経っていたからだ。

わたしたちはまたパジェロに乗り込み、東久留米へと向かった。途中少し道が混んでいたけれど、結局一時半ちょうどにマンションの前に着いた。遅れること二分、引っ越し業者のトラックが停まった。

「さすがはプロだなあ」

感心したように児島くんが肩をすくめた。わたしもまったく同感だった。

4

引っ越しの前に、何度かその部屋に入ったことはあった。最初はミレニアム21のオオツキ氏に案内された時だったし、その後鍵の受け渡しとか電気会社が入った時に立ち会ったりもしたし、それ以外にも様子を見るために一人で来たこともあった。

オオツキ氏が〝自信をもってお勧めする〟だけのことはあり、内装はとても立派だった。ドイツ製、オール電化のシステムキッチンはカウンタースタイルになっていて、お客さんが来た時便利な造りになっている。

そしてミストサウナ機能のついた広いバスルーム、更にトイレはドアを開けただけで自動的に蓋《ふた》が開閉する機能もついているという最新式のものだ。

何よりもわたしが嬉しかったのは、その広さだった。今まで住んでいた氷川台のマンションも、新築だったし、決して住み心地は悪くなかったのだけれど、長く住んでいればどうしても物が増えてしまう。１ＤＫではやはり手狭に感じてしまうのは、やむを得ないところだった。

それが、今度の東久留米は２ＬＤＫ、しかも寝室にはウォークイン・クローゼットまでついているのだ。これだけの広さがあれば、今まで諦めていた観葉植物も置けるようになるだろう。三十七歳の独身女がやってはいけないリストの一番上にある、猫を飼うという究極の夢さえもかなえられるかもしれない。

フローリングの床に寝そべりながら、いろいろなことを考えたものだ。ソファはどこに置こう。テレビはどうしよう。せっかくだからプラズマ式のを買ってしまおうか。洋服や靴一式は全部ウォークイン・クローゼットにまとめてしまおう。マガジンラックは部屋の隅に置けばいい。

妄想は膨らむ一方で、最終的にはモデルルームのようなレイアウトを頭の中に思い浮かべていたほどだ。実際、そのためにわたしとしてはけっこうなお金を使い、新しいベッドを買い、ドラム式の洗濯機を買い、今まで使っていた古ぼけた机を捨てて、新しくパソコン用のデスクも買った。

本当なら、容量の大きな新しい冷蔵庫や、最新式の水蒸気タイプの電子レンジも欲しかったのだが、さすがに財布が悲鳴を上げたので、それは止めた。そのように万全な布陣を敷いて、わたしは引っ越しに取り組んでいたのだ。

その結果どうなったかというと、あれほど広いと思っていた２ＬＤＫのマンションが、実感としては氷川台と大差ないことになってしまった。要するに、わたしは調子に乗って、物を増やし過ぎてしまっていたのだ。

こんなはずではなかったのに、と思ったがもう遅かった。わたしは何もかもを一遍に済まそうと思っていたので、電器屋と家具屋には三時に来るように頼んでいた。

当然のことながら、その時点でまだ引っ越しは始まったばかりで、収拾のつかない状態になってしまった。皆さんには申し訳ないと思うのだが、時間がないので我慢してもらうしかない。

引っ越し業者と電器屋と家具屋、おまけにミレニアム21のオオツキ氏まで様子を見にやってきたので、現場はまさに戦場だった。

一応、わたしが指揮官のはずなのだが、寝不足やら何やらが重なって、判断力は低下を極めており、一度設置したプラズマ式のテレビをもう一度別の場所に移し替えたり、いつの間にか来ていた水道局の人が元栓を間違って開いたためにバスルームがびしょびしょになるなど、大騒ぎの連続だった。本当にわたしは実務的なレベルが低い女だと我ながら思う。

結局、最終的にいろいろな物が落ち着くべきところに落ち着いたのは、午後六時過ぎのことだった。まず水道局員が自分の仕事を終えて帰り、家具屋がそれに続いた。

ミレニアム21のオオツキ氏はあまりの混乱ぶりに、もう一度出直しますと言って帰っていった。洗濯機と乾燥機を設置していた電器屋が疲れた顔で出ていったのも同じ頃だ。

最後まで残っていたのは、当然というべきか引っ越し屋の皆さんだった。多少料金が高くても、完全おまかせコースにするべきだったと後悔したのはその時だ。少しでも予算を浮かそうとして、ゆるゆるコースで頼んだために、いろいろと細かい部分で不都合が起きていた。

何とかならないでしょうか、と頼んではみたものの、契約ですので、という答えが返ってくるだけだった。正直なところ、これ以上つきあっていられない、とその顔に書いてあったような気もするのだが、それはわたしの被害妄想だったのかもしれない。

夜七時、トラックがマンションの前から出ていった。本当の本当に最後まで残っていてくれたのは、児島くんだった。彼はずっとマンションの下で、引っ越し業者を手伝って荷物の出し入れを引き受けてくれていたのだ。

「あの……これ……」

児島くんが差し出したのは、二つの小さな段ボール箱だった。着替えや洗面道具など、絶対すぐ必要になるはずの物が入っている箱だ。その二つだけは、彼のパジェロに載せておいたのだ。

「ありがとう」

受け取りながら、そう言った。それにしても、どうして児島くんはずっと下にいて、マンションの部屋に入って来なかったのだろう。

不満が言える立場ではないのだけれど、そんなことを考えていた。彼がいてくれたら、少しはわたしも楽になっていたはずなのに。

「いや、その……やっぱりそれはまずいと思いまして……」

児島くんががりがりと頭を掻《か》いた。要するに、女性の一人暮らしの部屋に、他人である自分が入ってはいけないだろうと彼なりに気を使ったようだった。

変な子だ、と改めて思った。メールとか、勝手にどんどん話しかけてきたりとか、引っ越しをわざわざ手伝ってくれたりとか、そういうことはするのに、妙なところで遠慮をしてしまう。今どきの若い男の子というのは、そういうものなのだろうか。

「ちょっと待ってて……これ、置いてくるから」

わたしは段ボール箱を抱え直した。その時気がついたのだけれど、わたしは相当ひどい格好をしていた。ジーンズは埃《ほこり》だらけだったし、髪の毛はぼさぼさで、メイクなんかもとっくに剝げ落ちていた。

「あの、それで……良かったら、時間があったらなんだけど……夜ご飯、ごちそうさせてくれない？　今日のお礼に」

もしかしたら、それは彼と知り合って、初めて感情のままに言えた言葉かもしれなかった。

「いや、こっちがごちそうしますよ。引っ越し祝いですから」

「たまには年上の言うこと聞きなさい。ビールもつけてあげるから」

待ってて、とわたしはエレベーターに向かって走った。着替えと、メイクと、髪の毛を直すのに、いったいどれぐらい彼を待たせることになるのだろう、と思いながら。

5

何だかんだで、児島くんを待たせるのは十分ぐらいで済むだろうと思っていた。段ボール箱を部屋にほうり込み、その中からスカートを引っ張り出してジーンズと着替えた。着ていたシャツの上からブルーのサマーカーディガンを羽織ると、一応それなりによそ行きの雰囲気にはなった。

メイクを五分で済ませるのは、十年選手のＯＬなら誰でもが身につけている技だ。問題は髪の毛で、ブラシがどこへいったのか見当たらなくて困った。結局手櫛《ぐし》で整えて、下へ降りていったのは、二十分後ぐらいだったかもしれない。

児島くんはマンションの玄関前で煙草をすっていた。降りてきたわたしを見て、スニーカーの裏で煙草をもみ消してから携帯用の灰皿に吸殻を押し込んだ。

「ごめんね、お待たせしました」

「行きますか」

「車は？」

「近くにパーキングあったんで、そこに停めておきました」

ごめんね、ともう一度わたしは頭を下げた。何だか迷惑ばかりかけているような気がする。とんでもない、と児島くんが微笑んだ。

「たまには、こんな土曜日も悪くないっすよ」

だったらいいのだけれど。わたしたちはぶらぶらと道を歩き始めた。

とはいえ、よく考えてみると、東久留米というこの町について、わたしはあまりよく知らなかった。それは彼も同じだっただろう。どこに行きましょうかと聞かれて、どこに行きましょうか、としか返す言葉はなかった。

「知らないのよ、何があるのか、全然」

「そりゃそうですよねえ。引っ越してきた当日ですからね」

まったく知らないというわけではない。下見に来たのは休日で、ざっとだけれど駅の周りの様子も見ていたのだ。ただ、彼と二人でどんな店に入ればいいのか、それはちっとも見当がつかなかった。

とりあえず、駅の方まで出れば何かあるでしょう、と児島くんが先に立って歩きだした。背が高いんだなあ、と改めて思った。

もう陽《ひ》はとっくに暮れていて、すっかり夜っぽくなっていた。引っ越してくるまで何も考えていなかったのだけれど、東久留米というのは別に何があるという町ではなく、はっきりいえば何もなかった。わたしのマンションは駅から五分ほど離れているのだが、その間は静か過ぎてちょっとびっくりするぐらいだった。

「だけど、すごいすね」

「何が？」

「いや、川村さんですよ。マンション買っちゃうなんて、すげえなあっていうか。やっぱりあれなんですか、銘和さんって、給料とか高いんですか？」

「そんなことないと思うけど」

そこそこ名前の知れた会社ではあるけれど、しょせん食品メーカーで、しかも扱っている主力商品は牛乳だ。それほど利幅の大きい商売とは言えないだろう。

「……でも、福利厚生とかは充実してる方かも」

わたしが直接聞いた話ではないけれど、先輩の誰かからの受け売りで言えば、同業他社と比べて、銘和乳業の社員がひとつだけ恵まれているのは、福利厚生のシステムが完備されていることだそうだ。

例えば家を買ったりする時、会社内でお金を貸してくれる制度があるところとないところがある。銘和乳業の場合、むしろ積極的に貸そうとするのが会社の基本姿勢だった。どちらかといえば社員に優しい会社だといっていいのではないか。

「いいなあ。うちはそんなの全然ないみたいっすよ。契約社員でも正社員でも同じだってみんな言ってました」

「人生いろいろ、会社もいろいろ」

本当にねえ、と児島くんがため息をついた時、駅が見えてきた。さすがに駅の周囲は開けていて、レストランとか飲み屋さんとかそういう類の店もけっこうあった。

「あ、オレ、あそこがいいなあ」

児島くんが指さしたのは、鶴亀《つるかめ》食堂という名前の古色蒼然《そうぜん》とした店だった。実はわたしもその古さに興味を引かれていたので、そうしようそうしよう、とうなずいた。

鶴亀食堂は、もしかしたら戦前から、いや、まさかとは思うが明治時代からあったのではないかと思えるような内装の店だった。店番はそれこそ大正生まれと思われるお婆さんで、どうやら厨房《ちゅうぼう》で食事を作っているのはその旦那《だんな》様のようだ。

とはいえ、八卓ほど四人掛けのテーブル席があったが、そのうち六卓が埋まっていた。はやっていないというわけではないらしい。

そこでわたしたちは焼き魚定食を食べた。何だか食べてばかりでホームドラマのようだが、とにかくお腹が空《す》いていたことは確かだったのだ。

ビールでも飲めばと勧めたが、しばらく迷っていたけれど、やっぱり車で来てるんで、と児島くんは普通にお茶を飲んでいた。わたしも別にお酒に強いわけではないから、同じようにお茶を飲んだ。

一時間ほどその店にいただろうか。わたしはわたしで、これから一国一城の主《あるじ》になるということでちょっと興奮していたのかもしれない。

児島くんにもその気持ちが伝染したのか、会話に困るようなことはなかった。というか、いくらでも話すことはあった。

名残《なごり》惜しかったけれど、わたしはこれから部屋の片付けをしなければならない。何日かはかかる大仕事だ。ある程度は今夜中にやっておかないと、また来週からとんでもないことになるだろう。

それを察したのか、児島くんの方から、出ますかと言ってくれた。わたしたちは来た道をとぼとぼと歩いてマンションまで帰った。

「とにかく、引っ越しおめでとうございます」

彼が照れたように頭を下げた。ありがとうございます、とわたしもお辞儀を返した。

「じゃ、オレ、車あっちに停めてるんで」

彼が来た道とは反対側の方を指した。

「あの……児島くん、今日はどうもありがとう」

どうしてなのか、わたしは〝児島くん〟と彼のことを呼んでいた。あまりにも自然で、しばらくは自分でもそれに気づかなかったくらいだ。

「とんでもないです。何かあったら、また呼んでくださいよ」

そうだ、と彼が自分の携帯電話を取り出した。

「あの、オレの番号教えときますんで、ホント、何か力仕事とか、洗濯機動かすとか、そんなことあったら夜中でも呼んでください」

そんなことはないと思うけど、と笑いながらわたしたちはお互いの携帯番号を交換した。じゃあ失礼します、と言って児島くんが近くにあるというコインパーキングの方へ歩いていくのを見送ってから、わたしはマンションの自分の部屋に戻った。

6

部屋に戻ってまず思ったのは、面倒くさい、ということだった。マンションの間取りは、まず玄関があり、その左側に寝室がある。そこには既にベッドが入っているが、まだ毛布は段ボールの中だ。

布団だけは布団袋に入れていたからいいのだが、この季節にまだ掛け布団はいらない。必要なのは毛布ぐらいだった。

そこから廊下を進んでいくと、ダイニングキッチンがある。十畳ほどの広さで、キッチンとリビングルームが直接つながっている形式のものだ。中央に新しく買ったテーブルと四脚の椅子があり、壁際にソファが置かれている。そして所狭しとばかりに段ボール箱が並べられていた。

その右奥に、客間というべきか、もうひとつの洋間がある。そこにもやっぱり段ボールの箱がいくつも積み上げられていた。どの箱に何を入れたか書いておいたのだけれど、向きが逆になっていたりするので、何が何だかわからない。今からこれをひとつひとつ開けて中を確認しなければならないかと思うと、ちょっと憂鬱になった。

とりあえず何をするべきか。まず毛布を捜し出さなければならない。そして下着とパジャマを見つけ、シャワーを浴びよう。

幸い、バスタオルと洗面道具だけは児島くんに預かってもらっていた段ボール箱に入っているのがわかっていたので、それを捜し回る必要はなかった。

一時間ほど段ボール箱と格闘して、出てきた洋服の類をどんどんウォークイン・クローゼットにかけていった。食器やら雑貨も出てきたけれど、それは明日片付けることにして、とりあえず無視した。

今日の仕事は洋服を片付けるところまで、と決めていた。やり始めると際限なくなってしまうところがわたしにはあり、せめて引っ越してきた初日ぐらいはのんびりしたいと思ったのだ。

箱を開けていたらコーヒーメーカーが出てきたので、それでコーヒーだけは淹れることにした。ようやくだいたいの整理が終わったのは、夜十一時近かった。それから淹れておいたコーヒーを飲み、ソファに腰を落ち着かせて部屋を眺め回した。

とりあえず今の段階で言えることは、まだまだ片付けは途上段階にある、ということだった。いつになればすべてが終わるのか、それは終わってみなければわからない。

発掘作業の途中で発見した着替えを持って、バスルームに向かった。シャワーをひねると、すぐに熱いお湯が出てきた。水道局の人を呼んでおいてよかった、と思いながらシャワーを浴びた。

それにしても疲れた一日だった。いったい朝から何をしていたのか。一日かけて、とりあえず引っ越しは終わった。

だが、まだこれからやらなければならないことは山のように残っている。先のことを考えると、面倒くさくて嫌になった。

(児島くんにどうやってお礼しようか)

髪の毛を洗いながら考えた。すっかり世話になってしまった、と思う。彼が手伝ってくれなかったら、車を出してくれなかったら、もっと面倒なことになっていただろう。

女一人で引っ越しをするというのは、やっぱり手に余ることだった。せっかくの休日だというのに、申し訳なかったなあ、と改めて思った。

(やっぱりご飯とかごちそうした方がいいのかな)

いろいろしてもらったからといって、何か物でお返しをするというのも変な話だ。だいたい、わたしは彼がどんなものを欲しがっているのかさえよくわかっていない。趣味でない物をもらったとしても、困るのは彼の方だろう。

(あれ?)

どうもおかしい。何かが間違っている。髪の毛を洗う手が止まった。

よく考えてみよう。確かに、今日、児島くんは好意でわたしの引っ越しを手伝ってくれた。それはいい。だからといって、それに対してわたしが食事に誘ったとして、それを彼は喜んでくれるのだろうか。

彼がなぜわたしの引っ越しを手伝ってくれたのか、その理由はわからない。彼が言っていたように、たまには力仕事をしてみたいということなのか、それともある種の営業努力の一環と思っているのか。

どちらかと言えば後者だろう。力仕事がしたいのなら、自分の家の整理でもすればそれで済む話だ。

どうもよく考えてみると、児島くんと食事をしたがっているのは、わたしの方のようだった。まさか、馬鹿馬鹿《ばかばか》しい、と思った。何しろ彼は二十三歳、わたしとは十四歳も違うのだ。いくら年下ブームとはいえ、十四歳下というのはあまりにも離れ過ぎているだろう。ペットにしたい男の子というのは、五歳ぐらい下の子のことを言うのだ。

(あれ?)

シャワーを止めた。髪の毛の先を絞ると、お湯が滴り落ちた。わたしはいったい何を考えているのだろう。

冷静になって、晶子。もう一度考えてみよう。今日、児島くんはわたしの引っ越しの手伝いをしてくれた。

でもそれは単なる好意というものであって、別に恋愛がどうとか、そういうものではないはずだ。そうでしょう、晶子。そうに決まってる。

でも、と思う。例えば今日のお昼、わたしは彼といっしょにファミレスでご飯を食べた。その間、ほとんど何も話さなかった。

それでも、別に苦痛には感じなかった。話さなくても、十分に楽しかった。楽だった。

それは夜も同じだ。彼と一時間ほど食事をして、その時はよく喋った。何も考えていないのに、いくらでも会話が続いた。そして、もっと話していたいと思った。それって、もしかして。

鶴亀食堂からの帰り道、夜道を二人並んで歩いた。一回だけ、肩と肩が触れた。ちょっとだけ、ホントにちょっとだけだけど、胸が小さく鳴った。しばらく忘れかけていたあの感覚。あれはもしかしたら。

わたしは慌ててシャワーを全開にした。違う違う、そんなはずはない。彼は十四歳も年下の男の子なのだ。何を考えているのだ、わたしったら。

コンディショナーを手のひらに垂らして、もう一度髪を洗い始めた。本当に年甲斐《としがい》もなく、わたしはいったい何を考えているのだろう。そう思いながら。

デートについて

1

枕が変わると眠れなくなる、という言い方がある。実はわたしもそうで、高校の時修学旅行で三日間眠れないまま過ごしたこともあった。

歳を取っていくに従って、だんだんとそういうことに慣れてきたのか、それとも図々しくなったのか、そこまで極端なことはなくなっていたけれど、それでも環境が変わるのは苦手だ。氷川台のマンションで一人暮らしをすることになった時も、明け方まで眠れないままいろいろなことを考えたりしたものだ。

ところが、今回に限ってどういうわけかわたしは自分でも気づかないうちに眠っていた。起きたのは日曜の昼過ぎのことだ。よほど疲れていたのだろう。

バスルームでシャワーを浴びたところまでは覚えている。中途半端に長い髪の毛を乾かそうとしてドライヤーを探したが、結局どこにあるのかわからないでいるうち、面倒くさくなったのかベッドにもぐりこんでいた。初夏だからよかったものの、これが冬だったら一発で風邪《かぜ》を引いていたのではないか。

むっくりと起き上がり、自分の姿を見てみると、Tシャツに短パンという、何というか三十七歳にふさわしいといえばふさわしい格好だった。独身で良かったと思うのはこんな時だ。どんな格好をしていても、誰かに見られるわけではないというのは、ある意味でありがたいことでもあった。

髪の毛に触れると、ぼさぼさというよりごわごわだった。とりあえず顔でも洗おうか。目を上げると、段ボールの箱がいくつも並んでいるのが見えた。

(うわあ、面倒くさい)

三十七年間の人生の中で、今日ほど魔法使いになりたいと思ったことはない。〝奥さまは魔女〟のサマンサのように、鼻をひくひくさせるだけで、ここにあるすべてのものがそれぞれ収まるべきところに収まれば、どんなに幸せだろう。

もちろん、そんなことなどあるはずもない。顔を洗い、服を着替え、隣近所に引っ越しのご挨拶を済ませ、部屋を片付けなければならない。それも自分自身で。大変悲しいことだが、それが現実というものだった。

(どうしよっかなあ)

もう一度ベッドに倒れ込みながら考えた。さて、何をどうするべきものか。動きたくない。このまま、ずっとこうしていたい。

でも、そうはいかないと誰よりもわたし自身がわかっていた。とにかく、最悪トイレには行かざるを得ないだろう。一度起き上がってしまえば、今の気分が台なしになることはわかっていたけれど、トイレはトイレだ。

せえの、と自分に声をかけて、わたしは上半身を起こした。人生で必要なものは、気迫だと思う。

とにかく、優先順位として、トイレに行ってから身支度を整えなければならない。古いことを言うようだが、引っ越してきた身としては、とにかく隣近所にご挨拶をしなければならないはずだ。本当は昨日するべきだったのだけれど、あまりにトラブルが多すぎて、それどころではなくなってしまっていた。

そのためには発掘作業を再開して、ドライヤーとヘアブラシを発見しなければならなかった。服とメイク道具は別にしていたのだが、なぜかその二つだけはどこかへ行ってしまっていた。

まさかこのごわごわ頭のまま隣近所へ行くわけにもいかないだろう。何事も第一印象が肝心なのだから、最初ぐらいちゃんとしていなければならない。

そして、そのためには、このベッドから抜け出さなければならなかった。すべての始まりはその一歩からだ。ベッドから降りなければ、何も始まらない。

ああ、でも出たくない。一歩出てしまえば、待っているのは圧倒的にリアルな現実だ。もうちょっと、もうちょっとだけ今のままでいられないものだろうか。

(いられないんだろうなあ)

わかってはいた。よくわかっている。起きなければ。起きよう。起きる時。

三十分粘《ねば》ったが、それが限界だった。わたしはベッドから出て、とりあえずトイレに向かった。

2

わたしの部屋は三階にある。六階建ての三階だ。

面倒くさい面倒くさいと呪文《じゅもん》のように唱えながら、段ボール箱の中からヘアブラシとドライヤーを見つけ、髪の毛をセットし直し、日曜日にもかかわらず顔にはメイクをしっかりと施した。春っぽい薄いブルーのワンピースに着替え、ご挨拶用のクッキーセットを抱えて、両隣の二軒と四階と二階の上下にある部屋を訪れたのは、午後三時過ぎのことだった。

日曜日ということもあってか、二階の住人こそいなかったけれど、その他の部屋にはそれぞれ人がいた。表札を見てわかったのだが、四軒とも家族で暮らしていた。

わたしの部屋の真上に当たる四階の部屋には二人の小さい子供がいることもわかって、ちょっと憂鬱になり、走り回る子供の足音がうるさくないことを願った。ミレニアム21のオオツキ氏によれば、防音設備は完璧ですからということだったが、子供にそんな常識が通用するはずもなかった。

とにかくご挨拶を済ませ、近所のコンビニに寄ってから部屋に戻った。本当に悲しむべきことだったが、わたしが外に出ている間に部屋が片付いていることなどあるはずもなく、何もかもが元のままだった。

こういう時、独身でいることが辛くなる。夫がいれば、いや少なくとも彼氏がいれば、彼らに手伝わせて部屋を片付けていくこともできるだろう。単純に言って、二人でやれば一人でするのより半分の時間で済むはずだったし、おそらくはもっと早く終わるのではないか。勢いとはそういうものだ。

　ぼんやりと秋山部長の顔が浮かんだが、慌てて頭を振ってそれを打ち消した。まさか、部長が荷物の整理を手伝ってくれるはずもない。そういうタイプではないのだ。

　弟を呼んで大きな物を動かすのは来週の日曜と決めていた。わたしたち姉弟は普通に仲がいいのだが、それでもいきなり呼びつけるわけにもいかないだろう。

　弟は結婚していて、子供もいる。そうそうわたしの都合に合わせて動いてはくれないはずだった。

　となると、後は児島くんぐらいしか当てはない。わたしは手の中の携帯電話に目をやった。昨日教えてもらったばかりの彼の電話番号がその中に登録されている。

　だけど、そんなことができるはずもない。週末の土日をわたしのために潰させるわけにもいかないだろう。携帯電話を置いて、わたしは腕組みをした。

（さて、どうしよう）

　それぞれの家にご挨拶に行った帰りに寄ったコンビニで買ってきたサンドイッチをオレンジジュースで流し込みながら考えた。何から始めたらいいものやら。

　とりあえず言えるのは、明日から始まる会社への出勤に向けて、過不足のない態勢を作っておかなければならないということだった。幸いなことに、昨日の夜中、発作的に洋服だけはすべて出し終わっていたので、後は整理をするだけでいい。まずはそこからだ。

　洋服の類をウォークイン・クローゼットに吊るし、下着などはタンスにしまっていった。結局、こうやってひとつひとつ地道に作業を続けていくしかないのだ、とようやくにしてわたしにもわかってきていた。

それから〝靴〟と書いてある段ボールの箱をすべて開けて、パンプスやミュールやハイヒール、ローヒール、ブーツやスニーカーなどを、シューボックスに揃えていった。さすが2LDKだけのことはあり、玄関脇の靴箱もそれなりに大きかった。

わたしは自分の靴コレクションだけが自慢なのだけれど、十分に余裕ができるほど大きい。そればなかなかいい眺めで、ようやく満足らしきものを胸に抱くことができるようになっていた。

洋服関係の整理がひと通り終わったのは、夕方近くなった頃だった。わたしもやっぱり女性のはしくれということなのか、そこそこな量のワードローブを持っていることがわかった。その中には、もう五年も着ていないブラウスなども含まれている。女の服というのはそういうものだ。

買う時には欲しくてたまらないのだけれど、買ってしまえばなぜか満足してしまう。これはわたしだけではなく、世界各国の女性に共通する心理ではないかと思う。

それから雑貨の類の整理に取り掛かった。その前に、わたしは自分の胸に言い聞かせた。

（写真とか出てきても、見たりしない）

引っ越しの準備をしていた時もそうだったけれど、そんなことをしている時に限って、昔のアルバムが出てきたりして、そこで作業がストップしてしまう。そんなリスクを避けるために、わたしは食器類の片付けから始めることにした。こやる時は一気呵成(かせい)にやらなければ、何も終わらないのだ。それだけは避けなければならない。

れならば、それほど問題はないと思ったのだ。ところが、それが大間違いだった。

わたしには別に食器を集めたりする趣味はない。いくつかウェッジウッドなど有名なブランド品もないわけではないのだが、そのほとんどは貰《もら》いものだ。自分で買ったわけではない。

ただ、その中にロイヤルコペンハーゲンのコーヒーカップがあった。昔、二十代の終わりぐらいにつきあっていた男と一緒に買ったものだ。

よっぽど別れた時に捨てようかとも思ったのだが、茶器自体に罪はないし、高価なものなので捨てきれないまま、食器棚の奥にしまっておいた。それが出てきてしまったのだ。

(あんな男でもなあ)

たいした男ではなかったが、今いてくれたら、それなりに手伝いぐらいはしてくれただろう。雑貨が終われば、今度はいよいよ大きな物を動かさなければならなくなる。そんな時、男手がないというのはとても不便だった。

(どうして別れたんだっけ)

その男と誰かの結婚式の二次会で会ったことは覚えている。年が同じだった。周りが何となくそれらしいお膳立てをしてくれたこともあって、つきあうようになった。

結婚しないか、とニュアンスで示されたこともあったし、それもいいかなと思ったこともある。だけど結局のところ、何かはっきりしない理由で駄目になった。

嫌いで別れたわけではない。なぜ別れたのか。ものすごくつまらない理由だったような気もするけれど、どうしても思い出せなかった。

(何でだっけ)

ロイヤルコペンハーゲンを手に持ったまま、わたしはずっと考え込んだ。そうしているうちに、その日が終わってしまった。

3

引っ越したからといって、何が変わるというものではない。日が改まれば月曜日になり、月曜日になれば会社が始まる。これは不変の法則だ。

正直なところ、通勤に関してだけいえば、前に住んでいた氷川台の方が便利だった。会社のある東池袋まではたかだか十分しかかからない。東久留米からだと三十分近くかかった。

仕方がないといえば仕方のないことで、わたしもそれを承知でここを買ったのだけれど、当然その分三十分早く起きなければならなくなった。生活にはリズムというものがある。慣れるまでしばらくかかるだろうなと思った。

それでも、とにかく定時には間に合った。またこれから一週間が始まる。自分の席でメールチェックをしたり、雑務をこなしていたら、朝会が始まりますから、という声が聞こえてきた。

宣伝部とそれに属する広報課では、毎週月曜日の朝、だいたい十時半ぐらいから朝会という名の連絡会がある。本当は部長会報告会と言うのだが、各部の部長が集まって会社の業務の何がどうなっているのかを報告しあう会議が別の日にあり、その内容を社員に伝えるのがこの朝会だ。別にたいした話があるわけでもないが、それでも一応出ておかなければならない。会社員としては当然の義務であり、一種の習慣だった。

会議室に入ると、秋山部長がいつものように中央の席に座っていた。宣伝部員はもちろん、広報課員もそのほとんどが所定の位置についていた。いつもより明らかにみんなの動きが速い。これも一種の秋山効果なのだろうか。

わたしの後から水越がばたばたと入ってきて、それでメンバー全員が集まった。おはようございます、と秋山部長が口を開いた。

「例によって例のごとくで、別に重要な話はない。もっとも、来週はこの朝会に出ておいた方がいいと思うけどね」

なんでですか、と一番遅く入ってきたくせに偉そうな水越が聞いた。ボーナスだよ、と秋山部長が答えた。

「そろそろ組合との話し合いも目処《めど》がついてきたようだ。来週には発表できるかもしれない。もしかしたら、再来週まで延びるかもしれないが」

みんなが自分の手帳を取り出した。やっぱりボーナスというのはサラリーマンにとって非常に重要かつ切実な問題だ。もちろんわたしも自分の手帳に大きく丸をつけた。

「今期はいいんでしょうね」

また水越が言った。別に前期が悪かったというわけではないのだけれど、何しろ今期は〝モナ〟のヒットという大きな要因がある。期待するのも無理はなかった。

「そりゃ、俺にもわからんよ。そこまで偉くないからな」

確かに、ボーナスの額面を決めるのは部長レベルの仕事ではない。取締役会と組合側の交渉の結果によるものだろう。

「さて、ボーナス問題はともかくとして、いくつか連絡事項がある。まず、分煙化の徹底だ」

男性社員の何人かと、女性社員の数人が露骨に不満そうな表情を浮かべた。最近では女性社員の方が喫煙率が高まっているという噂は事実のようだ。仕方がないんだよ、と秋山部長がなだめるように言った。

「言いたいことはわかる。俺だって、五年ぐらい前までは喫煙派だったんだ。ただねえ、もうこれは時代の趨勢《すうせい》というか、流れとしか言いようがないんだよ」

銘和乳業では、業務中の喫煙は禁止されている。どうしても煙草がすいたい場合には、各フロアにある喫煙ルームに行かなければならない。

とはいえ、それは五時までの話で、それ以降になるとお目こぼしではないのだが、自席での喫煙はかまわない、という暗黙の了解があった。水越なんかもそうだけれど、六時ぐらいになると堂々とその辺で煙草をすっている。

「とにかく、社の方針としても、食品をメインに扱っている会社の社員が、何時であろうが自分の席で煙草をすうのはまずいだろう、ということになった。他社の話だが、消費期限の切れた材料を使って商品を作り、問題になったところがあったのはみんなも知ってると思う。結局、その理由っていうのは、社員の気の緩みの現れだろう、というのが我が社の見解なわけだ。初心に戻り、襟《えり》を正して、クリーンな環境で仕事をしようじゃないか、ということだな。理解してほしい」

やれやれ、という表情で何人かが肩をすくめた。もっとも、この問題は半年ほど前から社内でも組合を含めて何度か話し合いがあり、組合側も大筋は理解を示していたのだ。仕方ないっすね、という空気になるのは、当然といえばいえた。

それからしばらく秋山部長が連絡事項を話したが、たいしたことはなかった。職場環境の改善、というのはずっと前からお題目のように唱えられてきていたことで、今さらどうのこうのという問題でもなかった。

三十分ほどで朝会が終わった。会議室を出ようとした時、川村さん、と秋山部長に呼ばれた。

「……何でしょうか」

ちょっと改まった口調だったので、緊張した。わたしは何かをしてしまったのだろうか。みんなも少し不思議そうな顔をしていたけれど、全員が出ていくまで、秋山部長は何も言わなかった。

「いや、たいしたことじゃないんだ」

二人だけになったところで、部長がこの前渡したゲラを取り出した。例の〝モナ〟の第二弾フリーペーパーのゲラだ。

「何か、また間違ってましたか？」

嫌な予感がした。まだ初校ということもあり、チェックはそれほど厳重にしていなかったのだ。

「いや、そうじゃない」違う違う、と秋山部長が手を振った。「全体としてはよくできてると思うよ。ただねえ、ちょっと色がかすれたり滲《にじ》んだりしてるところがけっこうあってね。それがどうなってるのかなと思ってさ」

ゲラを渡されて、わたしは写真を見直した。部長の指摘通り、色合いが明らかにおかしくなっているところが何カ所かあった。

「すいません、本番では必ずちゃんと直しますから」

実際のところ、それほど問題はなかった。色が滲んだりしている原因もわかっていた。このゲラを児島くんが届けてきたのは、朝のずいぶん早い時間帯だった。

おそらく、刷り上がったものをそのまま印刷所から持ってきたのだろう。そういう時に、インクがこすれて色がかすれたり滲んでしまうのは、過去にも何度か同じようなことがあった。

「ああ、そんなことだろうと思ってたよ。それならいいんだ。ところで」秋山部長が顔の前で二本の指を交差させた。「……聞いてるだろ。うちがこうなっちゃった話」

ええ、と、はあの中間ぐらいの返事をした。まさか、その話題で社内は持ちきりです、などと言うわけにもいかない。

「……まあ、それでいろいろ面倒事があってね。プライベートな問題を会社に持ち込むのは良くないとわかっているが、困っているのも事実なんだ」

そうでしょうね、とわたしは表情だけで答えた。それで、と秋山部長が言った。

「川村さん、広報から宣伝に移ってこないか」

「はあ?」

思わず大声を出してしまった。自慢ではないが、入社してから広報ひと筋十数年、他部署のことはよくわからない。

「いや、突然なのはよくわかってる。ただ、僕もこれから社のことがちょっと二の次になってしまう場合もあるかもしれない。そんな時のために、川村さんに宣伝に来てほしいんだ。もちろん、広報活動が重要なのはよくわかっているけど、やっぱりメインになるのが宣伝だというのは君も知っての通りだ。ところが、どうも下がうまく育ってなくてね。川村さんにだったら、いろいろ任せられると思ってるんだよ」

そんなに信頼されているとは思っていなかった。

「わたしなんか……全然、そんな、向いてないです」

「いや、僕だって伊達で部長やってるわけじゃないんだよ。これでも一応人を見る目はあるつもりだしね。もっとも、女房に関しては見る目がなかったわけだけどさ」

部長が苦笑を浮かべた。わたしは笑わなかった。笑う場面でもないだろう。

「とにかく、ちょっと考えてみてほしいんだ。今すぐってわけじゃない。部内異動だから、それほど大事《おおごと》でもないし」

何と言っていいのかわからなかった。広報から宣伝へというのは、コースとしては一応出世ということになる。だけど、わたしにできるだろうか。

「いや、そんな堅く考えないで。大きく仕事が変わるわけでもないし」

「それは……そうですけど……」

「ま、とにかく今度一緒に飯でも食おう。そうだな、来週の頭なんかどう？　何か予定とかある？」

来週。別に何もない。じゃ、決まりだ、と秋山部長が立ち上がった。

「その時、いろいろ相談させてほしい。それでいいね？」

わたしにゲラを預けて、秋山部長が会議室を出ていった。ううむ、これは大変だ。まさかこんなことになるとは思っていなかった。ありなのか、なしなのか。ゲラを抱えたまま、わたしは呆《ぼう》然《ぜん》と立ち尽くしていた。

4

青葉ピー・アール社に電話を入れると、一時間も経たないうちに児島くんがそれこそ息せききって駆け込んできた。

「やっちゃいましたか、オレ」

はあはあと息を切らしながら児島くんが言った。首筋を汗が伝っている。そうじゃないの、とわたしは言った。

「ね、このゲラの中面《なかめん》見て。ちょっと色がかすれちゃってるでしょ」

じっと見つめていた児島くんが、確かに、とうなずいた。

「何か……指紋みたいなのもついてますね」

「トラブルってほどのものじゃないの。よくあることって言ってもいいかもしれない。児島くん、このゲラ印刷所から直接こっちに持ってきたんでしょ」

「何でわかるんですか」

初歩的な問題なの、とわたしは答えた。

「急いで持ってきてくれたのは嬉しいし、ありがたいことだけど、印刷が乾き切っていないうちに持ってきたから、封筒の中でこすれちゃって、それで色がかすんじゃったわけ。ホント、よくあることなのよ。だから気にしなくていいから」

「いや、気にしますよ」児島くんが頭を抱えた。「そんなこともあるんですね」

「時間も大事だけど、品質も大事ってこと。それがわたしたちの仕事なのよ」

「ご迷惑かけました……どうもすみませんでした」

まいったなあ、すいませんでした、と連発する児島くんをなだめるのも、けっこう大変だった。

事故というほどのものではないし、よくあることなのだから気にすることはない。ただ今後は気をつけてほしい、と説明するのに十分ほどかかっただろうか。

「ドライヤーとか当てて、乾かしきってから持ってきた方がいいんですかね」

「そんなことしたら紙が縮《ちぢ》んじゃって、よけい変になっちゃうわよ」

しょげたように言う児島くんが何となくおかしくて、わたしは思わず笑ってしまった。

「とにかく、これから気をつけてくれればそれでいいから」

わかりました、とうなずいた児島くんが、ところで、と言った。

「引っ越しは……新居の方はどうすか」

「うーん、どうって……やっぱりけっこう大変」

「やっぱそうすか。いや、オレ、昨日電話しようかなって思ってたんですよ」

電話？

「いや、その、やっぱり一人で片付けるのも大変だろうなって思って、お手伝いできることあったらしようかなって。それで電話しようかなって思ったんすけど、何かそれも変な話で」

それも変な話で、というよりも、喋っている児島くんの様子が変だった。

「ううん、そんな……そこまで大事じゃないから。荷物とかも、そんなにいっぱいあるわけじゃないし」

そして、そんなふうに答えている自分も変だった。正直なところ、わたしは昨日児島くんに電話しようかどうしようか迷っていたぐらいなのだ。

もちろん、そんな都合のいい使い方をしていいはずもないことぐらいわかっていたから、そんなことはしなかったけれど、携帯に児島くんの番号を表示させるところまではしていた。でも、それを言うことはできなかった。

「そうすか……ぱっと見た感じ、けっこう段ボール箱とかたくさんあったから、一人じゃ大変かなって思ってたんですけど、そんなでもなかったですか」

「うん、まあ、そんなでも……」

「余計な心配でしたね」ちょっと照れたように笑った児島くんがゲラを取り上げた。「じゃ、これ一回持ち帰って、もっときれいな奴に取り替えてきますよ」

「うん……そうしてもらえますか」

じゃ、そういうことで、と児島くんがフロアを出ていこうとした。何か言い忘れている。わたしには何か言わなければならないことがある。

「あの……児島くん、ちょっと」

ちょっと待って、というわたしの声に、児島くんが振り向いた。

「何ですか?」

「あの……あのね、土曜日は引っ越しのお手伝いしてくれて、本当にありがとうございました」

何だ、そんなことですか、とゲラを片手に児島くんが笑った。

「そんなの、全然気にしないでください。オレが無理言って手伝わせてもらったんですから。それに、昼も夜も飯食わせてもらって、むしろこっちこそ感謝してます」

「ううん、本当に児島くんのおかげでいろいろ助かったから……もしよかったら、お礼させてほしいんだけど」

「お礼……ですか」

わたしにしてはけっこう思い切った発言だった。そんなのいいですよ、とか言われたらどうしよう。

「あ、じゃあお礼してください」

「食事とかでいい？」

とりあえず、受け入れてもらってほっとした。食事とかがいいですねえ、と児島くんがうなずいた。

「行きたい店、あるんですよ。ラーメン屋なんですけどね」

「ラーメン屋？」

意外な答えが返ってきたので驚いた。わたしとしては、イタリアンとかフレンチとか、そんなことを考えていたのだ。ええ、ラーメンです、と児島くんが言った。

「ちょっと今度はうちの会社の近くってことになっちゃうんですけど……それでもいいですか。トンコツラーメンで、すごい行列できてる店があるんですよ」

「あの……ラーメンなんかでいいの？　別に、もっとちゃんとした……」

「ラーメンがいいんです」

たまには年下の言うことも聞いてくださいよ、と言って児島くんが胸ポケットの携帯電話を指した。

「細かいことは電話します。してもいいっすよね？」

「ええ……はい」

じゃ、そういうことで、と児島くんがフロアから出ていった。最近の若い子のことが、わたしにはさっぱりわからなくなっているようだ。

5

週末の金曜日、夜八時。わたしは有楽町のマリオンの前にいた。

あれから児島くんから二度電話があり、メールも来ていた。わたしとしてはお礼というのがキーワードだったから、ラーメンなんかでいいのだろうかという思いもあったのだけれど、児島くんが、ラーメンがいいんです、と強く主張するので、こういうことになってしまったのだ。

（何か、ずいぶん安上がりなお礼になっちゃったなあ）

ここしばらく、ラーメンを食べに行ったことはなかったが、どんなに高くても千円前後だろう。世の中には一万円ラーメンというような際物《きわもの》もあるというが、児島くんがそんなものを選ぶとは思えなかった。彼はそういうタイプではないだろう。

八時を一分回ったところでメールの着信音が鳴った。児島くんだった。

〈いま、有楽町の駅です。すぐ行きます〉

それだけの短い文面だったけど、焦ってる感じが伝わってきた。そして数分後、マリオンの前に駆け込んでくる児島くんの姿が見えた。

こういう時背の高い人は便利だ。頭ひとつ抜き出ているので、こっちからはすぐわかる。ちょっと悪戯心が湧《わ》いて、きょろきょろしている児島くんを柱の陰から見ていた。ワイシャツ姿で、右手にジャケット、左手に黒い布製のバッグをつかんだ彼が、左右に忙しく目をやっていた。

金曜日のマリオンは待ち合わせの人でいっぱいで、わたしのことを捜し出すのは難しいだろう。児島くんの顔にちょっと焦りの色が浮かんでいた。

バッグを抱え直して、携帯電話を取り出しているのがわかった。今度は電話をかけるつもりなのかもしれない。

放っておくのもかわいそうなので、わたしは柱の陰から児島くんの後ろに回り、その肩をつついた。驚いたように顔を上げた彼が、すいません、遅れちゃって、と言った。

「そんな、五分も遅れてないじゃない」

「いや、時間は厳守じゃないと。しかも、今回はおごってもらうわけですし」

ようやく落ち着いたのか、児島くんがジャケットの袖《そで》に腕を通した。有楽町の駅から走ってきたためか、襟元が汗で濡れていた。

「すいません、ホント。ちょっと仕事が押せ押せになっちゃって……川村さんは、仕事は大丈夫なんですか?」

「うん、こっちは全然。それで、どっちなの?」

こっちです、と児島くんがプランタンの方へ向かって歩きだした。人の数がすごくて、歩くのもやっとだったけれど、児島くんが盾になってくれているので、ずいぶんと楽だった。

「オレも、まだ食ったことないんですよ」歩きながら児島くんが説明してくれた。「ただ、うちの会社の人の話によると、すごいらしいんすよ。一時間待ちとか、ざらにあるらしいです」

ラーメンを食べるのに一時間。何だかものすごく非生産的なことのような気もするけれど、こういう世の中だから、行列に並んでラーメンを食べる人が多いのも当然かもしれなかった。

「おいしいわけ？」

「あっさりしているけれど、コクがある」ビールのコマーシャルみたいなことを児島くんが言った。「うちの連中がそんなふうに言ってましたよ。スープはトンコツで、後を引く味だって」

「そうなんだ」

何となく、楽しみになってきた。あまり油分や塩分の濃いものを食べてはいけない年齢かもしれなかったけれど、そんなに大勢の人がおいしいというのなら、食べてみたくなるのが人間の心理というものだろう。

横断歩道を渡り、プランタンの横の通りに入った。二本目を左に折れると、そこが目的のラーメン屋さんだった。

通りに入る前から、そこにあるのだろうなとわかっていた。というのも、児島くんが言っていた通り、とんでもない数の人が並んでいたからだ。だいたい、四、五十人はいるのではないか。

「ああ、こんなもんか」最後尾についた児島くんが安心したようにうなずいた。「これだったら、たぶん三十分ぐらい並べば何とかなると思いますよ。一番すごい時なんて、プランタンの前の通りまで人が溢《あふ》れたっていいますからね」

博多《はかた》ラーメン〝天海〟というその店は、もともと界隈では有名だったらしいけれど、最近になって休日の昼にやってる大型情報番組で特集されたことから、その人気に火がついたそうだ。

「あんまり、しかつめらしいお店だと嫌だな……ほら、お喋り厳禁とか、スープは全部飲み干せとか、店の方が指図するみたいな」

「そんなことないと思いますけど。少なくとも、店に行ったうちの連中はそんなこと言ってませんでしたね」

そんなことを話している間にも、わたしたちの後ろに四人連れのサラリーマンが並んだ。前の方からはメニューが回ってきた。店に入る前に注文を決めておけ、ということらしい。

「どうする？」

迷うほどラーメンの種類はなかった。いわゆるトンコツラーメンに、トッピングの類がいろいろあって、それで値段が違うだけの簡単なメニューだった。

「よくわかんないっすけど、とりあえずオススメって書いてありますからね」児島くんがメニューの一番上を指した。「このオリジナル白湯《パイタン》トンコツラーメンってのにしますよ」

「じゃ、あたしもそうしようかな」

「オレは大盛りで」

そこだけは譲れない、というように児島くんが言った。

6

児島くんの読みは正しく、並んでいたのは三十分ほどだった。

その間、わたしたちはずっと話をしていた。会社の話や仕事の話ももちろんしたけど、もっといろんなことを話した。

わたしの精神年齢が低いのか、それとも児島くんが大人ということなのか、とにかく話題に困るようなことはなかった。というより、最初からわかっていたような気もするのだけれど、基本的な部分で彼とわたしは話が合うことが明らかになっていた。

「児島くんは、よくできたホストみたいだねえ」

わたしはホストクラブというところに行ったことがないのだけれど、いわゆるホストという職業の人たちはこんな感じなのではないかと思った。わたしが喋っている時はいくらでも喋らせ、時々入れてくるツッコミのタイミングも抜群だった。

「いや、だから、それは前にも言いましたけど、女系家族で育った者として、やむを得ず身につけた技術で」

「いや、ホントに。マジで話うまいし。ルックスだっていいし、背も高いし、もててるんだろうなあ」

「どうすかね。本人的にはあんまりもててるって感じたことはないですけど。彼女もいないですし」

「どうでしょう。怪しい」

「いやマジで。マジいないっすよ」

慌てたように児島くんがぶんぶんと首を振った。ちょっと信じられない。そういえば彼に好意を持っている子が少なくとも一人、身近にいる。

「うちの宣伝部に小川って女の子がいるんだけど、ずいぶん児島くんのことが気になってるみたいだよ」

「小川さん……宣伝部ですか。いや、すいません。ちょっと思い浮かばないんですけど、どんな人でしたっけ」

小川、小川、と口の中で繰り返していた児島くんが、思い出した、と大声を上げた。周りに並んでいた人たちが一斉にこっちを向いた。

「すいません……いや、思い出したんで、つい……」

「声、でかいよ、バカ」

わたしが手を振り上げると、児島くんが少しだけ頭を下げた。叩《たた》かれやすい体勢を取っているのだ。そういうところも女の扱いに慣れている感じがした。

「はあ、そうですか。小川さんねえ」

あまり印象に残っていないというのは本当のようだった。変わった子だ。小川弥生といえば、この数年入ってきた女子社員の中でも、おそらく一番人気があるはずなのに。

「何か児島くんって、そういうの多そうだよね。人の気も知らないで、みたいな」

「また、そんなデリカシーのない男みたいに言って」

そんな話をしてたら、ようやくわたしたちの順番になった。店はけっこう広くて、三、四十人なら楽に入れるのではないか。だからあれほど客が並んでいても、さばいていけるのだろう。

注文は伝えてあったので、わたしたちが席に着いて数分もしないうちにラーメンが目の前に置かれた。わたしの頼んだ普通盛りは、よくあるラーメン屋の丼《どんぶり》の大きさだったけれど、児島くんの大盛りはその倍ほどの大きさで、しかも麺《めん》が丼から溢れそうになっていた。これで八百円というのは、量だけでも安いといえるだろう。

「まあまあ、とりあえず食べましょうよ」

ひと口、レンゲで白いスープをすすってみた。わたしはグルメレポーターでも何でもないから、おおげさな表現をする必要はないのだけれど、確かにそのスープはおいしかった。濃厚で、力強くて、それでいて爽やか、そんな感じだ。

「どうすか」

「おいしい……ホントに」

ちょっとクラムチャウダーに似た感じかもしれない。海の味がすると言ったら言い過ぎかもしれないけれど、そんな味わいだった。

それからしばらく、わたしたちは目の前のラーメンを食べることに専念した。児島くんは犬のようなところがあり、食べ物を前にすると意識が全部そっちに行ってしまう。何となく、その感覚には慣れてきていたので、わたしも食べている間は黙っていた。

相変わらず児島くんの食べっぷりは見事としか言いようがなかった。わたしの倍はあるラーメンを、わたしよりも早く食べ終えていたのだから、立派なものだ。

「ごちそうさまでした……すいませんね、飯、食わせてもらっちゃって」

店は注文する時にお金を払うシステムで、今回はお礼だからわたしが払うと言って、勘定を済ませていたのだ。

「いえいえ、こんなことでよろしかったら……っていうか、本当にこんなのでいいの？　あたし、お礼のつもりでしてるんですけど」

「食べたいものを、食べたい時に、食べたい人と食べる」五段活用のように児島くんが言った。

「これ以上に楽しいことってないですよ。それが何よりのお礼です」

だったらいいのだけれど、とうなずいてわたしは最後のスープを飲み干した。なるほど、確かに後を引く味だった。

「……それで、川村さん、おごられてばっかりってのもあれなんで」児島くんが時計を見た。

「まだ時間少し早いですから、ちょっとだけ飲みに行きませんか？」

え？　そうか、この後のことは何も考えてなかった。どうしよう。

「いいでしょ、ちょっとぐらいなら」

実はもう店の目星つけてあるんです、と言って立ち上がった。どうもこの子はよくわからない。彼は何が楽しくてわたしのような年上女を連れ回したいのだろう。

「ここまではお礼ってことで、おごられちゃいましたけど、次はオレが払います。ここからはデートってことで」

デート？　意味がわからない。それでも、わたしは思わずうなずいていた。飲みに行くなら、行こうじゃないの。金曜日だし、それぐらいいいじゃない？

先に店を出た児島くんが、戸口のところで大きく伸びをした。わたしもちょっと真似《まね》をしてみた。なかなかいい気分だった。

告白について

1

姉貴、と弟の善信《よしのぶ》が囁いた。

「何よ」

「あいつ、誰なんだよ」

トイレに行った児島くんの後ろ姿を指さした。誰と言われても困る。

「……友達」

「友達って。あいつ、大学生ぐらいじゃないの？　どこで知り合うわけよ、あんな若い男と」

「どこって……会社よ。仕事先の人」

「銘和の人でもないわけ？」善信ががりがりと頭をかきむしった。「どういう関係なんだよ」

「……だから、友達というか、知り合いというか……そうとしか言いようがないんだって」

「あのねえ、友達ってことはないでしょうに。単なる友達が、休みの日曜日にわざわざ他人の家の模様替えを手伝いにくるか？　常識で考えてくれよ」

「そりゃそうだけど」

いったいどう説明したらいいものやら。わたしも、どうしてこんなことになっているのかわからないのだ。

金曜の夜、ラーメンを食べてから近くにあるバーへ行った。そこは普通のショットバーで、児島くんはビールを、わたしはカシスソーダを頼んだ。

お酒に強いわけではないのだけれど、何となくテンションが上がっていて、同じようなカクテルを二、三杯お代わりしたところまでは覚えている。その後がどうもはっきりしない。

うっすら覚えているのは、引っ越しの話をしたことだ。やれどもやれどもなかなか片付かず、おまけに引っ越し業者がちょっといいかげんだったために、家具の配置とかを変えなければならなくなった、と愚痴をこぼしたことも確かだ。

そして、日曜日に弟がその手伝いに来てくれる、という話をしたような気もするのだけれど、その辺から先がはっきりしない。おそらく児島くんの方から、だったら手伝いに行きますよ、と言い出したのではなかっただろうか。

いくらわたしが雑な性格でも、まさかそこまで面倒なことを自分から頼んだとは思えない。というか、思いたくない。まさか。

おそらく酔っていたために口が軽くなっていたわたしは、弟が昼過ぎに来ることも話したのだろう。実際、弟とは前からそういう約束になっていた。

そして今日、午後一時に弟がわたしのマンションを訪ねてきた十分後、インターフォンが鳴り、下から児島くんが上がってきたというわけだった。

「金でも貸してんのか？」

「貸すほどの金はありません」

「じゃあ、どうやってだまくらかして連れてきたんだよ」

水を流す音がした。もうすぐ出てくるのだろう。

「いいじゃないの、どうだって。とにかく男手が増えたんだから、あんたも楽になったでしょ」

早口で言ったわたしに、いやそういう問題じゃなくて、と言いかけた善信の口が閉じた。児島くんがトイレから出てきたのだ。Tシャツにシャカパン、首には白いタオルと、本職の引っ越し業者と間違えられそうなスタイルだった。

「すいません、お待たせして。さあ、次は何を運びますか」

手を二度叩いた児島くんが、わたしたちを見た。とりあえずソファをお願いできますか、とわたしは答えた。

2

その後も大騒ぎしつつ、家具の配置替えを進めていった。ソファの場所を直し、冷蔵庫の位置を調節し、洗濯機を使いやすいように動かしていくなど、作業はけっこう大変だった。

児島くんに来てもらってよかったと思ったのは、冷蔵庫の移動の時だ。少しだけずらしたいのだけれど、力加減が微妙であるために、それは意外と難しい作業だった。わたしと弟だけでは、とてもできなかっただろう。山岳部出身の児島くんの剛腕があってこそ成せる業《わざ》だった。

他にも、児島くんがいてくれて助かったと思ったことはいくらもあった。例えば電子レンジだ。

わたしが使っている電子レンジは旧式のもので、だいたい十キロほどある。確かに、十キロの物を持って移動することはわたしでもできる。ただ、十キロの鉄の塊《かたまり》である電子レンジを、台の上に持ち上げるというのは、一人では無理だった。

これは弟も同じで、我が家の血筋というべきか、善信はわたしより何センチか背は高かったが、それでも百七十はないだろう。二人でいくら頑張ったところで、高いレンジ台の上に載せるのは難しい。ところが、百八十センチ以上ある児島くんなら、一人で軽々とその作業をやってのけてしまうのだ。

そればかりではない。例えばベランダで物干し竿《ざお》を取り付けてくれたのも児島くんだったし、お風呂場の電球を取り替えてくれたのも彼だ。引っ越しのために生まれてきたような奴だな、と弟がつぶやいたが、わたしの実感もそれと似たようなものだった。

それからテレビの位置を直し、ベッドを壁に押し付けた。これはこれで大変な力仕事で、三人揃ってベッドを無理やり押し込むことに成功した時は、何となく達成感があって、ちょっと嬉しかったものだ。

そうやって大きな物を動かしていくのが終わったのは、夕方ぐらいのことだった。わたしと弟だけだったら、その二倍以上の時間がかかっただろう。ありがたい話だ。

最初は、あいつは何なんだと言っていた弟も、素直に指示に従う児島くんのことがずいぶんと気に入ったようで、なかなかいい奴だな、とうなずいていた。確かに児島くんにはそういうところがある。年上の人にかわいがられるような性格をしていた。

「後はどうする、姉貴」汗を拭《ぬぐ》いながら善信が言った。「何かやることあるんだったら、今日のうちに言ってくれよな。そんなしょっちゅう呼び付けられたら、たまったもんじゃないからさ」

はいはい、とわたしはうなずいた。実際、子供もいる弟の身では、何度も呼び出すわけにもいかないだろう。貴重な休日を潰させるのは、かわいそうでもあった。

「まあ、後は大丈夫だと思う……小さなことからこつこつ片付けていくから」

部屋のレイアウトは、だいたいわたしの思い描いた通りになっていた。もちろん、細々したところで変えなければならないところはいくらもあったが、それは一人でもできるだろう。

「よっしゃ。じゃあ終わりだ終わり。児島くん、お疲れだったね。てなわけで、軽く行くか」

善信が顔の前で手を動かした。そうしますか、と児島くんがうなずいた。

「何よ、何の話よ、それ」

聞いたわたしに、さっき姉貴がゴミ捨てに行ってた時に二人で決めたんだよ、と弟が言った。

「そうなの？　児島くん」

「ええ、まあ。何か、そういうことになったみたいで」

児島くんが小さく首を動かした。何なの、この男どもは。

「あたしも行くわよ。あたしが頼んだんだし、あたしが手伝ってもらったんだから、お礼ぐらいするって」

まあいいから、と弟がわたしを押さえた。

「こういう力仕事の後はね、男二人でしみじみやりたいもんなのよ。はっきり言えば、姉貴は邪魔なわけ」

ほら行くぞ、と鶏《とり》を追い立てるようにして善信が児島くんを玄関に押しやった。何かすいませんね、と言いながら、児島くんがスニーカーに足を突っ込んだ。

「ちょっと善信、どういうことよ。何なのよ、本当に」

まあまあ姉ちゃん、と弟が戻ってきた。

「何だかよくわかんないけどさ、あんまり本気になんなよ」

「何の話よ」

囁いた善信にわたしは言った。さっき聞いたんだよ、と弟がますます声を低くした。

「あいつ、二十三だっていうじゃないの。何を考えてんだか知らないけど、やっぱそれは無理でしょ」

「善信、あんたこそ何考えてんのよ。児島くんはね、そんなんじゃないの。単なる友達っていうか、後輩っていうか」

わかってるわかってる、と弟がわたしの肩を叩いた。

「確かに世の中、年下ブームだけどさ。十三も十四も離れてるってのはちょっとね。その辺も含めて、俺があいつにきちんと話しといてやるから」

「あんた何言ってんの。余計なことしないで」

「あの……善信さん、どうしますか」

遠慮がちに児島くんが声をかけてきた。今行く、と弟が答えて、もう一度わたしの肩を軽く叩いた。
（バカ）
何を言っているのだろう、この弟は。そんなことあるはずないじゃないの。

「じゃ、行ってくるから」

善信が児島くんを連れて出ていった。バカ、ともう一度わたしは口の中で繰り返した。

3

夜中、弟からメールが届いた。タイトルは『姉貴へ』とあり、本文は次のようなものだった。

〈児島はなかなか見所のあるいい奴だ。ガンバってみてもいいかもしれない。ただし、あんまり本気になんなよ。何てったって、歳が違うんだからな〉

まったく、何を考えてるのやら。児島くんとわたしはそういう関係ではないと、何度説明すればいいのだろう。

男だとか彼氏だとかいう以前に、それこそ弟のような存在であることを、なぜ実の弟がわかってくれないのか。児島くんは善信より五、六歳は下なのだ。

（まあいいや、面倒くさい）

わたしは男二人のおかげですっかり快適になったリビングで足の爪《つめ》の手入れをしながら思った。いちいち返事をする必要はないだろう。よけいに言い訳っぽくなって、その方が嫌だ。

翌日の月曜日、会社に出ると、午後になって児島くんがやってきた。例のフリーペーパーの再校ゲラを届けにきたのだが、第一声はお互いに、昨日はありがとうございました、というものだった。

わたしのありがとうは、昨日家の模様替えの手伝いをしてくれたことに対する謝意だったが、児島くんのありがとうは、すっかりごちそうになっちゃって、という意味だった。

「いや、面白い人っすね、善信さんは。さすがは川村さんの弟さんというか」

「どうせあたしのこと肴《さかな》にして呑《の》んでたんでしょ」

ちょっと不安だった。善信はわたしの過去について、親よりもよく知っている。余計なことを言っていなければいいのだが。

「いや、そんなでもなかったですよ。そりゃ、もちろん川村さんの話も出ましたけど」

「どんな話？」

「……姉貴はもてそうでもてないって。いや、オレじゃないっすよ。善信さんが言ってたんですからね」

何という弟だろうか。今度会ったら首のひとつも絞めてやりたい。

「他には？」

「いや、ホントにそんなたいした話は……ていうか、善信さんてすごいんですね。二回も転職してるんですって？　しかもヘッドハンティングされて」

すごいかどうかわからないが、それは事実だった。善信は有名な外資系の企業から、システムエンジニアとしての腕を買われ、二度引き抜かれている。今勤めている会社が三つ目だった。

「そういう仕事関係の話いろいろ聞かせてもらって、参考になったっていうか。やっぱあれですよね、これからの時代、個人のスキルが問われるっていうか、そういうことなんでしょうね」

「駄目だよ児島くん、そんなの真に受けちゃ。弟はね、運が強いだけなんだから」

「そんなことないでしょう。運だけじゃ、なかなか引き抜きまでいかないと思いますよ。いや本当に、いい勉強になりました」

ありがとうございました、と小さく笑った児島くんが、ところで、と言った。

「どうですか、新居は。昨日、けっこう適当にやっちゃったところもあって、気になってたんですよ」

「ううん、そんな」とんでもない、とわたしは首を振った。「おかげさまで、ずいぶん住み心地が良くなったっていうか。ごめんね、せっかくの日曜だったのに」

「いえ、全然。お役に立てたんだったら何よりです。また何か、家具の場所変えるとか不便なこととかあったら、いつでも呼んでください。夜中でも何でもすぐ行きますから」

そんな、とわたしは児島くんの真面目な言い方に思わず笑ってしまった。

「もうご迷惑はおかけしませんから」

「いや、迷惑なんかじゃなくて」

わたしたちが話していたその横を、秋山部長が通りかかったのはその時だった。

「よお、どうなの、新人クン。もろもろうまくいってる？」

お世話になってます、と児島くんが頭を下げた。

「おかげさまで、何とか。今日は再校ゲラをお届けにあがりました」

「うん、任せるよ。わかんないこととかあったら、何でも川村さんに聞いて。彼女が一番よくわかってるから」

だよな、と部長が言った。ええ、まあ、とわたしは答えた。とにかく、広報に一番長くいるのがわたしであることは、間違いなかったからだ。

「ところで川村さん」部長がちょっと声を低くした。「この前の件なんだけど、今日の夜か明日の夜でどうかな。明後日から出張が入っちゃってね。なるべく早い方がありがたいんだけど」

「あ、わたしはどちらでも大丈夫です」

広報課から宣伝部へと異動する件だ。まだわたしもどうすればいいのかわからず、迷っていたところだったので、早い方がいいというのはこちらも同じだった。

「よし、じゃあ善は急げで今日にしよう。時間とかはまた連絡するから。じゃ、後でね」

頑張ってな、と児島くんの肩を軽く叩いて、部長が自分の席へと戻っていった。

「……部長と、飲みに行くんですか」

「うん、ちょっとね」

いろいろあるのよ、とわたしは言った。そうすか、と児島くんが小さくうなずいた。

「あの……よく飲みに行ったりするんですか?」

「よくってことはないけど、そりゃ上司だから、たまにはね」

「そうすか……あの……そうすか」

何か言いたげに口を動かしていた児島くんが、思い出したように、これを、と封筒を差し出した。入っていたのはフリーペーパーの再校ゲラだった。

「今度は、きちんと乾くの待ってから持ってきましたんで、色とか問題ないと思います。チェックよろしくお願いします」

「わかりました。なるべく早く連絡しますね」

よろしくお願いします、と頭を下げた児島くんが、フロアから出ていった。何となく不機嫌になったように見えたのは気のせいだろうか。若い子の考えてることはよくわからない、とつぶやきながらわたしはゲラを広げた。

4

夜七時、秋山部長と一緒に会社の前からタクシーに乗った。行き先は銀座だった。

「川村さんてさ、池袋って好き？」

部長が唐突に言った。好きも嫌いも、とにかく入社以来東池袋にある本社でしか働いたことがない。

自然、食事をしたり飲みに行くのも池袋近辺ということになってしまう。嫌いだったらやっていけないだろう。

「僕、駄目なんだよ池袋。何て言うか、体質的に受け付けないっていうのかな。どうも、飲んだりするような場所としては考えられないんだよね」

大学時代は青山とか表参道《おもてさんどう》の辺りで遊んでいたという。本当だったら今もそうしたいんだけど、何の因果か入った会社が山手線の真逆《まぎゃく》だからなあ、と白い歯を見せて笑った。

「皮肉なもんだよ。しかも、配属された部署が宣伝だろ？　代理店とかのつきあいも含めて、ちょっと飲みに行くっていうと銀座ってことになっちゃうんだ」

部長が連れていってくれたのは、最近女性向けの情報誌などでも話題になっているエクリュというオーガニック食材を扱ったフレンチレストランだった。よくこんなところを知ってますねと感心すると、趣味なんだよという答えが返ってきた。

「新しい店を見つけたり、行ってみるのが好きなんだな。だから、逆にあんまり馴染《なじ》みの店とかはないんだよ。すぐ新しい方へ新しい方へと行っちゃうから」

そういうものなのか。わたしたちが席に着くと、当店特製の無農薬栽培の小麦粉で造られたパンでございますと言って、清潔そうな白いシャツを着た男の子が皿に二種類のパンを載せてくれた。

メニューを決めるのはそれからだそうだ。雑誌で読んだんだけど、と部長が〝季節野菜の鮮やかメニュー〟というのをご推奨してくれたので、わたしもそれにならうことにした。

「どうなの、今日の青葉ピー・アールの彼は……何ていったっけ、あの子」

「児島くんです」

「そうそう、児島」パンを二つに割りながら部長がうなずいた。「彼はどう？　うまくやってる？」

問題ないです、とわたしが答えた時、食前酒はどうしようかな、と部長がメニューを覗《のぞ》き込んだ。やたらと話題がいろいろ飛ぶ。

考えてみると、部長と二人だけで食事をするのは初めてだった。会社にいる時よりも自分ペースで物事を進めていたが、どうもこっちの方が素に近いようだ。

「川村さん、何にする？」

「あたし、あんまりお酒強くないんで……ペリエとかにしておきます」

「お、いいね、健康的だね」

ペリエとキールを、と部長が近づいてきたウエイターに言った。

「そう、とにかく順調ならそれでいいんだ。確かにねえ、前の石丸って子は、あれはちょっとひどすぎたもんなあ。あれじゃ仕事になんないよね。お、パン食ってごらんよ、なるほど、けっこうおいしいかもしれないぞ」

　話題は目まぐるしく移っていった。会社の仕事のこと、売れている〝モナ〟のこと、最近の広報課の状況、おいしいワインのある店を銀座で見つけたこと、取締役の悪口、青葉ピー・アール社の横山部長の髪形の話、そしてわたしの引っ越しについて部長が言い出したのは、メインディッシュの〝鳩《はと》のカリカリオーブン焼き・ソテーした京野菜を添えて〟が出てきた時だった。

「聞いたよ。買っちゃったんだって？」

「はい、まあ……」

「いや、いいんじゃないの？　僕なんかさ、自分が食品会社に勤めているせいもあるかもしれないけど、どうしても衣食住って言ったら食は何とかなるって思うところがあってさ。やっぱり大事なのは住むところだよね。いいじゃない、買っちゃったんだったら。これでいろいろ安定するってもんだろ」

　そうなのだろうか。いや、一般論的にはその通りかもしれないが、わたしの場合安定するのがいいことなのか悪いことなのか、今ひとつはっきりしないところがある。仕事はともかく、人生的にはもうひと波乱ぐらいあってもいいのではないか、というのがわたしの率直な思いだった。

「まあ、それでね。その安定したところを見込んでさ」

　部長が鳩の胸肉を大きく切り分けた。どうやらここからが本題らしい。

「この前の話なんだけど、どうかな、考えてくれたかな」

「はい、あの……考えたって言っても、ぼんやりとした意味でしかないんですけど」

「そりゃそうだ。とりあえずはぼんやりとしたイメージだよね。そこから具体的にもろもろ決めていくというか」

「まだそこまで行ってないんですけど」

あれ、というように部長が首をひねった。

「考えてほしかったなあ。だって、どう考えたって悪い話じゃないと思うんだよ、これ。前も言ったけど、広報課はやっぱり予算とか時間とか、いろんな意味で制約があるからさ、やりたくてもできないこととか、いっぱいあったはずだしね。これで宣伝部に移ってくれれば、いろんな意味でやりやすくなると思うよ」

それはわかります、とわたしはうなずいた。広報課と宣伝部では、扱う金額からして違う。年間予算にして十倍、計算の仕方によっては百倍、あるいはそれ以上違うかもしれない。当然、企画の通り方なども違ってくるだろう。

他の会社のことは知らないが、銘和乳業では広報課の誰もが宣伝部への異動を狙っているといっても過言ではない。野村課長から一番下の水越に至るまで、誰もがそう考えているはずだ。

もちろん、わたしもそう思っていた。今、秋山部長から受けているこの誘いは、明らかなステップアップへの第一歩となるだろう。普通なら即答してもいいぐらいの話だったけど、どういうわけかわたしはあまり心が動かなかった。

ひとつには、広報課に慣れすぎたということもあるのだろう。入社以来広報課ひと筋だったわたしは、広報課の仕事を、これが当たり前だと思うようになっていた。

確かに予算は少ないし、社の中でも中途半端な位置にある広報課だが、慣れてしまえば住めば都というもので、居心地の良さは間違いないところだった。

自虐的に言えば、広報のお局様としての地位も確立したという思いもある。盤石《ばんじゃく》かつ安泰、というのがわたしの現状だ。

今から競争社会である宣伝部に移ってやっていけるのだろうかという不安もあった。五年前なら違ったろうが、今のわたしにそんな覇気はない。

そんなことをつたない言葉で伝えた。なるほどねえ、と部長がデカンタのワインを自分のグラスに注《つ》いだ。

「もちろん、そういう考え方もあるんだろうな。いや、川村さんの言いたいことはわかるよ。うん、わかる。確かに宣伝の方がいろんな意味で責任も重くなるしね。わかるよ」

だけどさ、と注いだばかりのワインを一気に空けた。ピッチが早くなっているようだった。

「だけど、川村さんだったら、まだそんな年齢じゃないだろ。いや、下手な言い方をするとセクハラ、もしかしたらパワハラだな。ええと、要するに、まだ全然若いじゃないかってことだよ。変な風に取らないでくれよ。まだ三十代でしょ？　ここでひと踏ん張りして、もうひと花咲かせてみてもいいんじゃないかって」

わかってます、とわたしはうなずいた。年齢のことを言われるのはあまり好きではないが、とにかく部長に悪気がないことはよくわかっていた。

「わかってもらえたんなら、異動の件も了解してくれるよね？　だって、どう考えたってさ、その方がいいに決まってるもんね。それにさ、待遇だって……」

なるほど、秋山部長の出世の秘密がちょっとだけわかったような気がした。おそらく今までもクライアントや社内の人間たちを、こんなふうにしてなし崩し的に丸め込んできたのだろう。

でも、まだわたしには迷いがあった。そして、部長の丸め込み攻撃を食い止める手段を、ひとつだけ知っていた。

「あの、部長……奥様とは、本当に？」

「え？　奥様？　うわあ、今、それを言うかなあ」

部長が大きな声で笑った。話をごまかす時の笑いだった。

「いえ、別に今じゃなくてもいいんですけど……まさか会社では聞けませんから。お酒の席ですから申し上げますけど、やっぱり社内でも相当話題になってるみたいですよ」

うん、まあ、そりゃそうだろうねえと言ったきり、部長は鳩の肉を食べることに専念しだした。申し訳ないけれど、ペースを握られっぱなしでは何でも向こうの言いなりだ。それではちょっと困る。わたしだって、もう少し考える時間が欲しいのだ。

その後、急に静かになった部長とチーズとデザートを食べ、最後にエスプレッソを飲んだ。さっきまでのように強引に話を進めることはなく、じっくり考えてみてよ、というのが部長の結論だった。そして、それはわたしの望むところでもあった。

店を出たのは十時半ぐらいだっただろうか。出たとたんに電話を何本かかけていた部長が、別件で飲みに行くと言い出したので驚いた。

「今からですか？」

わたしは自分の携帯で時間をチェックした。正確には十時四十五分だった。よくあることだよ、と部長が答えた。

「宣伝部はね、夜のおつきあいもいろいろあるんだ。あ、でもこれは川村さんにとってはネガティブな話になっちゃうのかな。とにかく、僕はそっちに行くんで、気をつけて帰りなさい」

「はい」

部長がタクシーを停めて乗り込んだ。するすると窓が開いた。

「とにかく、くどいようだけど、ちゃんと考えてくれよな。頼むよ川村さん、当てにしてるからね」

「部長も気をつけてください。あんまり飲み過ぎないように」

「お疲れさま。ところで、それは着信? メール?」

部長がわたしの携帯を指さした。グリーンのランプが点滅を繰り返している。メールです、と答えた。

「彼氏か。彼氏だろ」

違います、とわたしは首を振った。

「そんな人、いませんから」

「彼氏がいなきゃなあ」部長が言った。「もうちょっといろいろ強引に誘いたいんだけどね」

「だから、そんなのいませんってば」

だが、わたしの返事を聞くことはなく、タクシーはそのまま走り去っていった。メール。誰からだろう。児島くんだろうか。確認すると、驚いたことに本当にそうだった。

〈飲み、終わりました？　気をつけて帰ってくださいね〉

涙が出るほどありがたいお言葉だったが、残念なことにあまり気をつけて帰らなくてもいい年齢になっていた。とにかく帰ろう。わたしは地下鉄の駅へと向かった。

それにしても、部長が最後に言った言葉の意味、あれはどういうことだったのだろう。もしわたしに彼氏がいなければ、もうちょっと強引に誘うんだけどな。確かに部長はそう言った。それって、もしかして。

いやいや、世の中そんなに都合よく行くはずもない。あれこそは社交辞令というものなのだろう。

だけど、もし本気だったら。ちょっとだけ、わたしの歩くペースが速くなった。

5

翌日の火曜日、出社するとけっこう大勢の人がわたしのところへ集まってきた。昨日、わたしが部長と飲みに行ったことはみんな知っていたのだ。

みんなが興味を持っているのはわたしの異動のことではなく、部長の離婚問題だった。残念ながら伝えるに値するようなニュースはほとんど仕入れることができなかったとわたしはそれぞれに対して頭を下げた。

楽しみにしてたのに、とぶつぶつ文句を言う皆様には申し訳ないと思うが、主題がそれではなかったので、許してもらうしかなかった。

最終的に部長からは、来週の月曜に返事を聞かせてほしいと言われた。わたしの中ではまだもうちょっと時間が欲しいところだったけれど、とりあえず了解しておいた。移るべきなのか、それとも残るべきなのか。引っ越しのことといい、いろんな話が一度に起きて、目が回りそうだった。

いろんなことといえば、その中に児島くんのこともあった。火曜、水曜と沈黙を守っていた児島くんが、木曜にこんなメールを送ってきたのだ。

〈会えませんか?〉

それは一行だったけれど、なかなか迫力のあるメールだった。会えませんかと言われても、火曜だって水曜だって、何だかんだ仕事のからみで社内では顔を合わせていたのだ。

何を今さら、会えませんかとはどういうことか。そう返事したら、すみません、ひと文字抜けてました、というメールが返ってきた。

〈夜、会えませんか?〉

夜。はあ。別に構わない。どうせ夜はヒマしているのだ。児島くんと会う時間ぐらい、いつだって作れる。

〈いいですよ〉

日は合わせます、と書いて送った。わたしとしても、この前部屋の整理の手伝いをしてもらってから、きちんとお礼をしていなかったのが気になっていたのだ。

〈今日はどうですか〉

相変わらず児島くんのレスポンスは素早いものだった。例によって、首から携帯電話をぶら下げているのだろう。

別に今日でもよかったのだけれど、わたしには見栄を張るという悪い癖がある。いきなり今日の今日と言われて、はいわかりましたと素直に言えないのだ。日は合わせますと書いたくせに、今日はちょっと、と臆面《おくめん》もなく返事を送った。すると児島くんはこう返してきた。

〈じゃあ、明日でどうですか〉

なるほど、そうきたか。これで明日はちょっとと断れば、明後日はどうですか、ということになってしまうだろう。

休みの土曜日にメイクをしてわざわざ外へ出掛けるのも面倒だ。だったら明日のうちに済ませてしまった方がいい。

〈明日なら大丈夫です〉

メールを送った一分後、電話がかかってきた。それは電話の方がいろんな意味で話も早いというものだ。

わたしたちは明日の金曜日の午後七時に、池袋の駅近くにあるバンビーノという店で待ち合わせをすることにした。何だか児島くんの声がやたらと大きいような気がしたけれど、何か意味はあったのだろうか。

6

バンビーノは池袋の駅前にある、古いけれどちょっとオシャレなイタリアンレストランだ。わたしが着いた時には、もう児島くんは席に座ってビールを飲んでいた。ネクタイを緩めてジョッキを口に運ぶその姿は、会社にいる時と違ってちょっと男っぽかった。

「ごめんなさい、遅れた?」

「ああ、いえ、そんなことないっす」いきなり児島くんがノーマルモードに戻った。「ちょっとオレ、早く着きすぎちゃったんで。とにかくすいません、呼び出したりしちゃって」

座ってください、と児島くんが言った。わたしは向かい側の席に腰を下ろした。

「ここはよく来るんですか」

近づいてきたウエイトレスにカンパリソーダを頼んでから、まあ時々、と答えた。駅にも近いこの店は、いろんな用途に使えて便利なのだ。

前には結婚式の二次会に使ったこともあるし、地方へ転勤する同僚の送別会の会場にしたこともある。そうですか、と児島くんがうなずいた。

「ところで、飯、食ってないっすよね。何にしますか」

わたしたちは同時にメニューを開いた。さて、何を食べようか。しばらく相談した結果、トマトのサラダと魚介類のフリッター、それからキノコのパスタと生ハムのピザを頼むことにした。それで足りるのと聞くと、そんなに腹減ってないんで、という答えが返ってきた。児島くんにしては珍しいことだ。

テーブルに備え付けになっている細長いパンをぽりぽり齧《かじ》りながら、わたしたちはしばらく会社の話をした。〝モナ〟はますます売れ行き好調で、社長賞の対象にもなっているらしいとか、そんなことだ。

そりゃよかったですねえ、と児島くんが生返事をした。それもまた彼らしくないことだった。あまり会話は弾まず、特に料理がテーブルの上に並べられるとますます児島くんは静かになっていった。これはいつものことだから、それほど気にならなかったけれど、それにしても彼は妙に無口だった。いったい何があったというのだろうか。

それでも彼は彼らしく、気遣いに溢れていて、ピザはピザカッターで切り分けてくれたし、パスタはきちんと二等分にシェアしてくれた。その辺はいつも通りだった。

「何か喋ってよ」わたしはパスタを食べながら言った。「静か過ぎると、ちょっと不気味」

「そうすかね。オレ、飯食ってる時はわりと黙ってますけど。よく言われます。児島が飯食ってる時は話しかけるなって。あれは犬と同じだからって」

「そうそう、その調子」

その調子って言われても、とまた児島くんが無言になった。何か話があったんじゃないの、とわたしは聞いた。

「だから呼んだわけでしょ」

「まあ、そうなんですけど。とりあえず食ってからということで」

はあ、そうですか。そうおっしゃるんなら、そうしましょう。

でも児島くんは、結局何も言わなかった。食後のケーキを食べ、紅茶を飲んでいる時も、変わらず無言のままだった。

「で？　話って何？」

紅茶をお代わりしながら、わたしはもう一度尋ねた。バンビーノは食後の飲み物がお代わり自由なのだ。

「いや、まあ、その……別にたいしたことじゃないんで」

児島くんがエスプレッソコーヒーに口をつけながら答えた。あら、そうですか。だったら、もうこっちとしてもどうしようもない。しばらく沈黙が続いた。

「……あの、どうですか、マンション。何か不便なこととかないですか」

目を左右に泳がせながら児島くんが言った。その話は前にもしたことがあると思う。

児島くんとわたしは、年齢差の割りには話が合うと思っていたけれど、そうでもないのかもしれない。話題に困っているのがありありとわかった。

「別に」

こういう時、妙に冷たくなってしまうのがわたしの欠点で、こっちから何か話そうとか、そういう気が一切なくなってしまう。その後も気まずい沈黙が流れて、二杯目の紅茶を飲み干したところで、帰ろうか、とわたしは言った。

帰りますか、と児島くんがうなずいた。いったい彼は何のためにわたしを呼び出したのだろうか。

この前のことがあったので、お礼にわたしが払うと言ったが、それは善信さんにおごってもらいましたのでと児島くんが言い、割り勘にした。何が何だかさっぱりわからなかった。

「あの……送ります」

「いいって、駅はすぐそこだし」

「いや、そうじゃなくて……東久留米まで送ります」

どうも児島くんの意図がわからない。大丈夫、遅くなるしと断ったが、さっさと児島くんは西武池袋線の方へと歩を進め始めていた。

電車の中でも彼は無言だった。時々小さなため息をつくのが見ていてわかった。

いったい何のために彼はわたしを送ってくれているのだろう。そう思っていた時、不意に彼が口を開いた。

「あの……この前、秋山部長と飲みに行ったんですよね」

「うん」

「……何かなかったですか。その……何ていうか、誘われたりとか」

あるわけないでしょ、とわたしは首を振った。

「部長だってね、選ぶ権利ぐらいあるわよ。何もこんな三十過ぎの女をわざわざ誘う必要はないでしょ」

どうしてそんなことを聞くのかと尋ねると、児島くんが理由を話してくれた。何でも、秋山部長は児島くんに対して、何かというとすぐわたしの名前を出すそうだ。

それは川村さんに聞いた方がいいよとか、川村さんの指示に従っていれば間違いないとか、そんなふうに言っているらしい。

「すげえ信頼してるんだなって……信頼っていうか、何かちょっとそれ以上の感情っていうか」

あのね、とわたしが腕を組んだ時、次は東久留米、というアナウンスが流れた。

「自慢じゃないけど、広報で一番ベテランなのはあたしなの。今まで、そんなに大きなミスをしたこともないし、やるべきことはわかってるつもり。だから、部長としてもあたしに聞いておけば間違いないって言ってるんだと思うけど」

電車が停まった。送ってくれてありがとうと言うと、いやオレも降ります、と児島くんが本当にホームまで降りてきた。まだ何か話したいことがあるのだろうか。

とにかく降りてしまったものは仕方がない。動き出した電車を横目に、ホームに立ったままわたしは口を開いた。

「部長との間に、そんな色っぽい話はございません」

あったとしたら、どんなにステキなことだろう。

「もし、仮にそんな話があったとしても、それが児島くんにどんな関係があるって言うの？　言ってること、全然わかんないな」

「オレ、川村さんが好きなんです」

「……ありがとう」

ん？　ちょっと待って。今のはおかしくないか。

児島くんの言っている好きというのは、どうも一般論の好きとは違うニュアンスがあった。まさか、そんな馬鹿な。でもしかし、そうとしか取れないような発言だった。

「だから……秋山部長とのことがすごい気になって気になって……確かめないではいられなくて……すいません」

「ちょっと……ちょっと待って。児島くん、自分が何言ってるのかわかってんの？　あたしだよ？　まさか本気で言ってるんじゃないでしょうね。オバサンからかって喜ぶなんて、悪趣味だよ」

「本気です」

わたしたちは人のいないホームでしばらく見つめ合った。見つめ合っていたというより、睨《にら》み合っていたという方が正確だろう。

その間、わたしは心の中であらゆることを考えていた。出てきた結論は、あり得ないというものだった。

「……あたし、帰るね」

「送ります」

「結構です」

きっぱりとわたしは断った。これ以上、事態を複雑にしたくなかった。

「児島くん、面白い冗談だったけど、あたし、あんまり笑えないな」

「冗談なんかじゃないです。オレ、本気で」

「もういいから」頭が痛くなってきていた。「あたし、帰る。児島くんも、もう帰った方がいいよ。遅いし。じゃあ、さよなら」

あの、と児島くんが言いかけたけど、わたしはさっさと背中を向けて階段を駆け上がった。どんな冗談だか知らないけど、そんな手に乗るほどわたしは若くないのだ。馬鹿にしないで。

気がつくと、目から涙がひと筋こぼれていた。その涙を強く手で拭って、わたしは自動改札を抜けた。

紹介について

1

世の中的に年下がありなのはわかっている。昔と比べて、年下の男とつきあっている女の数が相当多くなっていることも確かだろう。わたしの周りでも、そういう女性は決して珍しくない。

とはいえ、その年下の範疇《はんちゅう》というのは、三、四歳下というのがいいところではないか。五歳以上、下ということになると、ないとは言えないけれど相当まれだろう。これが二桁《ふたけた》、十歳下ということになれば、ほとんどないと思う。

ひと回り以上、下というのは、少なくともわたしの周りに関していえば、聞いたことがない。よほど特殊な例外と言っていいはずだ。ましてや十四歳下ともなると、わたしの常識の中では絶対にあり得ない。

(何を考えてるんだか)

部屋着に着替えながらつぶやいた。いったい児島くんは、どういうつもりであんなことを言ったのだろう。

彼とは何度か食事を一緒にしたことがある。その中で、彼の過去の恋愛話が出てきたこともあった。つきあうと長くなっちゃう方でという彼は、高校時代に一人、大学の時に二人、交際していた女性がいたという。その三人のいずれもが、同じ歳かひとつ下か、ということだった。普通っぽすぎるほど普通な話だけれど、でもそんなものだろう。

そんな彼が、十四歳も上のわたしに好意を持つなどということがあり得るだろうか。あるはずがない。それとも、そんなにわたしが男に飢えているように見えたのか。手っ取り早くものにすることができる、都合のいい女と思ったのか。

そうなのかもしれないが、児島くんは女に不自由するタイプに見えなかった。というより、彼がその気になれば、いくらでも彼に似合った年頃の女の子をゲットすることぐらいできるだろう。

彼は背だって高いし、ルックスも整っている。性格もいいし、女性の扱いにも慣れている。気の利いたことも言えるし、人の話を黙って聞いてくれるという得難い長所もある。

もてない方がおかしいし、例えばうちの会社にも、彼に対して好意を持っている女の子は小川弥生の他にもけっこういるようだ。それなのに、どうしてわたしなのか。

別に自分を卑下するつもりはない。確かに、この何年か男性とつきあってはいないけれど、それまではそこそこもてていないわけでもなかったのだ。少なくとも、二十代の頃はまあまあ何とでもなった。

とはいえ、だからと言って十四歳も年下の男の子を何とかできるほどの魅力があるとはちょっと言えない。何やかんや言ったところで、三十七は三十七なのだ。二十三、四の男とどうこうなるなんて、考えられなかった。

(冗談なのだろう)

そう考えることにした。児島くんとわたしは、年齢差の割りに話が合う方だと思う。わたしは彼に好感を持っているし、彼もおそらくそれは同じなのではないか。

一番最初に話すきっかけとなったのが、例のトラブル処理という仲間意識もあったし、今のところ他社とはいえ、わたしが彼に仕事を教えるような立場になっていることも本当だ。その意味で、会社こそ違うけれど、先輩後輩という感覚もある。

そんな関係があるからこそ、何の気なしに口をついて出てきた冗談。それが今夜の彼の言葉の意味なのだ。

そう思おうとしたけれど、それだけではないことぐらい本当はわたしにもわかっていた。駅のホームで、口を開いたときの彼の表情。ちょっと照れたような顔。

(何なのかなあ)

いったいどういうつもりだったのだろう。そこまで考えたところで、思考が堂々巡りになっているることに気づいた。こんなこと、いくら考えていても仕方がない。どっちにしても、どうなるものでもないのだ。無理やり、頭の中から児島くんのことを追い払った。

(シャワーでも浴びよう)

ちょっと疲れていた。今週はいろんなことがありすぎた。秋山部長から言われた宣伝部への異動の件についても、考えなければならない。週明けに返事をすることになっていたけれど、わたしはまだ何も考えていなかった。

幸い、明日明後日は休みだ。その間にゆっくり考えよう。

秋山部長か、と思った。もし、秋山部長が児島くんのように何かアプローチしてきてくれたら、と思ったのだ。

部長なら、わたしとも年齢が釣り合う。仕事もできるし、人間的にも信頼が置ける。男性としての魅力もある。そしてまだ完全にというわけではないけれど、部長は奥様と離婚に向けての話し合いをしているという。もし、部長がわたしに好意を寄せてくれたら。

とはいえ、残念ながら秋山部長にも選ぶ権利というものがある。部長はわたしの仕事に関するスキルについて、高い評価を与えてくれているようだが、女性として見てくれているかといえば、それはよくわからなかった。そういう瞬間があったような気もするのだけれど、やはりわたしたち二人の間をつないでいるのは仕事という線だろう。

(うまくいかないなあ)

シャワーを浴びるために立ち上がったとき、わたしの携帯からメールの着信音が鳴った。見なくてもわかっていたけれど、習慣で確認した。メールを送ってきたのは、もちろん児島くんだった。

〈電話してもいいですか?〉

そこには一行だけ、そう記されていた。ちょっと迷ったけれど、そのまま携帯の電源をオフにした。これ以上事態を複雑にしたくなかったのだ。わたしはバスルームへ向かった。

2

土曜の午後と日曜の夕方、一度ずつ児島くんからメールが入った。電話してもいいですか、という内容は同じだった。

無視するつもりはなかったけれど、結局どちらも放っておいた。何と返していいのかわからなかったし、電話があったとしても、何を話せばいいというのだろう。そのままにしておくしかなかった。

日曜の夜、三枝敦子と紺野友美がわたしの家に来た。それは前からの約束で、新居のお披露目のためだ。

結婚している敦子も、未婚の友美も、今のところ賃貸マンションで暮らしている。三十七歳でマンションを買ったというのは、仲間内でもまだ珍しかったから、今後の参考のために見せてほしいと言われていたのだ。

「いや、すごいね」

家の中をひと渡り見てから、二人がソファに落ち着いた。マジでやっちゃいましたか、と友美が言った。やっちゃいましたよ、とわたしは答えた。

二人が持ってきてくれたピザなどをつまみ、わたしが用意していたワインを飲みながら、しばらくマンションについての話をした。値段は総額でいくらぐらいなのか、頭金はどうしたのか、広さはどれぐらいなのか、使い勝手はどうなのか、そんな話だ。

「居心地はよさそうじゃん」

友美が言った。新しいからね、とわたしはうなずいた。

「何年ローンだっけ」

「三十年」

う へ、と敦子がうめいた。三十年。確かに、先の長い話だ。このままだと、払い終えた頃、わたしは六十七歳になっている。

もちろん、繰り上げ返済なども含め、なるべく早く完済するつもりだったけれど、それでも六十歳までに払い終えることができるかどうかはわからなかった。

「勇気あるねえ」

敦子が首を振った。あんたのところはどうなのよと聞くと、ダンナがねえ、という答えが返ってきた。敦子のご主人である武雄《たけお》さんは、あまり先のことを考えない主義だそうで、別に賃貸でいいだろうと言っているらしい。

「いや、それって勇気じゃないって」友美がピザにかぶりついた。「あんたのところは夫婦だからいいだろうけどさ、あたしとか晶子みたいに女一人だと、将来的なことも考えないといけないわけよ。早い話がさ、女一人で年取ってから、どこか借りようっていっても、けっこう難しいって言うじゃない？　あたしもそろそろ考えた方がいいかも」

「何よ、もう結婚諦めたわけ？」

「諦めたわけじゃないけどさ」友美が唇《くちびる》を尖《とが》らせた。「でも、まあ、現実問題として、ねえ」

友美が言っているのはもっともだった。ある意味、成り行きでわたしはこのマンションを買ってしまったのだけれど、もちろんそれだけで何千万もの金を払ったりはしない。将来のことも頭の中にあった。

先々、何がどうなるかわからない。老人、特に女の場合はマンションなりアパートなり、とにかく借りにくくなるだろうという予想もあった。

その点、買ってしまえば問題はない。誰もわたしを追い出したりすることはできないだろう。きちんとローンを払い続けることができればだが。

「晶子はどうなの。ここ、買っちゃったってことは、もう覚悟しちゃったわけ?」

ちょっと勝ち組の笑みを浮かべながら、敦子が言った。昔からのつきあいだから、悪気がないのはわかっていた。それでも、わたしは思わず苦笑してしまった。

「うるさい」

「だけどさ、もったいないよね。結構広いしさ、一人暮らしだと持て余すんじゃないの?」

持て余すほど広いわけではなかったが、このマンション自体はファミリー向けのものだ。引っ越してきたとき、挨拶に行った上下左右の部屋が、すべて家族で住んでいたことからもそれはわかっていた。一人で暮らしているわたしの方が少数派だろう。

「誰かいないの? ここで一緒に暮らしてくれるような男は」

「残念ながら」

大変悲しいことだが、そんな相手はいなかった。というか、いたとしたらマンションを買ったりしなかっただろう。

「そりゃそうだ」

友美がうなずいた。一瞬、児島くんの顔が浮かんで、すぐ消えた。馬鹿馬鹿しい。十四歳も年下の男の子のことを思い出すなんて、どうかしている。

そのとき、ホントに誰もいないの? と敦子が念を押さなかったら、そのままになっていただろう。結婚している敦子に対する意地みたいなものもあったし、それに何よりちょっと相談してみたかった。

十四歳下の男に言い寄られたというのが、わたしにとっては少し自慢だったのかもしれない。気づけば、児島くんの話を二人にしていた。予想通りというか、二人とも微妙な表情になった。

「……なし」敦子が言った。「先のこと考えたら、あり得ないでしょ」

「そうだね」友美がうなずいた。「ちょっとねえ。いくら年下っつったって、限度があるよね。十四下っていうのは、リアルじゃないっていうか」

「だよね」

でも、と友美が小さく笑った。

「つきあうっていうんだったら、それはそれでいいんじゃないの？　二十三歳ってことでしょ？　いいじゃん、若くて。若い子はいいよ、肌とか張りもあるし」

あんたは中年のエロオヤジか。

「友美って、年下とつきあったことあんの？」

「ないけどさ。うちの会社だって、若い子はいるもん。それぐらいわかるよ。何つうか、匂いとか、いい感じなんだよねえ」

ますますオヤジっぽい発言になってきた。でも、友美はかなり真剣な顔をしていた。

「あのさ、ずっとっていうのは無理だと思うけどさ、極端な話、一回だけっていうんだったら、全然ありなんじゃないの？　若い子ってさ、やっぱり、ほら、カワイイし」

「あんたが言うと、何だかとんでもなくやらしく聞こえるね」

敦子が笑った。だってさあ、と友美がいやいやをするように首を振った。

「いいじゃん、お姉さんが教えてあげるっつうか」

「アダルトビデオか、あんたは」

わたしのツッコミに、まあ気持ちはわかるけどさあ、と敦子が言った。

「うちのは三つ上だけど、もうすっかりオジサンだもんね。二十三はともかく、二十代いいなあって思うことはあるよ」

「まあ、とにかく食っちゃえば?」酔いも手伝ってか、友美が大胆発言をした。「いいじゃん、二十三歳も。一回食うだけなら、おいしいと思うな。ちょっと羨《うらや》ましいぞ」

「そんなんじゃないって。黙って聞いてれば、テキトーなことばっかり言うんだから」わたしも思わず笑ってしまった。「別にね、そういうんじゃないの。向こうだって、本気で言ってるわけじゃないいんだから」

「本気だったら、どうすんのよ」

友美がだらしなくソファで横になった。まさか、とわたしは言った。そんなこと、あるはずないでしょ。

「わかんないよ。熟女ブームだし、そいつだってマザコンかもしんないじゃん」

「マザコンって。そこまで歳は離れてないっつうの」

「食っちゃえ食っちゃえ」友美がグラスのワインを一気に飲み干した。「やるだけやって、それから考えればいいじゃん」

「やるとか言わないの。もういい歳なんだから」

「歳は関係ないでしょ、やるときはやるんだから」

友美は本格的に酔いが回ってきているようだった。それから話題は別のことに移ったけれど、時々思い出したように、二十三歳とやっちゃいなさい、と命令した。結局お開きになったのは夜の十一時過ぎで、すっかり酔っ払った友美を敦子に任せて、マンションから送り出した。

二人が帰ってから、わたしは自分の携帯をチェックしたけれど、児島くんからのメールは来ていなかった。ちょっとだけ、残念って思った。

3

月曜日、朝会の後、また秋山部長に会議室に残るよう言われた。異動の件だというのはわかっていた。

「考えてくれた?」

部長が言った。正直なところ、まだ考えはまとまっていなかったけれど、はあ、と返事をした。

「問題ないでしょ」

もうすっかり部長はわたしが了解すると思っているようだ。そして、わたしとしてもうなずくしかなかった。

明確に断る理由は何もなかったし、どちらにしても部内異動だ。最終的には部長の裁量で強引に動かすこともできる。

部長がわたしの了承を得ようとしているのは、銘和乳業の組合の内規で、異動に際しては本人の同意があることが望ましい、とされているためだということはわかっていた。同業他社の人たちからもよく聞く話だったが、銘和乳業の組合はけっこう力があるそうで、言われてみれば福利厚生も厚く、社員に優しい会社だ。部長が気を遣うのは、その意味で当然かもしれなかった。

とはいえ、今回の場合広報課から宣伝部への異動というのは、同じ傘の下での異動に過ぎないから、仮にわたしが拒否したとしても、組合は味方になってくれないだろう。わたしの側に明確な理由がない限り、ノーとは言えない状況だった。

「じゃあ、決まりだ。よろしく頼むよ」

「……はい」

わたしはうなずいた。別に広報課にこだわる理由は何もない。入社してすぐ配属されたのが広報課で、どういうわけかそれから十四年間異動がなかった。

社員の多くは、いくつか部署を変わるのが恒例といえば恒例だったが、まったく動かない者がいないわけではない。そしてわたしもその一人だった。

十四年目にして異動というのも今更のような気がするし、率直なところ面倒くさいという思いもないわけではなかったけれど、まさか面倒だからという理由で断るわけにもいかない。OLを長くやっていれば、いずれはこういうこともあるはずだった。

「助かったよ。前にも言ったかもしれないけど、どうも最近の宣伝部の雰囲気が、淀《よど》んでるって言うと言い過ぎかもしれないけど、何ていうか、ルーティンワーク気味になってたんだよね。こらへんで、川村さんみたいなちゃんとした人に、活を入れてもらいたかったんだよ」

「そんな……そんなタイプじゃないです、わたし」

わたしは別に統率力があるとか、人望があるというわけではない。与えられた仕事は、一応それなりにこなすけれど、それ以上の何かを望まれても困る。

「いやいや、それは川村さん、謙遜《けんそん》が過ぎるよ。それとも、もし本当にそう思ってるんだったら、自分の能力を過小評価し過ぎだな。ぼくはね、川村さんにはリーダーシップがあると思うんだよ」

「まあ、それなりに、年数だけは長いですから」

「いや、そういう問題じゃなくて」部長が苦笑を浮かべた。「もちろん経験も含めてだけど、川村さんだったら部員をまとめて、引っ張っていけると信じてるよ。さて、それでどうする？　定期異動は例によって七月なんだけど、これは部内異動で、しかもちょっとイレギュラーな話だからね。どうかな、六月中に移ってこれるかな」

部長の構想では、今、三班ある宣伝部を四班体制に改めて、そのうちの一班をわたしに任せたいということだった。わたしにできるでしょうか、と思わず言ってしまった。

「部長、わたし、宣伝部は初めてなんですよ。そんな、いきなり一班を任せるって言われても……」

「そうは言うけど、今、川村さんって課長補佐だろ？　てことはさ、役職から言ってもそうせざるを得ないんだよ」

確かに、わたしの肩書は広報課の課長補佐ということになっている。でもそれは会社に長くいたため、自動的についてきたオマケのようなものだ。わたしの能力によるものではない。

そう言ったのだけれど、部長はうなずかなかった。川村さんならやれるって、と繰り返すだけだ。そういうものだろうか。

「昔から言うだろ、立場が人を作るって。川村さんも、そういうことだよ。リーダーになったら、それなりにやれるって」

七月の定期異動で、他部署から宣伝へは四人が配属されることになっているという。そして宣伝から広報へ一人、営業関係の部署に一人、出ていくそうだ。正式にわたしの辞令が出るのは七月以降で、それまでは今ある三班のどこかに属して、いろいろ引き継いでいけばいい、というのが部長の考えだった。

「引き継ぎって言えば……今の広報での仕事は誰に引き継げばいいんでしょう」

「……そうか、それがあったな」部長が腕を組んだ。「どうするかな」

わたしも、それなりに自分の仕事をしている。広報ウーマンとしての担当もあった。そして、その引き継ぎを済ませるまで、宣伝だろうが営業だろうが、他部署へ行くことは考えられなかった。それではあまりに無責任過ぎるというものだろう。

「どうするかな」

つぶやいた部長が、しばらく頭をひねってから、ここだけの話だけど、と口を開いた。

「本人には伝えてあるし、了解も取れてるから、言ってもいいだろう」唇に指を一本当てた。「広報へ行くのは、小川なんだ。だから、彼女と引き継ぎをするのが、一番いい形なんじゃないかな」

「小川……小川弥生ですか？」

うなずいた部長が、そうしようと言って会議室の電話に手をかけた。押したのは宣伝部の内線番号だった。

「もしもし、秋山だけど……小川さん、いるかな？　いる？　電話中？　わかった、じゃあ電話終わったら、ちょっと会議室に来てもらえるように伝えてくれるかな。うん、そう。早い方がいい。じゃ、よろしく」

今、彼女が来るから、と部長が受話器を置いた。即断即決即実行がモットーの部長らしいやり方だった。

4

会社というのは不思議なもので、わたしも秋山部長も小川弥生も、異動について誰にも話していないはずだったけれど、わたしたちが動くということについて、数日のうちに社内中の人間が知るところとなった。

人事部の誰かが漏らしたのか、それとも他から漏れたのか、それはわたしにもわからない。とにかく、どういう流れでかは知らないが、みんなが知ってしまった。まあ仕方がない。いずれは正式に発令される話なのだ。

異動に当たって、大変なのはわたしの方だったろう。弥生は宣伝部に配属されてから、まだ一年ちょっと、それほど大きな仕事を任されていたわけではない。彼女の役割は言ってみればアシスタントのようなものだ。その意味で、引き継ぎといってもたかが知れていた。

それと比べて、何しろわたしは広報課に十四年間居座っていた。広報の生き字引、と半ば冗談めかして言われることもあったが、それも決して冗談とばかりは言えない。

わたしがいなければ回らない、というと大袈裟《おおげさ》だけれど、仕事はそれなりにやってきた。関係している会社も少なくない。

全部を弥生に任せるわけではなかったけれど、重要なPR会社や各マスコミの媒体担当者などと引き合わせる必要はあった。それだけでも、けっこう手間のかかる作業だった。ただ、正式な辞令が出るまではまだ時間があったので、彼女を各社の担当者に紹介していくのは、ゆっくりでもよかった。

弥生にとっても、それは幸いだっただろう。わたしが担当している数十社の関係者を、一日二日ですべて引き合わせるようなことになったら、それは単なる名刺交換会だ。相手の顔も名前も覚えられるはずがなかった。

通常業務をこなしながら、弥生に声をかけ、なるべく打ち合わせの場には同席してもらうことにした。紹介も兼ねて仕事の内容を教えていくには、その方がいいと思ったからだ。

彼女は彼女で宣伝部の仕事があったから、毎回同席するというわけにもいかなかったけれど、それでも主な取引先についてはひと通り紹介をすることができた。あの、とおそるおそる彼女が口を開いたのは、十日ほど経った水曜日のことだった。

「あの……川村さん、青葉ピー・アールさんは、どうなんでしょうか」

小川弥生という子は、わかりやすいといえばわかりやすい子で、青葉ピー・アールの児島くんを紹介してもらいたがっているのは最初からわかっていた。もしかしたら、彼女が宣伝部から広報課への異動を素直に受け入れたのは、そのためだったのではないかと思えるほどだ。

もちろん、わたしとしても児島くんを正式に紹介しなければならないことはよくわかっていた。

あれから、児島くんとは会社で仕事の話をすることはあったけれど、それ以外に接触はなくなっていた。

メールも来ないし、電話もない。あくまでも仕事上のおつきあい、という一線をお互いに守っていた。それは暗黙の了解のようなものだった。

児島くんが何を考えていたのかはわからないが、わたしには少しばかり計算があった。彼との間に生まれたちょっとしたわだかまりと、個人的な問題を同時に解決し、更に小川弥生の想いをかなえるための作戦。それがあったから、彼女に児島くんを紹介するのを一番最後にしていたのだ。

わたしは弥生のスケジュールを確認してから、児島くんへメールを送った。週末の金曜日、いっしょに食事をしませんか、という内容だ。

例によって例のごとく、児島くんからものすごいスピードでレスがあった。喜んで、という返信に、多少うしろめたい気持ちはあったけれど、こればかりは仕方がない。

それでは金曜日の夜七時、またバンビーノで会いましょう、とメールしてから、弥生にその話をした。真っ赤になりながら、わかりましたとうなずく彼女を見て、いいことをしているような気がした。

いずれにしても、どこかで紹介だけはしておかなければならないのだ。後はなるようになるだろう。金曜日までは、あと二日だった。

5

金曜日の夜七時、バンビーノに着くと、いつものように児島くんが先に来ていた。青葉ピー・アール社の内実に関して、わたしはあまりよく知らないのだけれど、彼はいったいどんな言い訳をして会社を出てきているのだろう。契約社員という立場にあるため、アフターファイブは比較的自由なのか。

「こんばんは」

「あ……はい、こんばんは。お疲れさまです」

微笑を浮かべていた児島くんが、わたしの後ろに従っている小川弥生を見て、怪訝《けげん》そうな顔になった。弥生を連れてくることは、彼には言わずにおいたのだ。

「知ってますよね、宣伝部の小川弥生」

こんばんは、と弥生が頭を下げた。ええ、はい、もちろん、と児島くんがうなずいた。

「あの、川村さん……」

「まあまあ、ちゃんと説明するから。とにかく座って」

四人掛けのテーブルの奥へ弥生を押し込みながらわたしは言った。どうなってんですか、というような目で児島くんが見ていたけれど、それは後の話だ。

「ビールでいい？　小川さんも、少しは飲むんだよね？」

返事を待たずに、わたしは店員を呼んでビールを三つ注文した。

「正式に紹介しておきますね。彼は青葉ピー・アール社の児島さん。こっちはうちの会社の宣伝部の小川弥生」

よろしくお願いします、と二人が頭を下げた。それでね、とわたしは話を続けた。

「あのですね、実はわたし、今度異動することになりまして」

児島くんが小さくうなずいた。

「やっぱり、ホントだったんですね」

「あれ、知ってたの?」

何となく、噂で、と児島くんが答えた。まあ、社内であれだけ広がっている話だから、他社の人に伝わっていてもおかしくはない。そういうことなんです、とわたしは言った。

「わたしが宣伝部に移って、代わりってわけじゃないんだけど、彼女、小川さんが後任というか、そういう形で広報課に来ることになって」

「そうなんですか」児島くんがつぶやいた。「……残念ですね」

ちょっと間ができた。近づいてきた店員が、わたしたちの前にそれぞれビールの中ジョッキを置いた。

「うん、まあ、残念っていうか……仕方がないっていえば仕方がないんだけど。会社だから、やっぱり異動はつきものだし」

「それはまあ、そうなんでしょうけど……せっかくいろいろ教わって、勉強になるなあって思ってたんで」

「そんな、別に教えたりしたつもりはないけど」

とにかく乾杯でもしましょうか、とわたしはジョッキを手にした。不得要領の顔でうなずいていた二人も、ジョッキを持ち上げた。じゃあ異動に乾杯、と言ってわたしたちはジョッキを軽くぶつけあった。

それから三人でメニューを引っ繰り返し、食べ物を注文した。生ハムのピザとか、ポテトとキノコの包み焼きとか、ルッコラのサラダとか、そんな感じだ。

「いつからなんですか？」

児島くんが聞いた。今回の異動はあくまでも部内の異動で、ちょっとイレギュラーな形なの、とわたしは答えた。

「本当は、うちの会社の定期異動は七月中なんだけど、それよりちょっと早いタイミングで、今月中にわたしたちもそれぞれの部署に移ることになると思う」

「ずいぶん、急ですね」

「まあ、秋山部長のやることだから……知ってると思うけど、けっこうあの人、強引なところあるから」

店員が運んできたルッコラのサラダを甲斐甲斐《かいがい》しく三枚の皿に取り分けながら、弥生が小さくうなずいた。すいません、と頭を下げた児島くんが、フォークの先でサラダをつつき始めた。

「それで、今、わたしが担当している会社の人たちを彼女に紹介して回ってるわけなんだけど、青葉さんとはつきあいも長いし、一緒にしている仕事も多いでしょ。これからもいろいろあると思ったんで、一応こういう形で紹介しようって」

「すいません……気を遣ってもらっちゃって」

児島くんが大きく口を開いて、サラダをほうり込んだ。対照的に、弥生はウサギのように少しずつルッコラを齧っていた。

「あの、川村さんは、宣伝部に行ったら全然違う仕事になっちゃうんですか?」

「まだわからない……でも、そんなに変わらないと思うけど」

宣伝と広報では、当然仕事の内容が違う。ただ、共通しているのは商品の宣伝に係わる部署ということだ。

その意味で、それほど仕事の内容ががらりと変わるとは思えなかった。実際、過去の例から言っても、銘和乳業の場合、宣伝と広報が同じような仕事をすることも少なくなかった。

「だから、これからも青葉さんにいろいろお世話になることもあると思うし、よろしくお願いしますね」

宣伝部では、いわゆる広告代理店との仕事がメインだ。ただ、大手だけでは細かいところまで手が回らない場合もある。

そのため、中小の代理店、あるいはPR会社などと組むことも多かった。児島くんも今、宣伝部の仕事の一部を担当しているはずだ。

「小川さんは、児島さんと一緒に仕事をしたことはないの?」

「いえ……まだ、ないです」

目を伏せながら弥生が答えた。児島さんはすごくフットワークいいから、とわたしは言った。

「今年入ったばっかりだっていうけど、すごくやりやすいよ。熱心だし、仕事も早いし。ですよね」

「そうでもないですけど」

無表情のまま、児島くんがピザを切り分けている。構わず、弥生の方を向いた。

「逆にね、彼女はちょっと人見知りっていうか、まだいろいろ慣れてないところはあるけど、でも与えられた仕事はきちんとこなすタイプだから」

そうなのかどうか、よく知らない。宣伝部の人たちに聞いてみると、過不足なく仕事はするけれど、ちょっと積極性に欠けるというのが実際のところらしい。でも、そんなことをわざわざ他社の人間に言う必要はないだろう。

「要するに、努力家っていうのかな。そういう人なの。その意味で、二人はけっこう共通しているところがあると思うんだけどな」

よろしくお願いします、と弥生が言った。こちらこそ、と児島くんが丁寧に頭を下げた。

それから一時間ほど、食事をしながら三人で話した。三人で、といってももっぱら喋っていたのはわたしだけだ。児島くんは例によって、何かを食べているときは無口だったし、弥生にはわたしに対する遠慮があったのだろう。仕方がないといえば仕方のない話だった。

八時を回ったところで、わたしの携帯が鳴った。会社だ、と断ってから、その電話に出た。

「もしもし」相手は水越だった。「メモ、見ましたよ。何すか、八時になったら電話してくれって」

「ごめんごめん」

「意味がわかんないんですけど」

「後で説明するから」

「いや、別にいいっすけど。何か用ですか?」

「そういうわけじゃなくて。気にしないで。ごめんね」わたしは一方的に電話を切った。「じゃあ、わたしが社に戻るから。それでいいのね?」

では後ほど、と言って今度は電源をオフにした。ごめんなさい、とわたしは二人に向き直って言った。

「何か、会社でちょっとトラブルがあったらしくて……戻らなきゃならないみたい」

どういうことですか、と弥生が目で訴えた。いいから、とわたしは首を振った。

「ホントにごめんなさい。食事の途中であれなんだけど、やっぱり戻らないと立場上まずいみたいで」

「それなら、あたしも」

立ち上がりかけた弥生に、あなたはいいの、とその肩を押さえた。

「とにかく、わたしは戻るんで、後は二人でゆっくりしていってください。小川さん、領収書もらっといてね。広報の経費で落とすから。それぐらい大丈夫、わたしだって、一応課長補佐だし」

携帯をバッグにほうり込んで、そのまま立ち上がった。ごめんね、ごめんねと二人に手を振って、わたしはバッグを抱え直した。ここでいろんな質問を受け付けてしまうと、後が面倒になる。実際にはトラブルなど起きていない。児島くんと弥生を二人きりにさせるため、考えた作戦だった。

「ホント、ごめん。お先に」

そう言い残して、わたしは店を出た。最後に振り返ると、呆然とした様子の二人が椅子に座っていた。

6

そのまままっすぐ家に帰った。帰り着いた頃には、九時近かった。

(疲れた)

あれでよかったのだろうか。児島くんと弥生をバンビーノに置き去りにしてしまったが、あれから二人はちゃんと話をしているのか。うまくやっているのか。

もともとは児島くんがいけない、とわたしは自分に言い聞かせるようにうなずいた。彼が妙なことを言ってくるから、いろんなことが何かぎくしゃくしてしまうようになったのだ。

小川弥生のこともある。彼女が児島くんに好意を抱いているのは、端から見ていてもよくわかった。

彼女は社内でもトップクラスの人気者だし、児島くんとは年齢も含め、いろんな意味で釣り合いが取れている。せっかく紹介するのだから、彼女にチャンスをあげたいと先輩として思ったのだ。

もちろん、仕事のこともあった。現実問題として、いずれは引き合わせなければならない相手だ。それも含め、一石三鳥ぐらいに考えていた。

でも、ちょっとだけ後悔もあった。帰りの電車の中、何となく胸がもやもやして、いらいらしていた。児島くんと弥生が、意気投合してしまったら？　話がすごく合うことがわかったら？　これからどんどん親しくなっていくとしたら？

矛盾しているようだけど、それがわたしの本音だった。児島くんがわたしに対して好意を示してくれたことは事実だ。本気で受け取ってはいけない、というのはわたしの大人としての知恵だった。

彼とは年齢も違う。環境も、立場も違う。もし、彼の好意に対して、真剣になってしまえば、最終的に傷つくのはわたしだ。それがわかっていたから、彼との間に一線を引くことにした。

それが正解だとわたしは知っている。わたしだって、まだ恋をしたい。男の人とつきあってみたい。だけど、年齢から考えても、次につきあう相手とはどうしても結婚ということを考え合わせなければならない。そう考えていくと、児島くんはリアルな相手ではなかった。

友美が言うように、とりあえずということなら、それもありなのかもしれないけれど、古いことを言うようだがわたしはそういう性格ではなかった。やっぱり、おつきあいするなら、ちゃんとした形でつきあいたい。でも。

あれでよかったのだろうか。わたしは何かを間違えてはいないか。

着替えもせず、つけっ放しになっているテレビを見ながら、フローリングの床に直接座って、ぼんやりと考え事を続けた。思考がぐるぐると同じところを回り続けていた。

ふと気が付くと、バッグの中から小さな緑色の光が漏れていた。メール着信のライトだ。メールを開くと、そこに児島くんの名前があった。

〈電話してもいいですか〉

前にもこの文章は見たことがある。返事をしないで放っておいたら、五分後に今度は着信音が鳴り始めた。電話機が、それ自体意志を持つように、ぶるぶると震えていた。九回目の着信音が消える間際に、わたしは思わず電話機をつかんでいた。

「……川村です」

「児島です」

しばらく間があってから、お疲れさまです、という声が聞こえた。お疲れさまです、とわたしも答えた。

「あの……どういうつもりなんですか」

児島くんが言った。どういうつもりなのか、自分でもよくわからなくなっていたから、わたしには何も言えなかった。

「会社でトラブルなんて……見え見えじゃないですか、そんなの」

ヤバい、バレてる。児島くんはわたしが思っているより勘がいいようだ。

「そりゃあ、そうだけど」しどろもどろになりながらわたしは言った。「その、何ていうか、若い者同士、その方がいいかなって思って」

「……それって、ひどくないですか」児島くんが低い声で言った。「オレはオレなりに、真剣に」

「ストップストップ。止めようよ、児島くん、そういう話……冗談が過ぎるって」

「冗談が過ぎるのは、川村さんの方だと思いますよ。何すか、今日のあれは。仕事があるからなんて嘘ついて、オレと小川さんだけ残して行っちゃうなんて、使い古された手じゃないですか」

わたしは口をつぐんだ。児島くんの指摘はその通りで、返す言葉が出てこなかった。

「……彼女、いいと思うんだけど。児島くんとは、すごく似合ってると思うし」

「……あの、電話で言うことじゃないかもしんないですけど、オレじゃダメですか。やっぱ年下は頼りないですか？　恋愛の対象にはならないすか？」

「そうじゃなくて……そういうんじゃなくて、無理だって言ってるの」

児島くんが無言になった。その時わたしは思った。彼はどこにいるのだろう。

「児島くん、今、どこなの？」

答えはなかった。わたしは携帯を耳に当てたまま、玄関へと走り、ドアを開いた。部屋の前は通路になっている。サンダル履きのまま、わたしは外を見た。駐車場。

その真ん中に、火のついていない煙草をくわえた児島くんが立っていた。いったい何が起きているのかわからないまま、わたしは彼のことを見つめた。児島くんが小さく頭を下げた。

ご褒美《ほうび》について

1

「……何してんの」

携帯の送話口に向かって囁いた。あまり大きな声を出すわけにもいかない。ここは集合マンションなのだ。

「何って言われると困るんですけど……まあ、気がついたらこういうことに」

駐車場の真ん中に立っていた児島くんが、電話を手で覆《おお》いながら言った。彼も彼なりに気を遣っているのだろう。もう十時だ。大きな声で話す時間ではない。

わたしはマンションの廊下から彼の姿をじっと見つめた。彼も同じだ。携帯を耳に当てたまま、わたしを見ている。

「弥生は……小川さんはどうしたの」

「帰りました。わりと、あれからすぐに」

「送っていかなかったの?」

「あのですね……さっきも言いましたけど、あれだけ見え見えのことをされて、それでも送ってくとか、そんなことできるわけないじゃないですか。先輩に向かって失礼ですけど、ちょっと川村さん、わかりやす過ぎるっていうか、古いっていうか……」

わかりやすいかどうかは別として、古いのは仕方がないだろう。わたしは彼らより十三も十四も年上なのだ。わたしの頃にはあんな風にセッティングさえしておけば、後は本人たちが何とかしたものだが、今時の彼らはそうではないのだろうか。

「……あれだけ露骨だと、ちょっと……」

児島くんが言った。確かに露骨なのはわかっていた。次からはもっとあっさりやることにしよう、と反省と自戒をこめて思った。次の機会があればの話だが。

「それはいいんですけど……川村さん、何であんなことしたんですか」

「だから、それは……異動のこととかがあって、後任を紹介しないといけなかったから……」

表向きの理由としては、そういうことだ。今まで広報にいたわたしの仕事を小川弥生が引き継ぐことになるのは決まっていた。だから児島くんを呼んで、紹介したのだ。

もちろん、本当の理由は別にある。弥生が児島くんに好意を寄せているのは、傍《はた》から見ていてもよくわかった。だったら何とかしてあげようじゃないの、というお節介なところがわたしにはあり、だから水越に嘘の電話までかけさせて、強引に彼らを二人だけにしたのだ。

「小川さんに何か言われたんですか……オレのことで……」

言われてはいない。小川弥生という子は、そういう意味ではとても古い子で、自分の方からそんなことを言い出すはずがなかった。ただ、二人だけにしてほしい、というような目でわたしを見ているのはよくわかった。期待に応《こた》えようとするのはわたしの悪い癖かもしれない。だから、

た。

言いかけたわたしの耳元で、ブザーのような音が断続的に鳴った。ヤバイ、と児島くんが言った。

「そうじゃなくて」

今日のようなことになった。

「電源、切れそうです」

「え？」

「バッテリーが……」

ちょっと間を置いて、通話が途絶えた。駐車場の真ん中で左右を見ていた児島くんが、素早い足取りでマンションのエントランスの方へ向かうのが見えた。

わたしも部屋に戻った。思った通り、インターフォンから呼び出し音が聞こえてきた。このマンションはオートロック式なので、部屋の住人が許可しないと無関係な人間は入ってこれないのだ。

わたしはインターフォンの受話器を取り上げた。同時にカメラが彼の顔を大写しにした。

「すいません……ちょっと話せませんか」

何だか妙に児島くんの声は堂々としていた。いや、それは、とわたしは逆に卑屈になっていた。

「マズイって児島くん、もう夜だし、あたし人に会うような格好してないし」

「別に気にしないですけど」

「そっちじゃなくてこっちが気になるんだってば」

しばらく説得に努めたけれど、児島くんが引っ込む気配はなかった。とにかく話を聞いてほしい、の一点張りだ。

よく知らない人に、気軽に引っ越しの手伝いなんか頼むもんじゃない、と後悔したけれどもう遅い。彼のことを便利扱いしてきたのはわたしだし、だからこそこういうことになってしまった。

とにかく五分待って、とわたしはインターフォンに向かって言った。

「あたしがそっちへ降りてくから……わかった? 五分だけ待って。お願い」

わかりました、という返事と共にインターフォンが切れた。さあどうしよう、と焦ったけれど、するべきことはそれほどなかった。

わたしは彼ら二人と別れて家に帰ってから、メイクも落としていなかったし、着替えもしていなかった。一時間ほど、ぼんやりとテレビをつけたまま、今日のことを思い返していただけだ。少なくとも外見に関して、今さら何かできるものでもないだろう。

必要なのは、決意を固めることだった。児島くんが何を言ってきても、一切寄せ付けないための心のガード。それが一番重要なはずだ。

わたしはジャケットを脱いで、その代わりに薄いブルーのカーディガンを羽織った。髪の毛を少し直してから部屋の外に出て、エレベーターまでの短い距離を、ゆっくりと進んだ。

2

大きなガラスのドアの向こうで、児島くんが動物園の熊《くま》のようにうろうろと歩き回っていた。

わたしはマンションの自動ドアから外へ出た。爽やかな風の吹く、いい夜だった。

「こんばんは」

「こんばんは」

わたしたちはちょっとだけ頭を下げて、それからお互いの出方を探るように目を見交わした。最初に口を開いたのは児島くんだった。

「すいません、こんな夜遅くに……失礼なのは、よくわかってるんですけど……」

「……確かに、あんまり常識的な時間じゃないよね」

わたしは腕を組んだまま言った。すいません、ともう一度児島くんが頭を下げた。

「だけど……どうしても確かめずにいられなくて……来ちゃいました。ルール破りなのはわかってます。これじゃ何だか、ちょっとストーカーみたいですもんね。でも、そんなんじゃないんです。そんなんじゃなくて……」

言われてみて気づいたが、確かにこれはある種のストーカー行為なのかもしれない。相手の家まで押しかけてくるというのは、立派なストーキングだろう。そんなふうには思ってないけど、とわたしは言った。

「児島くんがそんな人じゃないのはわかってるつもりだから、それはいいんだけど……でも、やっぱり非常識っていえば非常識かもしれない」

わかってます、と児島くんがうなずいた。

「だけど……やっぱり……その……」鼻の辺りをこすっていた彼が顔を上げた。「川村さん……オレじゃだめですか。やっぱ年下は対象外ですか」

「ストップ……止めようよ、児島くん、そういう話」

止めません、と児島くんが首を振った。

「おれ、川村さんのことが好きです」

ちょっとだけ語尾が震えていた。ガードを固めていたつもりだったけど、わたしは動揺していた。こんなふうに、まっすぐに好意を伝えられたのはいつ以来だろう。

もしかしたら、大学時代まで溯《さかのぼ》らなければならないかもしれない。それぐらいに児島くんの態度は真摯《しんし》なものだった。

嬉しくないはずがない。こんなふうに正面から好意を告げられて、嬉しくない女なんていないだろう。でも、やっぱりそれは難しい、とわたしにはよくわかっていた。

「止めよう、ね、児島くん。気持ちは嬉しい。すごく嬉しい。本当だよ。でも、ほら、あたしたちこれからも仕事とか一緒にしていかなきゃならないじゃない？　そういうところに、好きとか嫌いとか、そういう余計なものが入ってくると、いろいろ面倒なことになると思うんだよね」

「面倒……ですか？」

わたしも伊達に長くOLをやっているわけではない。社内恋愛、社内結婚、社内不倫、あるいは取引先の相手との恋愛などを横目でずっと見てきていた。自分が恋愛をしたこともある。

うまくいっている時は全然問題ない。多少あるとすれば、彼らが発する妙なオーラに当てられて、しばらく何も手につかなくなることがあるが、実害といえばそれぐらいだ。

ただ、これがひとつ間違えて破局の方向に進んでしまうと、本当に面倒くさくなる。仕事は滞るし、会議は進まなくなるし、周りは気を遣わなければならなくなるし、大きくいえば会社は人事や部署についてまで、配慮する必要が出てくる。

「児島くんは、まだ社会人になったばかりだから、そういうのよくわからないかもしれないけど……つきあってても、どんなにうまくいってても、別れちゃうことってあるでしょ。学生の時とかだったら、なるべく顔を合わせないようにするとか、そんなふうにすれば何とかなるかもしれないけど、会社で、しかも仕事が一緒だとそんなわけにもいかないし……あたし、ちょっと苦手だな、そういうの」

「経験、あるんですか」

児島くんが切り込んできた。ないわけではない。二十六か二十七の頃、同じ広報課にいた二つ上の男とつきあっていたことがあった。半年ぐらいでうまくいかなくなって、そのまま別れた。会社がそれを知っていたのかどうかはよくわからないけど、三カ月後に彼が別の部署に異動になって、それでいろんなことが終わった。ただ、それまでの三カ月間はものすごく長かったし、会社へ行くのが憂鬱だったのはよく覚えてる。

「川村さんて……案外ネガティブなんですね」

児島くんが言った。そうかもしれない。特に恋愛に関して、わたしにはそういうところがある。もしダメになったらどうしよう。別れることになったら、どんなにショックだろう。そんなふうに考えてしまいがちな方かもしれない。

ただ、今回の場合わたしがネガティブになるのは当然だ。児島くんは二十三歳で、わたしより十四歳も下なのだから。

もちろん、世の中にそういうカップルがいないわけではないだろう。だけど、やっぱりそれってどう考えてみても不自然だ。無理がある。女の方が年上だからということではない。十四歳も上ということが問題なのだ。

児島くんはいい人だと思う。男性的な魅力もある。ルックスだっていい。年齢のことさえなければ、喜んで彼の胸に飛び込んでいきたいところだ。

でも、そうはいかない。今はいいかもしれない。だけど五年経ったら？　十年経ったら？　児島くんが三十歳の男盛りになった時、わたしは四十四歳だ。

昔の歌で申し訳ないけど、わたしがオバサンになっても、彼はわたしのことを今と同じように一人の女として見てくれるだろうか、そんなはずはない。それがわかっているから、イエスという返事をすることはできなかった。

「……ていうか、どうしてあたしなの？　もしかして児島くんてマザコン？　それとも熟女好きとか？」

「マザコンって……そこまでは離れてないと思いますけど」児島くんが苦笑を浮かべた。「今までの例からいうと、おれ、年上の人とつきあったこととかないですし……何でなんでしょうね」

何で川村さんなんだろう、と児島くんが改めて首をひねった。そんなことを言われても、わたしにわかるはずもない。

「……ただ、年齢とかじゃなくて、川村さんと会ったり話したりすると、すごく楽しくなるっていうか……そういうことなんです。もっと言っちゃうと、人が人を好きになるのに、別にルールとかないですよね？　外国人と結婚したり、同性同士で好きになったりとか、そんなこともあるわけで……とにかく、今のオレにとっては川村さんが一番なんです」

そう、それが問題なのだ。今の児島くんにとっては、理由こそわからないけれど、わたしが一番なのかもしれない。でも、明日になったら。一カ月先は。一年後は。

保証が欲しいわけではない。保証つきの恋愛なんてありえないだろう。そんなのは無理だってわかってる。

でも、わたしと児島くんの場合は特に無理だ。仮に一時《いっとき》はうまくいったとしても、いずれはダメになる。そしてその時傷つくのはわたしの方だ。それだけは間違いない。

「ごめんなさい、児島くん」わたしは頭を下げた。「気持ちは嬉しいし、よくわかったけど……やっぱり難しいと思う。ごめんなさい」

「いや、そんな……謝るようなことじゃ」

「帰ってもらえるかな……まだ電車あるよね」

さよなら、と言いながらマンションのオートロックに暗証番号を打ち込んで、開いたドアの中に入った。振り向くと、児島くんが何も言わずにわたしを見つめていた。さよなら、ともう一度言って、わたしはエレベーターへと向かった。

3

週明けの月曜日、会社に出た。いつもと同じ朝。変わり映えのしない仕事が待っているはずだった。

もちろん、わたしの異動は内示こそ発令されていなかったものの、広報課内の全員が知っていたから、その意味で少しずつ違っていたところもある。

わたしの仕事の多くは小川弥生が引き継ぐことになっていたけれど、彼女は社歴も短いし広報課員としての経験はまったくない。何から何まですべてを彼女に任せるというのでは負担が大きすぎるという秋山部長や上層部の配慮もあって、例えば水越であるとか他の人たちにも少しずつわたしの担当している仕事を分担するようにしていた。

逆に、わたしは社歴こそ長いが広報課以外の仕事をしたことがない。職種として似ているところもたくさんあるが、やはり宣伝部と広報課では取り扱う業務の内容も、その範囲も違う。わたしとしても、宣伝部の人たちからいろいろレクチャーや引き継ぎを受けなければならなかった。

面倒くさいといえば面倒くさいが、ＯＬやサラリーマンなら誰でもそんな経験はあるだろう。むしろ、業務内容が似ている分、わたしの場合まだ少しは楽なはずだった。

朝会に出席した後、宣伝部の部会があるというのでそれにも出た。売れ行き好調で、いくつかのコンビニチェーンでは欠品騒ぎも起きているという〝モナ〟について、もともとの計画にもあったらしいが、会社は新フレーバーとしてマンゴー味とピーチ味の二種を新たに発売することを決定していた。部会はそのためのものだった。

大手広告代理店から何人か営業関係の人が来ていて、わたしも彼らに紹介された。秋山部長の腹案では、既に発売されているシリーズについてはわたしに引き継がせ、新規商品については宣伝部でもベテランの域に達している立島《たてしま》課長などを中心としたプロジェクトに担当させるつもりのようだった。

わたしとしても、いきなり新商品の宣伝を任せられても困る。徐々に慣れていきたいというのが本音だったから、それはそれでよかった。

よくなかったのは小川弥生だった。午後になり、今度はわたしが広報課に戻り、そこへ彼女が引き継ぎのためにやってきた。

見たところ、先週までとそれほど変わるところはなく、彼女はわたしの指示に素直にうなずいていたが、実際のところは違っていた。何というか、やる気がまったく感じられないのだ。

メモひとつ取るでもなく、生返事を繰り返すだけで、わたしの指示など聞きたくない、という態度は明らかだった。時間が経つにつれ、その反抗的な態度はだんだんとあからさまなものになっていった。

思い当たる理由はひとつしかない。児島くんのことだ。まさか今頃になって、やっぱり広報課に行くのは嫌だとか、そんな子供じみたことを言うつもりはないだろう。彼の件が引っ掛かっているから、意識しているのかいないのかはわからないけれど、どうしても彼女は反抗的な態度を取ってしまうのだ。

(……だから困るんだよね)

わたしは心の中でつぶやいた。金曜の夜、児島くんに言ったことは、その場逃がれの言い訳というわけでもなかった。

会社及びその周辺にいる人たちとの恋愛問題は、いろんなところに波及する。身近な人であればあるほど、問題は大きくなる。今回の一件は、その典型的な例だった。

まして、弥生はまだ若い。自分の本心を隠しおおせるほど大人ではなかった。

はい、はい、と表面上は素直にうなずきながらも、まったくわたしの話を聞いていない弥生を見ながら、わたしは思わずため息をついていた。

いったい児島くんは金曜の晩、どんなことを彼女に言ったのだろうか。とりあえずそれを確かめないことには、引き継ぎも何もあったものではない。

予定では一時間以上かけてレクチャーをするはずだったけれど、わたしは三十分ほど経ったところで話を打ち切った。とにかく、児島くんに事情を聞かなければならない。すべてはそれからだ。

4

いちいち児島くんを呼び出す必要はなかった。彼の予定はわかっていたからだ。

彼は午後三時に、大手スーパーマーケット〝セイエイ〟専用の〝モナ〟ＰＯＰの見本を届けにくることになっていた。ＰＯＰというのは、スーパーやコンビニなどでよく見かける、宣伝用のグッズみたいなものだ。

〝セイエイ〟と銘和乳業はつきあいも古く、また〝セイエイ〟社長の娘婿が銘和乳業社長の遠い親戚《しんせき》ということもあって、他のスーパーマーケットやコンビニエンスストアに欠品はあっても〝セイエイ〟だけは常に〝モナ〟の在庫が潤沢にあるというのが現状だった。

それを踏まえ、広報課にしては珍しくお金をかけて〝セイエイ〟オリジナルの商品宣伝用ＰＯＰを作ることが決まっていた。その担当はわたしで、発注をしたのもわたしだ。児島くんが来る時間を知っていたのは当然のことだった。

三時前、児島くんがいつものように息せききってフロアに飛び込んできた。彼とわたしの間には、プライベートで多少の問題はあったけれど、それを仕事には持ち込まない、という暗黙の了解があった。

「見本、上がりました」

児島くんがB４サイズの封筒を差し出した。会議室取ってありますから、とわたしは立ち上がった。

「そっちで見ましょう」

「……はあ」

児島くんがわたしの後に従った。見本のゲラを検討する時、会議室を使うのはよくあることだ。とはいえ児島くんにとっては初めてのことだったらしく、少し緊張しているのが背中から伝わってきた。

「どうぞ」

会議室のドアを開いた。いつも朝会などで使っている部屋だ。二人でいるにはちょっと広いが、他に場所がないのだから仕方がない。そっちへ、とわたしは彼を窓際の席に座らせてから、ドアに近い椅子に腰をおろした。

「何か……あれですね、担任の先生に呼ばれた時みたいですね」

なかなかうまいことを言う。そんなに優しくないけどね、と言ったわたしの前に、彼が二通の封筒を置いた。

「こっちが通常の陳ビラPOPで、二パターンあります。それからこっちは団扇《うちわ》型のPOPで、やはり二パターン、全部で四パターンあります。どちらも料金は同じですが、団扇型の方はちょっと形が特殊なので納期を一日余分に見てほしいということです」

わたしはまず陳ビラの入っている封筒を開いた。陳ビラというのは、サイズはいろいろあるけれど、早い話が長方形のビラだ。一枚はオレンジ色に黒で〝モナ・爆発的大ヒット!〟と書かれていた。何だかタブロイド版の夕刊紙みたいな色合いだった。

もう一枚はきれいなブルーに茶色い文字が上品に載っていた。コピーは他のものも含めてすべて同じだ。

団扇型のPOPは、わたしの聞いた話だと化粧品メーカーが始めたものらしい。面積的には通常の陳ビラと同じだが、まだそれほど使っている会社が多くないので目立つことは確かだった。こちらは赤に白ヌキ、そしてグリーンにピンクという極端な配色だ。

「青葉さんのおすすめは?」

そうですねえ、と児島くんが腕を組んだ。並べてみると、たかだか四パターンとはいえ、どれとは決めにくいものだ。

その上、こういうものには正解があるようでない。結局のところ選ぶわたしたちのセンスの問題になってくる。

例えば駅貼りのポスターとか、テレビコマーシャルのように巨大な予算がついてくるものに関しては、それこそ大手代理店のデザイナーやアートディレクターなどが入ってくるから、彼らを信頼して任せるしかないのだけれど、POPのレベルだと現場であるわたしたちの裁量権が実は意外と大きい。

これに決めましたと報告すれば、だいたい上司はハンコを押してくれるものだ。それだけに、選ぶ責任というものがある。

結局、最終的にわたしたちは団扇型のものを選んだ。ただし、色は陳ビラの方のブルー地に茶色の文字を載せたものを採用することにした。

インパクトでは多少劣るが、品よく見えるのは確かだろう。そして〝モナ〟の購買層はそういう意味での美意識を持っていることが、市場調査の結果明らかになっていた。

「じゃあ、これでいきましょう。うちの社の了解はわたしの方で取ることにします。もし反対意見とか出たら、すぐ連絡しますから」

「はい」

「……それでですね」わたしはドアに視線を向けた。「ちょっと聞いておきたいことがあるんだけど」

「……何でしょう」

「児島くん、金曜の夜、バンビーノで弥生と二人きりになったでしょ」

「ああ、川村さんにうまくしてやられて」

皮肉はいいから黙って聞きなさい、とわたしは命令した。

「そこで、あんたたち、どんな話をしてたわけ？ 今朝から大変だったのよ。弥生は半分ふてくされちゃって、引き継ぎ事項なんかメモもしないわ人の話も聞こうとしないわ、もう本当にシャレになんないって。あたしだってね、普通に異動の辞令受けて、普通に宣伝部に移りたいの。こんなんじゃストレス溜まりまくりよ」

「いや、待ってくださいよ」一気にまくしたてたわたしに恐れをなしたのか、児島くんが両腕で体をかばうようにした。「この前も言いましたけど、川村さんが帰ってから、あの店にはそんなに長くいなかったんです。三十分とか、それぐらいですよ。当たり障りのない話をして、注文してたピザとか食って、それぐらいですぐ帰ったんです。何もあるわけないじゃないすか」

「じゃあ、何で弥生があんな露骨に反抗的になるのよ。児島くん以外のことであんな態度されるなんて、思い当たる節がないんですけど」

「いや、そりゃ夢見が悪かったとか、持っていた株価が下がったとか……冗談です、すいません」

児島くんがわたしの顔を見るなり謝った。相当凶悪な形相をしていたのだろう。

「でも、本当にそんなたいした話してないっていうか……別に何もなかったんですよ。あの時の状況を思い出してみてくださいよ。突然川村さんが嘘くさい理由で帰るって言い出して、オレも小川さんもそれを止めるわけにもいかなくて、ただ見送るしかなくて。しかもオレと彼女は、お互い顔は知ってますけど、ほとんど話とかしたことなかったんですからね。どうしようもないっていうか」

「男だったら、会話をリードするとか、お腹空いてませんかとか、この後飲みに行きますかとか、いろいろやるべきことがあるでしょ」

それは思いつかなかったな、と児島くんが天井を仰いだ。彼はその若さにもかかわらずなかなかしっかりした男の人だし、女性の扱いにも慣れていると思うのだが、あの時はあまりの突発事態に、彼の体内コンピューターがうまく作動しなかったようだ。

「でも、話ぐらいしたんでしょ。どんな話したの」

「児島さんって、つきあってる人とかいるんですかとか聞かれました」

弥生もずいぶんとストレートなアプローチに出たものだ。

「いませんよって答えましたけどね、もちろん」

「それから?」

「……川村さん、帰っちゃいましたねえ、とか」

「それから?」

「川村さんって、彼氏とかいるんですかねえ、とか」

「……それから?」

「川村さんって、感じいいですよね、とか……」

それは弥生も不機嫌になるというものだろう。目の前にいる自分のことは放っておいて、わたしのことばかり話していたというのでは、彼女だっていい気はしないはずだ。

しかも彼女は二十一歳、わたしは三十七歳、誰がどう見たって弥生の方があらゆる意味で圧倒的に有利な立場にいる。にもかかわらず目の前の児島くんは、わたしのことしか話題を思いつかなかったらしい。

女同士は敏感だ。児島くんがわたしに好意を寄せていることを、その第六感で感じ取ったに違いない。

これが例えば同年配だとかあるいは明らかに弥生よりルックスとかも含め、立場が上の女性が相手だというのなら仕方がないと諦めがついたかもしれないが、どう見たところで自分の方が上としか思えない相手に負けつつあるという現実は、彼女のプライドを傷つけたはずだ。なるほど、今日あの子がわたしに対してやたらと反抗的な態度を取っていた理由がわかったような気がした。

「……何か、オレ、まずいこと言ったすかね」

とりあえず、わたしの中で結論がひとつ出た。児島くんは悪い人ではない。ただし、女心について時として異常に鈍感なところがある。そういうことだ。

「まあ、しょうがないか……とにかく、弥生のことはあたしが何とかするから。仕事の話に戻りましょう。ＰＯＰの見本はあたしが預かっておきます」

「何もないといいんですけどね」

「まあ……普通はないはずなんだけど」

だいたいにおいて、会社は現場の意見を重んじる。それが銘和乳業の社風だ。とはいえ何があるかわからない。それもまた、会社というものだろう。

「じゃ、そういうことで」

それだけ言い残して、わたしは会議室を出た。まだまだ、やらなければならないことは山のように残っていた。

5

夕方、もう一度弥生を呼んで引き継ぎのためのレクチャーをした。聞いていようがいまいが関係ない。後で困るのは本人なのだ。わたしはわたしのやるべきことをやるしかない。

時間を置いて少しは冷静になったのか、弥生もさっきほど反抗的な態度ではなかった。さすがに自覚もあるのだろう。メモを取ったり、質問を差し挟んでくることもあった。

段取りなども含め、基本的な広報課の仕事の内容、その役割を説明した。宣伝部と違ってとにかく予算がない、ということは特に強調した。ある程度理解はしていたようだが、具体的な数字を並べると、彼女の目が丸くなった。

「……それじゃ、何にもできないじゃないですか」

「だから、人と人とのつながりがすべてになるの。精神修行の場としては、一番ふさわしい部署かも知れない」

それを締めの言葉にして、わたしは彼女を解放した。取引先の人間はほとんど紹介したし、仕事の内容の基本的な部分は教えた。

わからないことがあれば聞いてくるだろうし、広報課の誰かに質問してそれで済むようなこともあるだろう。最初から何もかもうまくいくはずがない。

それは宣伝部に異動していくわたしにとっても同じことだった。わたしだって、いろいろと先輩や上司からレクチャーを受けてはいたものの、実際に現場に入ってみなければ、本当のところなどまだわかってはいないのだ。

問題にぶち当たったらその都度考えればいいし、周りに相談してもいい。OL生活十数年目にして学んだ教訓のひとつだった。

「どうすか、彼女は」

広報課の自席に戻ると、くわえ煙草の水越が近づいてきた。気持ちはわからなくもない。社内でもトップクラスのアイドル社員が自分の部署にやってくるのだ。気にしない方がおかしいだろう。

「社内は全面禁煙」

わたしは言った。つい先日、通達があったばかりだ。すっかりそんなことを忘れていたのだろう、水越が慌てて自分の携帯用灰皿で煙草を消した。

「どうって言われてもねえ……悪い子じゃないと思うけど」

確かに、と水越がうなずいた。

「何て言うんですかね、明るい感じがしますよね。いるだけで、こう、ぱーっと場が明るくなる雰囲気っつうか……いや、別に川村さんが暗いとか、そんなこと言ってるわけじゃなくて」

もごもごとわけのわからないことを言いながら、水越が下がっていった。暗くて悪かったわね。二十一、二歳の女の子と比べて、三十七歳のわたしの方が明るかったら、その方がおかしいとは思わないのだろうか、この男は。

「川村さん、ちょっといいかな」

入れ違うようにして、野村課長が声をかけてきた。何でしょうかと彼のデスクに向かうと、ちょっと難しい表情のまま、さっき児島くんが届けてくれた四種類のPOPを机に広げていた。承認印をもらうために、その四パターンのゲラをわたしは課長に預けていたのだ。

「いや、悪くないんだよ。よくできてるし、まとまってるし」

嫌な予感がした。野村課長がこういう前振りをする時は、いいことがあったためしがない。

そしてその予感は的中した。〝モナ〟のプロジェクトチームに回覧したところ、わたしと児島くんが選んだブルーに茶の文字という柄が却下されたというのだ。

「いや、ぼくは押したんですよ。上品だし、問題ないでしょうって。だけど、プロジェクトの連中はともかくとして、上の上の方から、いかがなものかと、ちょっと目立たないんじゃないかって言われたら、これはちょっと……」

上の上、というのは秋山部長の上、葛木《かつらぎ》役員あたりだろうか。毎日会社に来ては、池波正太郎の文庫本を一冊読んで帰るだけと言われている葛木役員は、仕事のことにめったに口を出さないが、ごくまれに、意地になったように自説を振りかざすことがある。今回もそういうことのようだった。

「それで、まだ時間はあるわけだよね？　川村さんの方から、青葉ピー・アールさんに、色のパターンをもういくつか考えてもらうように頼んでくれないかな。そりゃまあ、青葉さんにとっては二度手間になるわけだけど、そんな大変なことじゃないし、何しろ〝モナ〟の件は上も相当気にしてるわけですよ。社長賞の表彰対象になってるって話も出てるぐらいだし。それでね、悪いんだけど……」

「形の方はいいんですか？」

わたしは野村課長の長々しい説明を遮《さえぎ》って聞いた。いつまで聞いていたところで同じなのだ。どうせやるのなら早い方がいい。

「形？　ああ、団扇型のこれね。これは問題ない。何も言われてないし」

さすがは事なかれ主義の野村課長だ。言われてなければ問題はない、という解釈なのだろう。

「わかりました、すぐに手配します」

児島くんには悪いなと思ったが仕方がない。社の方針でもあるし、こういうこともないわけではないのだ。

現場担当に過ぎないわたしにはどうすることもできない。今回がまさにそれだった。

自分の席に戻って、青葉ピー・アール社に電話した。児島くんは外出していて、帰社時間はちょっとわからないということだった。

仕方がない。彼の携帯に電話を入れたが、彼にしては珍しいことに電話は通じなかった。地下鉄にでも乗っているのだろうか。

ともあれ、手短に用件を留守番電話に吹き込んだ。ＰＯＰの配色に対して、会社からダメ出しが出てしまった。申し訳ないけれど、他にいくつかカラーバランスを考えた配色見本を作ってほしい、というようなことだ。なるべく急いでもらえると助かりますと言い添えて、わたしは電話を切った。

6

翌日、朝一番で児島くんから確認の連絡があった。わたしは事情を説明し、基本的にもっと派手な色使いでお願いします、と頼んだ。

了解しました、という景気のいい声と共に電話が切れた。後は任せておけばいいだろう。過去の経験からいえば、二、三日で終わるはずの作業だったし、それは社の了解も取ってあった。

この日も相変わらず忙しかった。今、わたしは広報課に籍を置きつつ、宣伝部のプロジェクトにも参加している。引き継ぎなども含め、過渡期ということで仕方がないのはわかっていたが、通常の二倍とは言わないけれど、それに近い作業量をこなさざるを得なくなっていた。

広報の仕事はある程度ルーティンだったから、何となくごまかすこともできたけれど、宣伝の仕事は初めてのこともたくさんあって、慣れていないわたしにとってはけっこう辛い一日だった。

とりあえず仕事の区切りがついたのは、夜の九時頃だ。前のマンションならドアツードアで二十分ほどで帰れたが、今のマンションだと徒歩も入れれば一時間近くかかる。面倒だなあ、と思いながら帰り支度を始めた。

フロアを出る時、外線が鳴っているのが聞こえたけど、出てしまえばまた何か用事を押し付けられたりするのだろうと思い、無視して会社の外に出た。

携帯を会社に置き忘れたことに気づいたのは、東池袋の駅に着いた時だった。取りに戻るべきか一瞬迷ったが、まあいいか、という気持ちの方が強かった。

夜も遅い。こんな時間に電話がかかってくることはめったになかったし、あったとしても仕事の話か酔っ払った友人の愚痴を聞かされるのが関の山だ。とにかく疲れた。今日のところは帰ることにしよう。

ついてない時はとことんついていないもので、このぐらいの時間だと西武線はそこそこ空いているはずだったが、今日に限って空席は見事なまでにひとつもなかった。車両の中で立っていたのはわたしだけだ。本当に、ついてないったらありゃしない。

電車がようやく東久留米の駅に着き、わたしはそこで降りた。わざとしたように、大勢の客も一緒に降りて空席がいくつもできたけれど、今となってはもう遅い。

何も食べていなかったのを思い出して、マンションへ戻る途中コンビニへ寄ってサンドイッチを買った。哀しいディナーだけれど、食欲がそれほどあるわけではない。今夜はこれで済ませることにしよう。

レジ袋をぶら下げたまま、マンションのエントランスに入り、暗証番号を打ち込んで建物の中へ入った。夜十時過ぎのマンションは人気《ひとけ》もなく、静かだった。もっとも、こんな時間に住人がうろうろしているマンションには住みたくないものだ。

エレベーターを降り、無人の廊下を進んで自分の部屋へと向かった。鍵はバッグの中にあるはずだ。

(あれ?)

バッグを探ったが、なかなか鍵は出てこなかった。こんな時に限って、と思った。

フェンディのバッグは大きくて使い勝手がいいのだが、時々こんなことがある。どこに何が入っているのか、わからなくなってしまうのだ。

(あった)

ようやく捜し当てた鍵を手に、自分の部屋へ向かおうとした時、玄関のドアの前で人が動く気配がして、死ぬほど驚いた。

「……誰?」

「あ……こんばんは」

ドアの前に立っていたのは児島くんだった。

7

ちょっとちょっと、とわたしの声が思わず高くなっていた。

「どうしたの、こんな時間に……何してるの、人のマンションで」

「すいません、会社とか、携帯とかにも電話したんですけど、うまくつかまんなくて……」

例のPOPのゲラが上がったんで、届けにきたんです、と児島くんが封筒を差し出した。

「印刷工場がこの近くだったんで、そのまま持ってきた方が早いと思って……まずかったですかね」

「まずいも何も……だいたい、どうやって入ってきたの？」

「いや、簡単でしたよ。どこの部屋の人かわかんないすけど、その人がエントランスに入った時、ちょっと一緒に中へ……」

最近の若い子は無茶をするものだ。もっとも、このマンションのセキュリティはその程度のもので、暗証番号を入力しなくても誰かと一緒に来れば入れるのはわかっていたことだった。

「明日でもよかったのに」

口ではそう言ったものの、本当はありがたかった。会社の了解は取ってあったものの、一日でも早く現物を見たい、と上層部が言っているのはわかっていた。少しでも早い方がいいと思ったもんですから、と児島くんが頭を掻いた。

その時、隣の部屋のドアが開いた。奥さんなのだろう、わたしより少し年上の女の人が出て来て、こっちを見ていた。

　わたしは慌てて鍵を開け、部屋の中に入った。変な噂でも立てられたら困ると思ったのだ。児島くんも勝手についてきた。

「ストップ。絶対それ以上中に入らないで」

　わかってます、と児島くんがうなずいた。わたしは狭い玄関スペースで封筒を開き、入っていたゲラを出した。この前とは違い、原色のオンパレードのような配色のPOPがやっぱり四パターンあった。

「……派手ね」ちょっと笑ってしまった。「でも、これぐらいの方が役員とか年寄りにはわかりやすくていいかも」

「ちょっと品は落ちますけど、目立ったもの勝ちってこともありますからね」

　四枚のゲラを順番に見ていった。結局のところ、金地に緑というクリスマスを思わせるパターンのPOPが選ばれるのではないかと思った。派手でわかりやすくしてほしい、というリクエストにも十分応えている。

「どうもありがとう……ごめんね、夜遅くに。正直、助かった。大変だったでしょ」

「いいえ、別に。たいしたことないっす」

　ありがとう、ともう一度言って、わたしはドアをそっと開けた。外には誰もいないようだった。

「じゃあね。何かあったら、また連絡するから」

　いえいえ、と微笑んだ児島くんが、あの、と言った。

「え？」

「ご褒美、いいですか」

「ご褒美？」

何を言っているのかわからないまま、わたしは顔を上げた。それを待っていたかのように、児島くんが太い腕でわたしの体を強く抱きしめた。

「ちょっと……児島くん……何してんの」

ご褒美ですと笑った児島くんが、失礼しました、と言ってドアの外に出ていった。ドアが閉まるのを確かめてから、わたしはそのまま玄関脇にへたりこんだ。

いったい何だったんだ、今のは。

×××について

1

七月一日の火曜日、わたしは正式に宣伝部へと異動した。もちろん異動したのはわたしだけではなく、一番近い例で言えば、わたしと入れ替わる形で小川弥生が広報へ移ってきたし、それ以外にも小さな異動がいくつかの部署であった。

ただ、銘和乳業の場合、基本的には七月末、もしくは八月上旬の段階で〝民族大移動〟と呼ばれる大きな異動がある。今回の異動は小異動といったところだろうか。

「まあ、しばらくは宣伝と広報を掛け持ちするぐらいのつもりで」異動の挨拶に行った時、秋山部長にそう言われた。「残務処理もあるだろうし。それから、これはサラリーマンの先輩としての忠告だけど、とにかく焦らないこと。そんなの意味ないからね。悪い言い方に聞こえるかもしれないけど、ルーキーに大きな期待はかけてないから」

ルーキーと言われるにはずいぶんと歳がいってしまっているが、初めての部署という意味では、確かにわたしもルーキーなのだろう。ご忠告ありがとうございます、と頭を下げて、わたしは宣伝部に設けられた新しい自分の席に戻った。頭の上に、宣伝部第二課、というプレートが垂れ下がっている。

わたしが率いることになっている宣伝部第二課は、今までもそうであったように乳製品関連商品、例えばチョコレートなどのお菓子類も含まれるのだけれど、そういう商品の宣伝を主に扱う部署だ。ちなみに第一課は牛乳そのもの及び乳飲料を担当している。そして第三課はそれ以外の商品の宣伝をするというのがこれまでの大まかな区分けだった。

今回、八月か九月に、もうひとつ宣伝四課が新設されるということだが、そこが何をするのかまでは、わたしも聞いていない。どうやら〝モナ〟を含めた健康食品関係を扱うという噂だが、今のところ正式な発表はなかった。

そしてわたしは宣伝部第二課の新しい課長ということになったのだが、会社組織というのはよくできているもので、とりあえず急ぎですべきことはなかった。

ルーティンで動いている件は、今まで担当していた連中に任せておけばよかったし〝モナ〟に関しては課長であるわたしの判断が必要になる場合もあったけれど、幸い広報にいた時も〝モナ〟担当だったわたしとしては、混乱するようなことはなかった。むしろ問題があるとすれば、それは仕事面ではなく、わたしのプライベートの方だっただろう。

繰り返すようだが、銘和乳業では宣伝部と広報課の仕事が重なる場合も少なくない。宣伝部、という同じ傘の下にいることもあって、それは当然の流れだった。

同じ商品の宣伝、あるいは広報活動をする中で、人手が足りなければ互いに助け合い、知恵を出し合ってきたし、特に予算面で広報課は宣伝部に助けてもらうこともあった。

それはつまり、仕事をするに当たり、取引先の業者がかぶるということを意味する。大手の広告代理店などが広報課の仕事に加わることはさすがになかったが、印刷所やPR会社などは同じところを使う場合も多かった。そして〝モナ〟に関しては青葉ピー・アール社も宣伝部に出入りしていた。大手の代理店では手の回らない細かい業務があるためだ。

そして、青葉ピー・アール社もそれほど人が余っているわけではない。銘和乳業の担当者は一人だけ、児島くんと決まっていた。部が変わっても、児島くんとの縁は切れないようだった。

2

児島くんが新しく作成した〝モナ〟のPOPのゲラを届けるためにわたしのマンションへやってきたのは、先週のことだ。

一刻を争う事態、とまでは言えなかったが、それでも早い方が助かるというのは確かだったから、それ自体はありがたいことだと思っているし、感謝もしている。

ただ、あの時、帰り際に児島くんは〝ご褒美〟を下さいと言って、マンションの狭い玄関でわたしの体を抱きしめた。あれはやっぱりまずかっただろう。あんなふうに力強く男の人の腕に抱きしめられたのは、何年ぶりのことか、自分でも覚えてないぐらいだ。

確かに彼は一生懸命仕事をしたわけだし、早い方がいいというわたしのリクエストに応えるため、わざわざわたしのマンションまでPOPのゲラを届けてくれた。その意味で彼の行動は決して間違っていないが、だからといって、わたしを抱きしめたりするのは、ルール違反ではないだろうか。

そして、これは非常に悔《くや》しいことなのだけれど、彼に抱きしめられた時、決して嫌ではなかった。正直に言うと、こういうのもいいなあ、と思った。もし、もっと強引に迫られていたらどうなってしまっただろう。自分でもわからない。

更にもし、を重ねれば、もしあれが秋山部長だったら、その先はなるようになっていただろう。まあ、これはわたしが一方的に秋山部長に憧れているからで、そんなことなどあるはずもないのだが。

あれ以来、社内で児島くんの姿を見かけるたび、ちょっと胸がどきどきするようになっていた。これは心理的なものではなく、むしろ肉体的な反応なのかもしれない。あの時のことを思い出して、何だかもやもやした気分になってしまうのだ。

だから、なるべく彼を避けるようにしていた。わたしは三十七歳、彼は二十三歳。引き算をすればすぐわかることだが、三十七マイナス二十三は十四だ。十四歳の年齢差のあるカップルなんて、うまくいくはずがない。そう唱え続けなければ、冷静さを保っていられなかった。

児島くんの方に、あまり気にしている様子はなかった。わたしとしては彼を給湯室かどこかに呼び出し、どういうつもりであんなことをしたのよ、と詰問したいぐらいだったが、三十七歳のプライドが邪魔をして、そんなことはできなかった。

彼は主に広報課に出入りしながらも、宣伝部にも顔を出していた。もちろん仕事があったからだが、何かといえばわたしのところに来て、挨拶をしてくる。いったいどういうつもりなのか。若い子の考えていることは、さっぱりわからない。

彼が言っていた通り、本当にご褒美ということなのか、それとも違う意図があったのか、わたしには判断がつかなかった。もうひとつ言えば、どちらを自分が望んでいるのか、それさえもよくわからなくなっていた。単なるご褒美としての抱擁《ほうよう》だったのか、それとも好意を示すためにあんなことをしたのか。

児島くんの腕は、とても力強かった。さすがに元山岳部だけのことはある。胸も分厚かった。ちょっと汗ばんだような匂い。少しだけ荒くなっていた呼吸。

部署が変わったばかりで、なかなか新しい仕事にうまくなじめなかったということもあり、わたしはデスクに肘《ひじ》をついたまま、ぼんやりと物思いにふけることが多くなっていた。

(いけない)

こんなことをしている場合ではない。一応、わたしも宣伝部第二課の課長であり、チーフとして下の者をまとめていかなければならない立場にある。

そして〝モナ〟の売上を伸ばすために、やらなければならないことは山のようにあった。児島くんのような若い子のことを考えて、ぼんやりしているようでは、下の者に対して示しがつかないというものだろう。

わかってはいたが、そこが人間心理の複雑なところで、考えまいとすればするほど、彼のことを考えている自分に気がついていた。非常にヤバイ状態ではなかろうか、と思った。

3

〝モナ〟の売れ行きは相変わらず好調だった。会社が増産態勢を整えたことにより、欠品騒ぎは起こらなくなっていたが、営業や販売からは更なる宣伝を求める声が強くなっていた。

新フレーバーであるマンゴー味とピーチ味の発売も間近に迫っていた。それについては宣伝部第三課の立島《たてしま》課長をチーフとする特別チームが担当することになっていたが、それに乗っかる形で今までのラインナップを拡充、売り場の拡大を図りたいという強い要望が、特に販売部の側から上がっていた。

ありがたい話だが、これ以上何をどうすればいいのか、ちょっとわたしにも見当がつかなかった。テレビコマーシャルの第三弾は、マンゴー味とピーチ味の発売を待たなければならない。それまでは約ひと月ある。その間、宣伝部としてはどうするつもりなのかという問い合わせが各部の担当者からあったが、検討します、としか答えようがなかった。

「まあ、悪い話じゃないんだから、そんなに暗い顔しなくてもいいんじゃないのかな」

苦笑交じりに秋山部長が慰めてくれたけど、わたしとしてはそうも言っていられない。初仕事からいきなり失態を犯したというのでは、面目丸つぶれだ。

さっそく部員を集めてミーティングを開いたけれど、いいアイデアは出てこなかった。当然といえば当然の話で、彼らは今までやれるだけのことをやってきた。もうアイデアは出し尽くしました、というのが彼らの率直な意見だっただろう。

部署を越えて、いろいろな人に相談したり、代理店の人たちと会議もしてみたけれど、いいアイデアは浮かばなかった。事情はみんなもわかっているから、責められるようなことはなかったけれど、会社に行くのが嫌になってしまった。

子供じゃないんだから、と思ってはみたが、それでも行きたくないものは行きたくない。なるほど、鬱《うつ》病患者が増えるわけだ。

元気ないっすね、と児島くんが声をかけてきたのは、それから数日後のことだった。まあねえ、とわたしは答えた。

「いろいろあるわけですよ、これが」

「いろいろありますか」

児島くんの長所は、他人の話をよく聞くところにあると思う。気がつけば、わたしは今自分が陥《おちい》っている窮状について、すべてを話していた。別に相談をするつもりではなかった。はっきりいえば、愚痴をこぼしていただけのことだ。

立派なもので、小一時間ほど児島くんは立ったままわたしの愚痴につきあってくれた。男の人にしては珍しいほど、我慢強い性格だということはいえるだろう。

「あのですね」わたしが口を閉じるのを見計らって、児島くんが言った。「よくわからないんですけど、要するに御社としては〝モナ〟の販路を広げたいってことですよね。極端にいえば、宣伝とかそんなの別に関係ないんじゃないすか？」

その通りだ。とはいえ、今のご時世、宣伝もせずに物を売ることなど不可能だろう。

「他社の例なんですけど、百個に一個とか千個に一個、パッケージの色を変えて商品を売ったって話があるんですよ。それを買うと恋がかなうとか、そんな口コミをつけて噂を流したら、いきなり売上が倍になったそうなんですけど」

わたしだってぼんやりと手をこまねいていたわけではない。口コミの効果は広告の分野でも重視されていることは知っていた。

ただ、今からそんなことをしても間に合うかどうかは疑問だ。口コミで噂を流すには時間がかかる。会社が望んでいるのは、もっと即効性のある方法だ。

「確かに、口コミで噂を流すっていうのは、ひとつの手だと思う。インターネットとか携帯もあるわけだし、昔と比べれば情報の伝わり方も速くなってるしね。でも、買う方だって馬鹿じゃないっていうか、もう企業のそういうやり口には飽き飽きしてるっていうか。要するに、見え過ぎちゃってるのよ、こっちの思惑が」

まったくですねえ、と児島くんが頭《こうべ》を垂れた。でしょ、とわたしはまた愚痴モードになった。

「販売も焦りすぎだと思うんだよね。言ってみれば健康ドリンクなんだから、季節とか関係なく売れると思うんだけどな。夏中に年間予算を達成しようとか、意気込みはわかるんだけど」

困りますよねえ、と児島くんがうなずいた。素直な返事を聞いていると、気分がよくなってきた。我ながら現金なものだ。

「川村さんとしては、どうするつもりなんですか？　販路拡大のための宣伝っていうのは、社命なんですよね？」

大変悲しいことに、それは事実だった。中間管理職の哀しさで、上からの命令に逆らうわけにもいかない。さて、どうすればいいのか。

「まあ、何かいいアイデアでもあったら教えてよ。頼りにしてないけど」

ひでえな、と児島くんが頭を振った。

「ありますよ」

何を言い出すのだろうか、この若者は。これだから経験の浅い世代は困る。世間知らずにもほどがあるというものだ。

「宣伝とは直接関係ないすけど、販路を広げる方法はあると思いますよ」

「どういうことよ」

真面目に言っているのだろうか、この子は。わたしは児島くんを空いていた席に座らせ、話を聞くことにした。

4

児島くんの山岳部の先輩が、アスガルドという大手のファストフードショップの本社にいる、というところから話は始まった。アスガルドは数年前アメリカから上陸してきたハンバーガーショップだ。

わたしも何度かその店のハンバーガーを食べたことがあるが、比較的上品な味だということはいえるだろう。つい最近、その先輩と児島くんが会った時、アスガルドが新しいドリンク商品の導入を考えているという話を聞いたのだそうだ。

「ご存じの通りで、ハンバーガーショップの食べ物って基本的にとにかくカロリーが高いじゃないですか。ハンバーガーはもちろんですけど、フライドポテトとか、チキンナゲットとか」

「まあ……そうね」

「アスガルドに限った話じゃないんですけど、客の半分は女でしょ？　他のハンバーガーショップは、サラダとかそういうメニューの発売を始めてるみたいですけど、アスガルドはその点、出遅れたというか。まあもともとアメリカの会社ですからね。仕方がないとも思うんですけど」

「それで?」

「遅ればせながら、アスガルドもヘルシーな方向での新商品の検討をしていたらしいんです。ただ現実問題として、外したら大変なことになるし、リスクもあるし、なかなかそこまで踏み切れずにいたわけですよ」

なるほど、とわたしは座り直した。児島くんの言いたいことがわかったような気がしていた。

「つまり、アスガルドで〝モナ〟を売ったらどうかと思って。正確には知らないですけど、アスガルドって全国で五百店舗ぐらいあったと思うんですよ。ファストフードショップの中で、アスガルドだけで〝モナ〟が買えるってことになれば、アスガルドとしても売上を伸ばすチャンスになるし、〝モナ〟はヘルシードリンクっていうのが売りだから、女性のお客さんも喜ぶし、銘和さんとしても販路が広がることになるわけだし、いいことずくめじゃないですか」

「簡単に言うよねえ」半ば呆れながらわたしは首を振った。「そんなの、できるわけないでしょ」

「はあ。まあ、常識的には確かにそうだと思いますよ。でも、相談して何か損になることありますか? 少なくとも、御社にとってはダメでもともとなんだから、その意味では全然問題ないでしょ」

ダメでもともとって何よ、とわたしは苦笑いを浮かべた。児島くんはもう少し言葉の使い方を覚えた方がいいのではないか。

「先方とのアポはぼくが取りますよ。ぼくが言い出した話だし、その山岳部の先輩とはかなり親しいんで、話し合いの場を持つということについては、いつでも乗ってくれると思いますよ。川村さんは、営業だか販売だかよくわかんないですけど、そっちの責任者を一人口説いてくれればいいだけのことです。それって、そんなに難しいですか？」

「まあ……難しくはない、と思う」

誰がいいだろう。販売部第一課の柳沢《やなぎさわ》課長か、第二課の室戸《むろと》課長か。新しいアイデアに飛びつくのは、第三課の新垣《あらがき》課長だろう。ただ、彼は今年の四月に課長に昇進したばかりで、まだそこまでの権限はないかもしれない。

迷っていたわたしの前で、児島くんが携帯を取り出した。番号を選んでボタンを押している。

「例の先輩です」小声で言った児島くんの声が、急に高くなった。「どうも、児島っす……この前はすっかりごちそうになっちゃって、ありがとうございました。ところでですね、電話したのは相談したいことがあるんですよ。何かって言いますとですね……」

最近の若者は怖い物知らずだ。そうつぶやきながら、わたしも目の前の電話機に手を伸ばした。販売部の内線は何番だっただろうか。

5

児島くんの先輩で、藤本《ふじもと》というアスガルド営業部の部長は、アスガルド店舗での〝モナ〟販売という話にすぐ乗ってきた。今日にでも御社に伺《うかが》ってよろしいでしょうか、とまで言ってきたのには驚かされた。恐るべき腰の軽さだったが、まだ会社として若いアスガルドでは、フットワークの軽さが社員としても重要な条件のひとつなのだろう。

ただ、銘和乳業はそういうわけにいかなかった。一応、歴史も伝統もある大企業だ。一部員の思いつきだけで動き出せるというものではない。わたしは販売部に出向き、三つある課の長の間を回って、調整を始めた。

意外なことに、販売については門外漢であるわたしの説明に、彼らは全員好意的だった。逆にいえば、それだけ切羽詰まっていたのかもしれない。

アスガルドは新興ファストフードショップだが、その成長の勢いは侮れないものがあった。東京だけでも百店舗近く、関東近県で二百店舗、その他近畿、東北、北海道などを含めれば、全国で五百店舗以上を展開している、そこそこに大きなハンバーガーショップだ。

名前が売れてきたのは、この数年のことで、そこが不安といえば不安だったけれど、組む相手として不足はない。総合すると、販売部の意見はそういうことだった。

仮にだけれど、一日十個の〝モナ〟が一店舗で売れたとしたら、それだけで日本全国で五千個という販売個数が見込める。そして今の〝モナ〟人気なら、一店舗で十個ということはないだろう。もっと売れてもおかしくはない。

あれよあれよという間に話は進み、翌日、アスガルドから藤本部長が本当にやってきた。わたしがしたことといえば、児島くんと共に藤本部長をうちの販売部の課長たちに紹介したことだけだ。もうここまでくると、宣伝部がどうとかいう話ではなく、販売部が中心にならなければ話が進まないのは明らかだった。

打ち合わせがかなり長くなるのはわかっていたので、紹介を済ませると後は自分の席に戻っていったから、話し合いがどのように進められたのかはわからない。ただ、結論として販売部第三課の新垣課長がメインとなってこの件を進めていくことが決まった、という報告を受けた。

その後入ってきた話によると、とりあえず二週間、東京圏内の各店舗で〝モナ〟を実験的に販売する。そしてそれがうまくいけば、関東近県、更には全国でも販売をしていく、という目標が決定したということだった。

互いのリスクを考えれば、それも当然のことかもしれない。いきなり全国に商品を卸すとなれば、今のレベルでの増産態勢では商品供給が追いつかなくなる。

新たに工場などのラインを増やさなければならなくなるが、いきなりというわけにもいかない。東京だけ、と限定するのはマーケティングという意味も含め、現実的な落とし所だった。もし売れなかったとしても、お互いに傷はそれほど深くならずに済む。

後に残ったのは、アスガルドの店舗への〝モナ〟の搬入だったが、それはトラック便を増やすということで落ち着いた。幸いなことに銘和乳業では〝モナ〟の増産に伴い、輸送体制の見直しを図っていたところだったから、そこに〝アスガルド便〟を組み込めばそれでよかった。その輸送賃は、アスガルドと折半することになったという。

新垣課長は『アスガルド都内各店舗における〝モナ〟販売計画』をひと晩でまとめあげ、次の日の朝、販売部の役員のところへ持っていった。普通ならその後が長くて、役員会議が招集されたり、最終的には社長の決裁が必要になったり、そんなことをしている間に一カ月や二カ月が過ぎてしまうなんてことはざらだったけれど、〝モナ〟は何しろ今期最も期待されている商品だ。面倒な手続きを踏んでいる暇はない。

そう判断した新垣課長は、担当役員の了解を取り付けた後、直接社長に作成したレポートを提出して、判断を仰いだ。

社長としても、若者に人気のあるアスガルドとの提携について、反対する理由はなかった。全国五百店舗のアスガルド・ショップすべてで〝モナ〟を売るかどうかはまだわからないが、とりあえず都内の数十店舗で実験的に販売をしてみるというのは、悪いことではないだろう。

うまくいけばアスガルドの全店舗に販路が広がり、そこで売れる〝モナ〟の数は、少なく見積もっても万単位だ。しかも、今の段階では失敗してもたいした損が出るわけでもない。社長は事後通達という形で各役員の了解を得るから、試してみるようにと新垣課長に命じた。

アスガルド店舗における実験的な〝モナ〟販売契約の締結を受け、アスガルド側も動き出していた。都内にある百店舗のうち、五十店舗で〝モナ〟販売の準備をし、その告知用のポスターを店内に貼り、新聞の折り込みチラシなどでも『〝モナ〟が買えるアスガルド！』というフレーズを入れるようにした。

短期間のうちにさまざまなことが決定していった。これが古くからあるハンバーガーショップなら、ここまでうまくはいかなかっただろう。会社としては新しいアスガルドだからこそ出来たことだった。

もちろん、このアスガルドとの提携話は、まだ正式に決定したわけではない。決まったとしても、実施されるまでしばらく時間がかかるだろう。とはいえ、今回のアスガルドとの提携話は、お互いにそれほどリスクがないのは間違いなかった。

アスガルドの藤本部長からも連絡があった。川村課長のおかげで、こんなにいい話をいただきまして感謝しております、ということだった。とんでもありません、とわたしは答えた。

お膳立てをしてくれたのは児島くんで、わたしは何もしていない。藤本部長が感謝するとすれば、後輩である児島くんに対してだろう。

電話を切ってから、わたしはしばらく考えた。今回の一件がうまくいったのは、児島くんのおかげだ。少なくとも、そのきっかけを作ってくれたのが彼なのは間違いない。

しばらく迷った後、わたしは自分の携帯電話から彼の電話番号を探して、ボタンを押した。やっぱり、お礼のひとつもしておくのが社会人としての礼儀だろう。

「何か、うまくいってるらしいっすね」

藤本先輩から聞きましたよ、と例によって屈託のない明るい声で児島くんが言った。

「おかげさまで」なるべくビジネスライクに聞こえるようにわたしは答えた。「児島くんがアスガルドさんを紹介してくれたおかげで、販売とかもすごく喜んでて。ありがとうございました」

「いえいえ、これも仕事のうちですから。アスガルドさんのポスター作ってるの、うちの会社なんですよ。正式に〝モナ〟の販売が決まれば、あそこのポスターを全部作り直すか、シールを貼るか、とにかくこっちもいろいろ仕事が増えますからね。まあ、みんな得したってことで、よかったんじゃないですか」

「あのね、児島くん」

なぜわたしは、あんなことを言ったのだろう。自分でもわからない。感謝の気持ちはもちろんあったけれど、それ以上のつもりはなかった。それでも言葉が勝手に口をついて出てしまった。そんな感じだ。

「あのね……もしよかったら、お礼をしたいんだけど、食事とかつきあってもらえませんか。そんな堅苦しいこと、嫌かもしれないけど、このままだと気が済まないっていうか……」

「あ、そうすか。いいすよ、いつでも」児島くんがあっさりと答えた。「お礼って言われても、別に何もしてないすけど、メシを食うっていうのはいいすよね。いつにします？　どこにします？」

じゃあ、この週末にでも、とわたしは手帳を見ながら答えた。

「場所とかは、またメールか何かで連絡します。児島くん、本当にありがとうございました」

楽しみにしてます、という元気のいい声と共に電話が切れた。さて、と受話器を置いてわたしは腕を組んだ。わたしがしているのは正しいことなのだろうか、それとも間違っているのか。考える時間はたっぷりあった。

6

週末の金曜日、わたしは一度だけ行ったことのあるスラウェシという銀座のインドネシア・レストランへ児島くんを誘った。

スラウェシというその店は、女性誌や食の専門誌などでも有名で、本格的なインドネシア料理だが日本人にとっても絶妙においしいという意味で、隠れ家的名店と呼ばれていた。ちなみに、スラウェシというのはインドネシアのほぼ中央にあるスラウェシ島から取った名前だという。

七時に店で直接待ち合わせしましょう、ということで話は進んでいたけれど、今回はわたしが接待役だ。十分ほど前には店に着き、彼を待っていた。そして七時きっかりになって店のドアが開いた。お連れ様がお待ちでございます、という声と共に、スーツ姿の児島くんが現れた。

「どうも」

微笑みながら彼が言った。今回はいろいろとありがとうございました、とわたしも立ち上がって頭を下げた。

一応、接待ということなので、わたしとしては一張羅《いっちょうら》の黒のワンピースを着ていったのだが、似合ってますねえ、と児島くんがお世辞を言ってくれた。ありがたい話だ。

この数日の間に、都内のアスガルド五十店舗に限って〝モナ〟の店頭販売を実験的に行ってみたところ、予想以上に好評で、ハンバーガーの後のヘルシードリンクという感覚で〝モナ〟を買っていくお客さんは少なくなかったという。アスガルドも銘和乳業もこの結果には大満足で、今後二週間のうちに都内のアスガルド全店舗で〝モナ〟を販売することが正式に決定していた。

その功績の多くは販売部のものになったが、新垣課長はフェアな人で、このアイデアを出したのが宣伝部のわたしであること、アスガルドの藤本部長を紹介してくれたのが青葉ピー・アール社の営業マンであることを、公式の会議の場や、課内の打ち合わせなどでも常に明確にしてくれていた。

おかげでわたしの株も上がったから、食事ぐらいご馳走《ちそう》しなければ罰《ばち》が当たるというものだろう。正装していったのには、そういう意味もあった。

「何つうか、リゾート地のレストランみたいですね」

シュロの木でできた椅子に座りながら、児島くんが辺りを見回した。店の壁にはインドネシアの民族衣装とか、何かの祭礼の時に使うようなお面とか武具のようなものが飾ってある。店内には小さな音量で、ガムラン音楽の類が流れていた。

「まあまあ、言いたいことはわかるけど、味は大丈夫。あたしが保証しますから。とりあえず、ビールとかにする？」

「はあ。じゃあ、ビールで」

立っていたウエイターが近づいてきて、ビールでよろしいですか、と尋ねた。エンカレンという地ビールを頼むと、入れ替わるようにして簡単なつまみのようなものが出てきた。日本料理でいうところの突き出しだ。

「カロシで取れたエンドウ豆のソテーでございます」

男が説明する前に、児島くんがフォークで豆を突き刺して、口の中に入れた。あれ、と不思議そうな顔になった。

「マジ、うまいすね」

でしょ、とわたしがうなずくのと同時に、エンカレン・ビールがテーブルに並んだ。わたしたちはそれぞれのグラスにビールを注ぎ、乾杯、と言った。

7

店を出たのは十時ぐらいだっただろう。ごちそうさまでした、と外に出たところで児島くんが言った。今回は銘和乳業の接待ということになっていたので、わたしが支払ったのだ。

「いやいや、インドネシア料理、侮るべからずですね。正直、最初にインドネシア料理って聞かされた時、どうなることかって思ってたんですけど、全部おいしかったな」

よかった、とわたしは心の中でつぶやいた。児島くんは満足してくれたようで、わたしとしても嬉しかった。

「どうしますか、もう一軒ぐらい軽く行きますか」

「うん……行きたいけど」わたしは首を振った。「銀座からだとあたしの家って、けっこう遠いから、あんまり遅くなれないし……誘ってくれてありがとう。でも、とりあえず今日は帰ります」

「そうすか」

仕方ないっすね、というように児島くんが有楽町の駅に向かって歩きだした。自分で断っておいて言うのも何だが、そうすか、とはどういうことか。もうちょっと強く誘ってくれたりしてもいいのではないか。

しかも、年齢差のことはさておき、児島くんはわたしに対して好意を持っていると、この前はっきり宣言したばかりではないか。まったく、近頃の若者は礼儀というものを知らない。

ただ、それはわたしの勘違いだった。有楽町の駅で別れると思っていたが、児島くんが東久留米まで送りますよ、と言ってきたのだ。

「もうけっこう遅いですし、痴漢とか出たらヤバイじゃないですか」

「……たぶんねえ、痴漢は襲ってこないと思うよ、あたしのことなんか」

それに、わたしのことを送っていったら、今度は彼が帰れなくなってしまうだろう。そんなことないですよ、と児島くんが苦笑いした。

「まだそこまでの時間じゃないですし。それに、いざとなったらタクシーって手もありますから。東久留米と高円寺って、直線だと意外に近いんですよ」

切符売り場のところで、送る、送らない、としばらく押し問答が続いたが、結局わたしが折れて送ってもらうことにした。そこであんまり時間を費やしていると、本当に児島くんが帰れなくなってしまうかもしれなかったからだ。

二人で有楽町線に乗り、池袋へ向かった。わたしはビールを一本半、児島くんは二本半と正体不明のカクテルを一杯飲んでいたけれど、それほど酔っているわけではない。どうしても話は仕事関係のことになり、アスガルドでの〝モナ〟販売がうまくいくのか、という話題が会話の大部分を占めていた。

今回〝モナ〟の販売をした店舗は、アスガルドチェーンの中でも新宿、池袋、渋谷などの大きなターミナル駅にある店がほとんどだ。放っておいても客は多いし、その客の人数に比例して〝モナ〟は売れていくだろう。でも、これが更に店舗数を増やしていったらどうなるのか。

二十三区内ならまだいい。でも三鷹《みたか》とか八王子《はちおうじ》とか、あるいは取手《とりで》とか和光《わこう》市とか、関東近県にもアスガルドは出店している。そこでも売れるかどうかは、判断の難しいところだ。

そんな話をしていたら、池袋まではすぐだった。そこからわたしたちは西武池袋線に乗り換えて東久留米を目指した。電車の中は混んでいたけれど、前にもそうだったように児島くんが鉄壁のガードで守ってくれていたので、わたしとしては楽だった。優しいなあ、と改めて思った。

東久留米の駅で降りると、今までは意識していなかったが、駅前にアスガルドが店を出していた。そればかりか、二十三区外のその店でも〝モナ〟を売っていた。アスガルドの対応が素早いのか、うちの会社が気合を入れているということなのか。

児島くんが店に入り〝モナ〟を買って戻ってきた。最後のひとつだそうですと言って、ビニール袋をぶら下げたまま歩き始めた。

「わざわざ買わなくても」

「いや、これも市場調査の一環ですから」真面目な顔で児島くんが言った。「スーパーとかに置いてある〝モナ〟とアスガルドで売っている〝モナ〟で味が違ったら、まずいじゃないですか」

そんなことはないはずだけれど、万が一ということもある。試してみても損はないだろう。

店を出てから、しばらく歩くとわたしのマンションに着いた。お疲れさまでした、と児島くんが持っていたビニール袋をわたしに渡した。

「あの……あのね、児島くん……どうせだったら、児島くんもいっしょに味を確かめてみてよ」

「はい？」

自分で言いながらも、言っていることの意味がわからなかった。児島くんが困ったような表情になったのは当然だ。

それでも、わたしは暗証番号を打ち込んで、エントランスに入った。早く入って、と言うと、はあ、とうなずいた児島くんがわたしの後に続いた。

エレベーターに乗ってからも、わたしはずっと話し続けていた。まさかとは思うが、スーパーやコンビニで売っている〝モナ〟とアスガルドの〝モナ〟の味が違っていたら、児島くんの言う通り大問題だろう。確認は絶対に必要だ。

でも、わたし一人では心もとない。児島くんもいっしょに飲んでみて、判断してくれないかな。

どうかな、それって。別に変な意味で部屋に来てほしいってわけじゃなくて、味の検討って意味だからあんまり深く考えないで。

はあ、と相変わらず児島くんは生返事を繰り返しているだけだった。エレベーターが停まり、わたしが先に立って廊下を進んだ。バッグを開けると、今日に限ってどういうわけかすぐに鍵が見つかった。入って、と鍵を開けながら言った。

「味見だけだからね」釘《くぎ》を刺すようにわたしは言った。「玄関までだから。それ以上中に入ってきたら、本気で大声出すからね」

はい、とうなずいた児島くんが、玄関に足を踏み入れた。どうしよう、このまま飲もうか、と言ったわたしに、いや、これがありますから、と児島くんが袋からストローを取り出した。

「……飲んでみて」

児島くんが〝モナ〟にストローを突き立て、ちょっと怯えたような表情でひと口飲んだ。

「どう？」

「……問題ないと思いますけど」もうひと口飲んだ児島くんが、わたしに〝モナ〟のパッケージを渡した。「川村さんも、飲んでみます？」

うん、とうなずいてわたしもストローに口をつけた。間違いない。大丈夫だ。ちょっと味が鈍い感じがするのは、外の暑さのせいで温《ぬる》くなっているからだろう。問題ない。これは銘和乳業の〝モナ〟だ。

「どうすか」

「大丈夫だと思う」

もっと飲んでよ、とわたしは〝モナ〟を児島くんに渡した。彼がそれをシューズボックスの上に置いた。あれ、と思う間もなく、またわたしは児島くんの腕の中にすっぽりと入っていた。

「ちょっと……違うでしょ、児島くん……そういうんじゃなくて……」

違うのだろうか。もしかして、わたしは期待していたのではなかったか。一張羅のワンピースを選んだのも、ブラジャーのパッドを一枚余分に入れていたのも、下着の色をお揃いにしていたのも、接待のためではなく、他に理由があったのではないのか。

無言のまま、児島くんがわたしの顎《あご》に手をかけ、上に向かせた。ええと、今、わたしは大変ヤバイ状態に陥っているかもしれない。都会の人は冷たいというけれど、今なら叫べば何とかなるのではないか。両隣のマンションの住人が助けに来てくれるはずだ。さあ叫ぼう。叫べば、叫ぶとき。

でも、そんなことはできなかった。代わりに、わたしは思い切り目をつぶっていた。児島くんの顔が近づいてくるのがわかった。唇が触れた。それは、すごく優しいキスだった。

「あのね……児島くん、本当にね……」

わたしは何を言おうとしていたのだろう。今度はもう少し強く唇を塞《ふさ》がれた。なぜか、異常にわたしは冷静になっていた。客観的といってもいいかもしれない。

わたしは今、キスをされている。抵抗するつもりが自分にないこともわかっていた。シューズボックスの上の〝モナ〟はどうなってしまうのか。まず、あれを片付けた方がいいのではないか。

児島くんがわたしの首筋にキスをした。何だか変な声が自分の口から漏れた。児島くんが空いていた左手で、わたしの胸をワンピースの上からそっと押さえた。何だ、コイツ。純情そうな顔して、けっこう慣れてるじゃない。どうなってるの。

好きです、と児島くんが囁いた。それは何だか魔法の言葉みたいで、わたしの全身から力が抜けていった。とはいえ、最後の理性だけはさすがに残っていた。両手を彼と自分の体の間に押し込みながら、わたしは言った。

「お願い……ホントにお願い……明かり消して……そうじゃないと死んじゃう」

彼が明かりを消してくれなかったら、わたしは本当に舌を噛んで死んでいたかもしれない。その覚悟が伝わったのだろう、彼が玄関の照明を消し、辺りが闇《やみ》となった。

どうすればいいのだろう。こんなの、四年ぶりだ。こういう時、女はどう振る舞えばいいのか。わたしも、もっと積極的になった方がいいのか。でも、そんなことをしたら慎みのない女と思われてしまうかもしれない。

逆に、抵抗とかした方がいいのだろうか。だけど、そうしたら児島くんが引いてしまうかも。いろんな考えが頭をよぎった。混乱としか言いようのない状況だ。くどいようだが、四年ぶりなのだ。

(どうにでもなれ)

「……児島くん」わたしは言った。「シャワー……浴びさせてください……」

一瞬、児島くんがわたしの体を離した。真っ暗闇だったけれど、彼が微笑んでいるような気がした。

「……入ってもいいですか」

うなずく代わりに、わたしはローヒールのパンプスを脱いだ。児島くんがわたしの肩をそっと抱いた。

交際について

1

安らかな寝息が聞こえてくる。

いったい何が起きているのかわからないまま、わたしはベッドサイドの目覚まし時計に目をやった。デジタルの数字が切り替わって、AM05：00を表示した。

とにかく眠れなかった。目は冴えに冴えきっている。聞こえてくる寝息は、隣で寝ている児島くんが立てているものだった。

（いったい、何で）

何がどうしてこうなったのか、自分でもわからない。ゆうべ、わたしは児島くんと食事をした。アスガルドの件も含め、いろいろな意味でお世話になった。その感謝の念を表わすためだ。それはあくまでも仕事上の問題であり、それ以外に何の意味もなかった。ないはずだった。

食事を終えたのは、十時ぐらいだったと思う。帰ると言ったわたしを、児島くんが家まで送ってくれた。それだって、別に意味はなかったと思う。

もともと、彼は基本的に優しい人だ。遅い時間に女性を一人で帰すことが心配だったから、送ってくれた。それぐらいの意味だったのだろう。

問題は、東久留米の駅前に例のハンバーガーショップ、アスガルドがあったことだ。そして閉店間際のその店で、わたしたちは〝モナ〟を買った。普通にスーパーやコンビニで売っているものと味が違ったら大変だからだ。確認をしなければ、と言ったのはわたしの方だったか、それとも彼の方だったか。

わたしの家に着いて、彼を玄関まで入れた。味の確認をするのに、マンションの通路でするわけにもいかないだろう、と思ったからだ。二人で玄関先に立ったまま〝モナ〟を飲んでみた。味は市販されているものと変わらなかった。とりあえずわたしは安心した。

そこまでは何もなかった。ただ、その後予想外のことが起きた。彼がわたしを抱きしめ、キスを求めてきたのだ。いけない、と思いながらも、流されるままキスしてしまった。

正直にいうと、四年ぶりのキスだった。正確には四年二カ月ぶりということになる。いったい何が起きているのか、わたしはすっかり混乱してしまった。パニックといってもいい。どうすればいいのか、判断力が停止してしまったのだ。

児島くんがわたしに対して好意を持っていることはわかっていた。本人の口から、直接告白されてさえいたけれど、もちろんわたしは断った。考えるまでもない話だ。彼は二十三歳、わたしは三十七歳、つまりわたしの方が十四歳も上だからだ。

彼のことが嫌いだとか、生理的に受け付けないとか、そんなことではない。むしろ好意を持っているといってもいいぐらいだ。

ただ、好意というだけでは、十四歳の年齢差を埋めることはできない。わたしが彼に対して抱いている好意は、ある意味で弟に対するのと同じようなものだ、という認識がわたしの中にあった。そのはずだった。

にもかかわらず、彼にキスをされて、わたしはそれを拒まなかった。拒めなかった。断固拒否することができないわけではなかったにもかかわらず、受け入れてしまった。

そうなってしまえば、男と女は勢いのまま流れていくしかない。わたしにできることといえば、明かりを消してほしいと懇願するのと、シャワーを浴びたいと申し出るだけだった。

そして児島くんはその両方ともを了解してくれた。というか、了解してくれなかったら、わたしはどんな手段を使ってでも、彼を追い出していただろう。

シャワーを浴びている間、わたしが考えていたのはひとつだけだった。

(どうするんだっけ)

キスも四年二カ月ぶりだが、それはエッチも同じだ。情けない話だけれど、四年のブランクがあると、いったいどういうふうにすればいいのか、もう全然覚えていないことに気づいた。

別に規則があるわけではないし、みんながそれぞれのやり方を持っているのだろうと頭ではわかっていたけれど、心がついてこなかった。だいたい、シャワーを浴びてバスルームを出る時、下着はつけ直すべきなのか。それとも外しておいた方がいいのか。それさえ、わからなくなっていた。昔はどうしていただろう。

そしてわたしがどうしたかと言えば、結局下着からストッキングから洋服に至るまで、すべてをもう一度きちんと着直してからバスルームを出た。ぼくもシャワー浴びていいですか、と児島くんが言ったことは覚えている。

どうぞ、とだけ答えてバスタオルを渡してから、逃げ込むようにベッドルームに入った。部屋の明かりを消して、枕元のスタンドだけをつけた。

大変なことになってしまった。どうしようどうしよう。まさか、本当にするのだろうか。別にシャワーを浴びたからといって、しなければならないというものではないはずだ。テレビを見たりとか、お喋りをしたりとか、そういうことでもいいのではないか。

いやいや、そんな子供じみた言い訳が通用するはずもない。どうしよう。このままマンションの外に逃げ出してしまおうか。そんなことをベッドに正座したまま、ずっと考え続けていた。

(やっぱり逃げよう)

それしかないと思って立ち上がったが、遅かった。児島くんがバスルームから出てくる音が聞こえてきたのだ。静かに歩き回る足音。何だかわたしはホラー映画のヒロインになったような気分がした。どうか見つかりませんように。

とはいえ、たかだか2LDKのマンションだ。すぐに彼がベッドルームのドアを開いて、中へ入ってきた。ブルーのトランクス、白のTシャツ。右手にバスタオルを持っていた。

「あの……川村さん……」後ろ手にドアを閉めた彼が言った。「このタオル、どうしたらいいですか」

どうしたらいいのだろうか。答えることができないまま、彼を見つめた。微笑んだ児島くんが、とりあえず正座は止めた方がいいんじゃないすか、と言った。わたしは最後の抵抗を試みた。

「あのね、児島くん……あのね、わたしね……やっぱり、ちょっと……」

ちょっと、何なのだろう。自分でも言っていることがさっぱりわからない。児島くんがベッドに近づき、わたしの隣に座った。しばらくの沈黙の後、彼がわたしの肩を抱きよせた。

それからのことは、本当に覚えていない。何というか、必死というか、無我夢中というか、どう振る舞えばおかしくないのか、恥ずかしくないのか、そればかり考えていたような気がする。

何かが始まり、何かが終わった。率直な感想を言うと、やればできるものだ、ということになる。ちょっとスポーツと似ているのかもしれない、とも思った。やったことがあれば、何年振りであっても、だんだん体が思い出してくる。そんな感じだ。

とはいえ、それは終わったから言えることで、している時はそれどころではなかった。そして、終わってからもわたしは寝ることができなかった。対照的に、児島くんはあっさりと眠ってしまっていた。

(やばいなあ)

どうしよう、本当に。こんなことになるなんて、考えてもみなかった。

わたしはもう一度時計を見た。いつの間にか、ＡＭ05：30と表示が切り替わっていた。もう眠れないだろうとわかって、静かにベッドから降りた。とりあえず、朝食の用意ぐらいしておこう、と思った。

2

児島くんが起き出してきたのは、朝七時のことだった。その間わたしは入念にメイクを済ませ、きちんと服を着替え、朝食を作り終えていた。

朝食といってもたいしたものではない。トーストと目玉焼き、冷蔵庫に入っていた野菜で作った簡単なサラダ、そしてコーヒー、それだけだ。

リビングに顔を出した児島くんは、相変わらずトランクスにTシャツという姿だった。着替えがないのだから、それは仕方がない。

「……おはようございます」

そう言った彼が、あの、と辺りを見回した。トイレを探しているのはすぐにわかった。わたしは無言でバスルームの向かいの扉を指さした。すいません、とつぶやいた児島くんが、リビングの椅子の背にかけてあったズボンだけを持って、トイレに入っていった。

出てきた時にはズボンを穿《は》いていた。下着姿では落ち着かなかったのだろう。少し余裕のある表情になっていた。

「……おはようございます」

「……おはようございます」

わたしたちは同じ挨拶を繰り返した。食べる？　と聞くと、もちろん、とうなずいた児島くんが椅子に座った。

黙ったまま、わたしたちはフォークで目玉焼きをつつき、トーストにバターを塗って、それを食べた。何を話せばいいのだろう。

「……今日、お休みなんですか？」

サラダを食べていた児島くんが、ようやく、という感じで口を開いた。休みです、とわたしは答えた。今までの方が、よほど雑な話し方をしていただろう。どういうわけか、わたしたちは丁寧語で会話を交わすようになっていた。

「……土曜日は、休みなので……」

そうですよね、と児島くんが答えた。そちらは仕事なんですかと聞くと、ええ、という答えが返ってきた。

「小さい会社なんで……いつも人手が足りなくて。ぼくみたいな若いのは、便利屋みたいに使われてます」

大変ですね、とわたしが言うと、まあ、それほどでもありませんけど、と彼が言った。そして再び沈黙。

わたしたちはそれぞれコーヒーをお代わりして、何とか間をもたせようとしたけれど、うまくいかなかった。何か話すべきだとわかっていたけど、何を話せばいいのかわからない。状況としてはそういうことだった。

「……何時に、行くんですか?」

「九時には会社に着いてないと……なんで、そろそろかな、と」

児島くんが腕時計に目をやった。わたしは部屋の壁にかけてある時計を見た。七時五十分。

「ここからだと、銀座までけっこうかかりますよ」

「そうですね」

残っていたサラダをしばらくフォークでつついていた児島くんが、いきなり吹き出した。

「いや、すいません……笑うところじゃないのはわかってるんすけど、何か急におかしくなっちゃって」変ですよ、こんなの、と微笑んだ。「不自然っすよ。こんな他人行儀な喋り方。いつものオレらと違うじゃないすか」

「それは……だって……今までのあたしたちとは違うわけだし」

「違わないっすよ。前にも言いましたけど、オレ、川村さんのこと好きです。昨日のことだって、遊びとかそんなつもりじゃなくて、オレなりに真剣だったわけで」

どう答えていいのかわからなかった。遊びと言われても腹が立つが、真剣と言われてもちょっと困る。

わたしも三十七歳だ。次の恋愛は、結婚と直接つながるものにしなければならないと考えていたら、逆に恋愛ができなくなった。

そうしているうちに四年間が経ってしまった。そして、どういう巡《めぐ》り合わせなのか、わたしの前に現れたのは十四歳も年下の男の子だった。

強調するようだけれど、彼のことが嫌いなわけではない。素直に言えば、好きということになる。ただ、彼とつきあうということは考えられなかった。結婚する相手ではないからだ。十四歳下の男の子と結婚するなんて、わたしの中ではあり得なかったし、世間の常識だってそうだろう。

昨夜のことがあった以上、わたしたちはつきあうことになってしまうかもしれない。でも、そういうわけにはいかなかった。

わたしは三十七歳、賞味期限でいえばぎりぎりのラインと言っていい。タイムリミットは迫っている。大切な時間を結果の出ない恋愛に費やしている場合ではないのだ。

「あのね、児島くん……昨日のことなんだけど……」

はっきりさせておいた方がいいだろう。彼のことが嫌いなわけではない。昨夜のことだって、それ自体に後悔はない。流れと勢いでああいうことになってしまったけれど、それはそれでよかった。


ただ、これからのことについては話が別だ。遊びでしたわけではないと彼は言い、わたしもそう思っているけど、だからといってこの関係を続けていくわけにはいかない。

「はい？」

「あの……あのね、はっきりさせておきたいんだけど……」

ヤバイ、と児島くんが突然叫んだ。どうしたのと聞くと、スーツ替えないとまずいです、という答えが返ってきた。

「一回家に帰んないと……昨日と同じ服を着てったんじゃ、上の人から何言われるかわかんないっすから」

若手のOLみたいなことを言った。男の人が同じスーツを二日続けて着ていても、それほど問題になるとは思えなかったが、若い子には若い子なりの規範のようなものがあるのだろう。ワイシャツとジャケットを着込んだ児島くんが、ネクタイをポケットに押し込んだ。

「すいません、慌ただしくて……やべえ、間に合うかなあ」玄関に向かった児島くんが、革靴《かわぐつ》に足を突っ込んだ。「どうも、朝飯ごちそうさまでした。うまかったっす。後でまた連絡しますから。それじゃ」

連絡か、と思った。連絡されたところで、もうどうしようもない。児島くん、次はもうないのよ。そう言おうと思ったけれど、靴の踵《かかと》を踏み付けながらドアを開いた彼に、そんなことを言っても仕方がないだろう。

「じゃ、失礼します」

ドアの外で児島くんが手を振った。エレベーターに向かって通路を走っていくその後ろ姿を見送ってから、わたしはドアを閉め、鍵をロックした。小さなため息が漏れた。

とにかく、一度寝よう。児島くんがいなくなるのと同時に、緊張が解けたのか、一気に眠気が襲ってきた。シャワーを浴びてからにしようかと思ったけれど、何もかもが面倒になって、わたしはもう一度ベッドルームに戻った。

3

目が覚めたのは夕方だった。電源を切っていた携帯電話をオンにすると、着信あり、という文字が浮かび上がった。伝言が二件残っている。どちらも児島くんからのものだった。

最初の一件は八時五十九分、間に合いましたあ、というひと言だけ、そして二件目はつい一時間ほど前にかかってきたもので、時間があったら電話ください、とやっぱり短いメッセージが残されていた。

それ以外にもメールが三通きていた。ひとつは大学時代の友人からで、最近どうしてる、というようなあまり意味のないメールだ。そして後の二通は児島くんからだった。

昼過ぎに送られてきたメールには、調子はどうですか、とだけ記されていたが、問題は二通目のメールだった。

〈明日、時間ありますか？　よかったら食事とかどうですか？〉

メール着信時間、三時半。たぶん、留守電にメッセージを残した後、念を押すつもりでメールを送ってきたのだろう。

明日、日曜日。別に予定はない。いつものように淡々と一日を過ごすつもりだった。

食事、買い物、洗濯。そして借りているDVDを返却し、新作を一本借りる。夕食後にそれを見てから寝るのが、ここ数年のわたしの日曜日の過ごし方だった。

もちろん、友人と会ったり食事をすることもあったけど、明日はそんな予定はなかった。どうしようかと思ったけれど、会わない方がいいだろうというのが結論だった。会っていろんなことをはっきりさせた方がいいとも思ったけれど、今日の明日でそんなことを言う勇気はなかった。

わたしは返信メールの文章を作った。明日は友人と会う約束があるので、ちょっと時間がありません。申し訳ないです。そんな内容だ。

メールを送って正確に二分後、携帯の着信音が鳴った。彼から携帯を取り上げたらいったいどうなるのだろう。ストレスのあまり、円形脱毛症になってしまうのではないか。

〈残念です。でも、約束があるのなら仕方がないですよね。また誘います〉

誘われてもなあ。もうゆうべのようなことは二度とないと、今すぐはっきり言った方がいいのだろうか。難しいところだ。わたしは手の中の携帯電話をしばらく見つめてから、また電源をオフにした。

(とりあえず、もうちょっと寝よう)

物事をはっきりさせないのは悪い癖だと常々思っていたけれど、今回に限っては仕方がないのではないか。どう答えていいのかさえわからない。考えるのも面倒だった。

断るのって、すごくエネルギーの要る作業だ。ましてや、あんなことがあった後ならなおさらだった。

（明日、考えよう）

明日できることは今日しない、というのは川村家の家訓だ。両親共にそういう考え方の持ち主だったのだから、娘がこういう性格になるのは無理のない話だろう。明日、明日、とつぶやきながら、携帯電話をテーブルの上に置いた。

4

翌日の日曜日、児島くんからメールが来た。昼前と、それから午後になってからのことだ。どちらもご機嫌窺いのようなメールだったので、とりあえず放っておいた。

わたしがしたことといえば、いつもの休日と同じで、朝と昼を兼ねた食事を取ってから部屋の掃除と洗濯を済ませ、それから少し早かったけれど、夕食のための買い物に出た。帰りにレンタルビデオ屋へ寄って、一本のＤＶＤを借りた。それだけだ。

家に帰っても、別にすることはなかった。だらだらとテレビを見ていると、夕方になった。洗濯物を取り込んでから、夕食を作って一人でもそもそと食べた。

食器を洗い、キッチンの後片付けをしてから出しっ放しにしていた洗濯物を畳んでクローゼットにしまった。時計を見ると、もう夜の八時になっていた。いつものことながら、休みの日の時間はあっと言う間に過ぎていくものだ。

わたしが借りてきたＤＶＤは『愛についての物語』という韓国の悲恋映画だった。主演しているフィル・ウォンという役者がカッコイイんですよ、と会社の後輩が言っていたのを思い出したからだ。

ストーリー自体はわかりやすくて、ガンになった恋人の願いをかなえるために、二人が初めて出会った場所から、思い出の地を巡っていくという話だ。映画のラストで恋人は死んでしまうのだが、わかっていても泣けてくるのはどういうことなのか。韓国映画の作り方の問題か、それともわたしの涙腺《るいせん》が弱くなっているのか。

二時間足らずの映画だったけれど、それなりに満足できる内容だった。後は風呂に入って、ベッドにもぐりこめば、いつも通りわたしの日曜日が終わる。

そのはずだったが、何となく物足りない気がした。なぜなのか、あまり考える必要はなかった。児島くんだ。

この『愛についての物語』という映画を、わたしのリビングで一緒に見たらどうだっただろうかと思った。一人で見るより、二人で見た方が楽しいのではないか。そんな考えが頭をよぎった。

（いけないいけない）

彼は十四歳も下なのだ、とわたしは胸の内で何度も繰り返した。恋愛はあり得るかもしれないが、結婚はない。そして結婚のない恋愛をするつもりはなかった。

確かに、一人で見るより二人で見た方が楽しいかもしれない。お互いに感想を言い合ったり、話すことはたくさんあるだろう。でも、そんなわけにはいかない。それではまるで恋人同士ではないか。

わたしは児島くんとつきあうつもりはない。というより、彼とはつきあえない。それが常識というものだろう。

テレビを消してから、お風呂に入る準備をするため、ベッドルームに入った。下着とかを出している時、リビングから携帯の着信音が聞こえた。

わたしは下着とバスタオルを持ったまま、リビングに戻った。携帯が鳴ったのは、メールが届いていたためだ。発信人はもちろん児島くんだった。

〈お疲れさまです。夕食会、楽しかったですか？　それともまだ続いてますか？　もしあんまり遅くなるようでしたらいつでも呼んでください。お迎えにあがりますので。とりあえず、おやすみなさい〉

大変ありがたい申し出だったが、夕食会はなかったし、今日は一日家にいたようなものだ。お迎えにきてもらう必要もない。とはいえ、今日三度目のメールだ。さすがに何も返さないというのは、失礼というものだろう。

わたしはバスタブにお湯を半分ほど溜めてから、文庫本を一冊持ってお風呂に入った。この数年ほど、半身浴を続けているが、その間に読むための本だ。いつものようにのんびりと三十分ほどお湯に浸《つ》かってから体を洗い、髪の毛も洗った。

その後も歯を磨いたり、スキンケアをしたりで、結局バスルームから出たのは一時間半ほど経ってからのことだった。パジャマに着替えたところで、ようやく携帯を取り上げた。

〈今、家に帰りました。ご心配、ありがとうございます。では、おやすみなさい〉

送信を確かめてから、電源を切った。たぶん、児島くんはメールの返事を寄越すだろうし、下へ手《た》をすれば電話をかけてくるかもしれない。日曜日の夜だ。明日からまた仕事が始まる。余計なことで頭を悩ませたくなかった。

そのままベッドに入った。明かりを消すと、すぐに眠気が訪れた。あっさりと眠ってしまったのは、きっと何も考えたくなかったからなのだろう。

5

月曜日、会社に出ると、いつものように朝会があった。朝会は形式的な会議で、職場環境の整理、新しく導入されたコンピューターウィルス対策のファイヤーウォール、そんな話がいくつか続いた。ただ、いつもと違っていたのは、最後になって秋山部長がわたしの方を向いて、実は、と言い出したことだった。

「川村さん、これは販売部長の方から言われたんだけど、例のアスガルドで〝モナ〟を販売した件、かなりというか、予想以上にうまくいってるらしいよ」

はあ、とわたしはうなずいた。いきなりそんなことを言われても、どう答えていいのかわからない。宣伝部員、広報課員がみんなわたしの方を見ていた。

「テスト販売の最終的な結果が出たそうだ。細かい数字は省くけど、要するに予想の百二十パーセント増しで売れたようだね。うちにとっても、いろんな意味でありがたい話だけど、アスガルドさんの方も〝モナ〟に釣られる形でハンバーガーとかその他の商品の売上がアップしたらしい。先方も非常に喜んでいるということで、明日の午後にはアスガルドの社長がうちに表敬訪問に来ることも決まった。これは正式に役員会議でも報告されているし、社長をはじめ役員たちも、結果に対して満足している。ぶっちゃけるとね、川村さんは今、社長表彰の候補に上がっているんだ」

おお、とみんなの口からため息が漏れた。銘和乳業では、ヒット商品を出したり、社業について大きな貢献があったと判断された社員について、金一封を出すという表彰制度がある。

一番低いレベルでいうと部長表彰があるが、これは士気を高めるためのもので、別にヒットを飛ばしたりしなくても、半年に一度ぐらいの順番で、誰かが三万円とか五万円とか、それぐらいのお金をもらう。

その上になると役員表彰で、これはかなり厳重な審査があり、各セクションの役員判断で表彰をすることもあれば、今年は該当者なし、ということになってしまう場合もある。最近の例でいうと〝モナ〟の開発チームは新製品開発部の役員から表彰を受けるという噂だ。

そして社長表彰ということになると、とりあえずここ数年は聞いたことがない。いわゆる社長賞は、年度末に必ずあるが、社長表彰とは違うものだ。

五年ほど前、社のシステム部が全社のコンピューターシステムを大きく変革し、作業効率を約二倍に高めたことがあり、その時システム部が社長表彰を受けたことは覚えている。そして社長表彰の金額は、桁《けた》がひとつ違うという噂だった。

「今回は、形としてはたぶん宣伝部に対してということになると思うけど、実際には川村さん個人に与えられることになるはずだ」秋山部長が話を続けた。「僕もこの会社は長いけど、個人に対する社長表彰っていうのは、あんまり聞いたことがないな」

すげえ、と末席で水越が言い、同時に拍手が起こった。いやそんな、まだ決まったわけじゃないんだし、皆さん気が早すぎませんかとは思ったが、とりあえずありがとうございます、と頭を下げた。

「じゃ、まあそういうことで」秋山部長が話を締めくくった。「何かあるか？　なければ解散」

あっさりしているところは、秋山部長の美点だと思う。そのままわたしたちはぞろぞろと会議室を出た。

ふと気がつくと、わたしと入れ替わる形で広報課に異動した小川弥生がこっちを見ていた。何か言いたそうな顔をしている。彼女との間に、何かあっただろうか。弥生がわたしの方に近づいてきた。

「あの……川村さん、社長表彰おめでとうございます」

「そんな、やめてよ。まだ決まったわけじゃないんだし」

なるほど、それが言いたかったのかと思ったが、弥生は更に一歩わたしの方に寄ってきて、ちょっとお話があるんですけど、昼休みにいいですか、と囁いた。

「いいけど……仕事のこと？」

ええ、まあ、そんなことです、と弥生がうつむきながら言った。彼女も広報課へ行ったばかりで、何かと勝手がつかめないこともあるのだろう。社歴十数年のわたしでさえも、宣伝部の仕事にまだ慣れていないのだから、入社二年目の彼女が混乱してしまうのも無理はない。

「わかった。じゃあ、ランチでも一緒に食べようか」

「あの……社内じゃない方がいいんですけど……」

銘和乳業には社員食堂がある。そこではない方がいいということらしい。他人には聞かれたくない悩みとか、そういうこともあるのだろう。

弥生が会社の近くにあるジョアンナという喫茶店の名前をあげた。わたしもよく知っている店だ。十二時にその店で待ち合わせることにして、わたしたちはそれぞれの部署に戻った。

6

十二時ちょっと過ぎにジョアンナへ行くと、もう弥生がわたしを待っていた。一番奥の目立たない席だった。

「ごめん、ちょっと遅れたね」

いえ、とアイスコーヒーのグラスを前に弥生が首を振った。何か食べないの、と尋ねると、ちょっと食欲がなくて、とまた首を振った。

ジョアンナは飲み物がメインの普通の喫茶店だ。食べ物の類がそれほど多いわけではない。わたしはメニューを開き、クラブハウスサンドイッチとアイスティーを頼んだ。

「どうしたの、そんな深刻な顔して」

その時になって初めて、わたしは妙な胸騒ぎを感じていた。小川弥生とわたしは別にそれほど親しい関係にあるわけではない。相談事を持ちかける相手は他にもいるだろう。

そして社員食堂ではなく、このジョアンナという店にわざわざわたしを呼び出したこと、更には微妙に硬直した表情。彼女はわたしにいったい何の話があるというのだろうか。

しばらく沈黙が続いた。弥生は何度か水の入ったグラスに口をつけ、その合間にアイスコーヒーを飲んだ。わたしのオーダーしたアイスティーとクラブハウスサンドイッチが運ばれてきてからも、その態度は変わらなかった。

「ごめんね。じゃあ、あたし食べるよ」

どうぞ、と弥生がうなずいた。サンドイッチをひと口食べてからアイスティーのストローに口をつけた時、いきなり弥生が口を開いた。

「あの、川村さんって……児島さんとどういう関係なんですか？」

アイスティーがどこか別の場所に入ってしまったらしい。思わずわたしはむせて咳《せ》き込んでしまった。

「児島さんって……青葉ピー・アールの？」

そうです、と真剣な目で弥生が言った。

「どういう関係って言われても……仕事の関係っていうか……」

「金曜日、川村さんは児島さんと食事されてますよね」

どうして弥生がそれを知っているのだろう。何だか刑事の取り調べを受けているようだ。アリバイはあるのか、と今にも聞かれそうな雰囲気だった。

「金曜……うん、そうね……食事、したよ。でも、それは今回のアスガルドの件があったから、そのお礼って意味で、それ以外じゃないし」

「本当ですか？」

間髪を入れず、弥生が質問をぶつけてきた。本当にそう、とわたしは答えた。少なくとも、食事に関してはそのつもりだった。それは間違いない。ただ、その後の展開がわたしの考えていたことと大きく違ってしまったのも事実ではあるのだが。

「本当に、そうなんですか?」

もう一度弥生が尋ねた。本当だってば、と言いながらわたしは顔を伏せるようにしてサンドイッチを食べた。うろたえているのを悟られてはならないと思ったからだが、どう考えてもそれは逆効果だった。自分でも認めざるを得ないが、明らかにわたしの態度は不自然なものだった。

もちろん、弥生にもそれはすぐにわかっただろう。女の勘というのは恐ろしいもので、こういう時には相手が何を考えているのか、すぐにわかってしまう。

「もうひとつ、聞いてもいいですか」

はい、となぜか丁寧語でわたしは答えた。

「川村さんは、児島さんのことを……どう思っているんですか」

「どうって言われても……仕事上のパートナーというか、まあそういうことになるんじゃないかなあ」

「仕事の上だけでのおつきあい、ということですか?」

だんだん怖くなってきた。こんなふうにして、犯罪者は何もかも自白してしまうのだろうか。

「もちろん、そうよ……それ以外、何があるって言うの? あたしは銘和乳業の宣伝部の課長だし、あなたは広報課員だし、彼は青葉ピー・アール社の営業マン。でしょ? そしてあたしたちの仕事は少しずつ重なっている。仕事を円滑にやっていくためには、なるべくお互いに親しくしておいた方がいい。必要があれば食事ぐらいするし、もしかしたら飲みに行くことだってあるかもしれない。でも、それはあくまでも仕事上のつきあいで、それ以上のものではないと思ってる」

じっと弥生がわたしの目を見つめた。彼女の目の奥で、猜疑心《さいぎしん》が揺らいでいるのがわかった。目を逸《そ》らしてはいけない。猛獣使いの心境だった。

「そうですよね」弥生がため息をつきながら言った。「川村さんは児島さんより全然年も離れているし……そんなこと、あり得ないですよね」

年齢のことを言われると、ちょっと腹が立たないわけでもなかったが、そうそう、とわたしは話を合わせた。

「あの子、まだ大学出たばっかりでしょ？　小川さんがどう思ってるかわからないけど、年下過ぎるって」

とりあえず笑ってみせた。だが、それがいけなかったらしい。昔からわたしは演技が下手だ。弥生が不審人物を見るような目になった。

「でも……ずいぶん親しそうですよね。児島さん、別に用がなくても、いつも川村さんのところへ挨拶とかしに行くし、二人で話してるのを見てると、すごく楽しそうだし……」

「それは……別にそんなことないと思うけど。もし、そういうふうに見えるんだったら、たぶん彼の方があたしに気を使ってるんだと思うよ。何しろ、ほら、自分で言うのもあれだけど、あたしもどっちかって言ったら、お局様の部類に入るわけじゃない。そういう人の機嫌を損《そこ》ねると、後が面倒だって、彼もわかってるんじゃないかな。だから、一生懸命気を使って……」

「川村さんも、楽しそうに見えるんですけど」

弥生がグラスの水を一気に飲み干してから言った。目が据わっていた。

「いや、その……小川さんもあたしぐらいの歳になったらわかると思うんだけど、あたしたち、あんまり若い男の子と話す機会がないじゃない。あたしなんか、いつの間にか課長職まで押し付けられて、気がつけば社内での会議とか、みんな年上の人ばっかりになっちゃって……そういう意味で、たまに若い男の子と話すと、いい気分転換になるっていうか……」

「わたし……児島さんのこと……好きなんです」

ぽつりと弥生が言った。それはそうだろう。そうでなければ、わたしをこんなところまで呼び出したりはしないはずだ。

「何て言うか……児島さんと話したり、打ち合わせする機会とかはあるんですけど……うまく話せなくて……逆に川村さんとか、すごくうまく話してるのを見ると、どうしたらいいのかわからなくて……」

「そんな……そんなことないって。確かに、話したりとか、そういうことはあるけど、それはむしろ年齢が離れてるから、逆に彼の方も話しやすいんだと思うよ。あなたも、あんまり考え込んだり、意識したりしないで普通に接してみたら？　彼だって、その方が楽だと思うんだけど」

はい、と弥生がうなずいた。何でわたしが彼女を慰めなければならないのか、よくわからなかったけれど、とにかくこの場を穏便に済ませるためには、そうするしかなかった。

それからわたしは言葉少なくサンドイッチを食べ終え、その間弥生はアイスコーヒーを飲んでいた。気がつくと、十二時五十分を過ぎていた。

「戻らないと」

「ええ」

弥生が財布をポーチから出したけど、ここはわたしが払うから、と言ってレジに向かった。先輩とかそういうことを抜きにして、わたしが払わなければならないような気がしていた。

店を出ると、日差しが強かった。わたしたちは建物の蔭を選びながら、並んで歩いた。

「あの……川村さん……」銘和乳業のビルが見えたところで、弥生が口を開いた。「また、相談とかしてもいいですか?」

「相談?」

困った。相談されても、何と言っていいのかわからない。ただ、この状況ではうなずくしかないだろう。もちろん、とわたしは答えた。

「もっと……わたしが積極的になった方がいいんでしょうか」

弥生が真剣な表情でわたしを見た。そうねえ、と中途半端にわたしはうなずいた。

「あたしも、そんなに児島くんの性格までよくわかってるわけじゃないから、何とも言えないけど……あなたが本気だったら、それもいいかもしれない」

「……やってみます」

そうね、と答えながら、わたしはビルの中に入った。小さなため息が漏れた。

7

その日の仕事が終わったのは、夜七時過ぎだった。わたしは会社を出て、家路についた。東久留米の改札を抜けた時、それを見計らっていたかのように携帯電話が鳴った。児島くんからだった。

「もしもし」

「川村さんすか？　児島です」

「はい」

「今、どちらですか？」

「東久留米。今から帰るとこ」

「あのですね」児島くんの声にノイズが重なった。「今日、川村さん、小川さんと何か話しました？」

駅前の道を歩きながら、うん、と答えた。参りましたよ、と児島くんが辛そうな声で言った。

「川村さん、また何か妙なこと吹き込んだんでしょ。もっとオレと話すようにした方がいいとか、連絡とか小まめに取った方がいいとか」

「そこまでは言ってないけど……まあ、もうちょっと積極的になってもいいんじゃないの、ぐらいのことは言ったかも」

「何でそんなこと言うのかなあ」途方に暮れたような声だった。「メールとか、どんどん来るんですよ。スパムメールぐらいの勢いで。今度飲みに行きませんか、とか」

弥生ならそれぐらいのことはしかねないだろう。思い詰めるタイプなのは、傍《はた》から見ていてもわかった。

「行けばいいじゃない」

「そんなわけにはいかないっすよ。オレ、川村さんとつきあってるわけだし。二股《ふたまた》かけたりとか、そんなことができるほど器用じゃないんで」

「つきあってる?」わたしは足を止めた。「ちょっと待ってよ、児島くん」

「いや、まあ二股っていうのは冗談ですけど、そんな気もないですし、まあ川村さんがいてくれれば、それでいいんで」

「あのね、児島くん。はっきりさせておきたいんだけど」

わたしは電話を持ち替えた。何ですか、とちょっと不機嫌な声がした。

「ちょっと誤解があるみたいなんだけど……別にあたし、あなたとつきあってるつもりじゃないし……そりゃ確かに、この前のことはあったけど、だからと言って、つきあうとかそういうんじゃないし」

「すいません、川村さん、言ってることよくわかんないんですけど……じゃあ、この前のあれは遊びだったってことですか」

答えに詰まった。遊びと言われても困る。そんなつもりではなかった。だけど、つきあうとか、そういうことと直結する問題ではない、とも思っていた。

「……まあその、一種のアクシデントっていうか……」

「今、東久留米なんですよね? オレ、そっち行きます」

宣言するように児島くんが言った。そんなの駄目よ、とわたしは首を振った。

「来られても困るし。会ってもいいことなんかないって」

「いや、行きます。家までとは言いません。駅の近くに喫茶店ぐらいありましたよね。とにかく、会って話しましょう」

ちょっと考えてから、わかった、とわたしは答えた。優柔不断もいい加減にした方がいいだろう。もうこうなったら、彼の言う通り、いろんなことをはっきりさせるためにも直接会って話した方がいいと思ったのだ。

問題にきっちりと片をつけるには、会って話すのが一番の早道だ。仕事だろうがプライベートだろうが、それは同じことだろう。駅前にあったケントという名前の喫茶店で一時間後に待ち合わせることにして、わたしは電話を切った。

8

一度家に戻ったわたしがまずしたのは、メイクを落とすことだった。さすがにすっぴんというわけにもいかないので、軽くファンデーションだけは塗ったものの、口紅とかはわざとささなかった。三十七歳の真の姿を見せてやれば、児島くんに対して余計な事を説明する必要はなくなるだろう。

別にやけになっていたわけではなかったが、それぐらいしないと彼にはわかってもらえないと思ったのだ。当然、着ていく服もジーンズにTシャツ、そして着古したサマーカーディガンという、どちらかといえば部屋着に近いものを選んだ。

これでもまだ好きだの何だの言うようなら、彼はよほどの変人か、それとも悪趣味かのどちらかだ。そして、そのどちらともわたしはつきあいたくない。

約束通り一時間後にケントという店に着くと、児島くんが店の前で待っていた。入って待ってればよかったのにと言うと、待つのは嫌いじゃないんで、と彼が笑った。やっぱり変な子だと思った。

わたしたちは店に入り、奥の方に席を取った。彼はコーヒーを、わたしはアイスティーを頼んだ。ファストフードのような速さで飲み物がテーブルに並んだ。何というか、戦闘開始の準備が整ったという感じがした。

「あの、川村さん」コーヒーにミルクを入れて、スプーンでかき回していた児島くんが顔を上げた。「さっきの話なんですけど」

待って、とわたしは手を振った。こういう時は先制攻撃に限るだろう。

「あのね、児島くん……さっきも言った通り、児島くんにはいろいろお世話になったし、感謝もしてるし、迷惑もかけたし、それでもあたしのことフォローしてくれて、いい人だと思ってる。この前のことだって、そのお礼とかそんなつもりじゃなかったし、もちろん遊びっていうか、若い男の子とちょっとしちゃおうかとか、そんなんじゃなかったの。ただ、あれはその、勢いっていうか、アクシデントみたいなもので……」

はあ、と児島くんがうなずいた。わたしはアイスティーをひと口飲んだ。

「それでね、児島くんのことはいい人だと思ってるし、仕事をしてても信頼できるって思ってる。ただ、それとおつきあいをするとか、そういうことはまた違う話で……」ね、見てよ、とわたしは自分の顔を彼に少し近づけた。「要するに川村晶子は三十七歳で、素顔はこんなものなの。スタイルだっていいわけじゃないし、肌だってもう全然だし、児島くんみたいな若い子とじゃ釣り合わないの。それはわかるでしょ？　無理なのよ、最初から」

はあ、と児島くんがもう一度言った。わたしの言っていることが理解できているのだろうか。

「だからね、児島くんには、もうちょっと歳の近い子がいいと思うの。周りを見てごらんなさいって。いくらでもいるでしょ、お似合いの人が」

「……オレと川村さんは、お似合いじゃないですかね？」

しばらくの沈黙の後、児島くんが言った。そりゃ、お似合いとは言えないでしょ、とわたしは答えた。

「児島くん、二十三歳だっけ？　あたしの方が十四も上なんだよ。そういうのって、世間はお似合いとは言わないんじゃないかな」

「世間じゃなくて。オレらの中で、オレらはお似合いじゃないですかね。川村さんとオレは、けっこう似合ってると勝手に思ってるんですけど」

ちょっと真剣な声だった。わたしは彼の顔を見た。世間じゃなくて、という児島くんの言葉には、妙な説得力があった。

「川村さんの言ってること、わかる部分もありますよ。確かに、普通女性の方が十四歳も上のカップルなんて、めったにいないですよね。常識的に考えたら、あり得ないだろうっていうのもわからなくないです。でも、そんなのどうでもいいじゃないすか。世間とか、普通とか、常識とか、そんなの。オレは本当に川村さんのことを好きで、それには年齢とかそんなの全然関係なくて、好きになっちゃった相手がたまたま十四歳上だったっていうだけの話なんですよ、オレにとっては。川村さんはオレのこと、どう思ってますか？　十四歳年下は頼りないですか？　世間知らずに見えますか？　オレのこと、男として意識はできないですか？」

どう答えればいいのだろう。頼りない、とは思っていない。むしろ、若いけど頼りがいのある人だと思っている。

世間知らずというのはそうかもしれないが、じゃあわたしがどれだけ世の中のことを知っているというのだろう。広報課から宣伝部に異動しただけで、あたふたしているぐらいだ。その意味では児島くんや他の人と大差ないかもしれない。

「そりゃ……意識してないわけじゃないけど……」

「オレのこと、嫌いですか？」

「そんな……嫌いとか、そういうんじゃなくて」

「それって、どういう意味ですか？　嫌いじゃないけど好きでもないってことなのか、それとも嫌いじゃなくて、むしろ好意を持ってるってことですか？」

「待って……待ってよ。そんな追い詰めるみたいに言われても……」

心臓がばくばく鳴っているのがわかった。論理で攻められるのは慣れていない。わたしはアイスティーをもうひと口飲んだ。児島くんは黙ったまま腕を組んで、わたしを見つめていた。

「あの……あのね、児島くん……何ていうか……」

「とにかく、常識とかそういうのにとらわれるの止めません？　正直な気持ちを教えてほしいんです。オレは川村さんのこと、年齢とかそんなの関係なく好きです。つきあってほしいと思ってます」

児島くんがまっすぐわたしを見つめた。何だか彼のペースに巻き込まれているような気がする。でも、それは決して嫌な感じではなかった。むしろ、何となく安らげるような気さえしていた。

「……本気で言ってんの？」

もちろん、と児島くんがうなずいた。

「年上の女をからかうと、後が怖いよ」

「わかってます。からかってなんかいないですよ。本気ですってば」

「くどいようだけど、もう一度言うわよ。あたしは三十七歳、あなたは二十三歳、十四歳もあたしの方が上なのよ」

「その話、もう止めません？　年齢は関係ないって、さっきから何度も言ってるじゃないすか」

児島くんが笑った。その笑顔を見ているうちに、自分も微笑んでいることに気づいた。

悔しい。何だかうまく丸め込まれたような気がする。でも、それでいいのかもしれない。丸め込まれる時には、きれいに丸め込まれてしまった方がいいのかもしれない。

「ひとつだけ、聞かせてくれる？」

「何ですか」

「あたしのどこがいいの？」

どこですかねえ、と腕を組んだまま児島くんが首をひねった。正直といえば正直だけれど、肝心なところで女心がちっともわかっていない彼らしい答えだった。

「ちゃんと言いなさいよ」

「……全体的な雰囲気っていうか……要はルックスですかね」

ルックスという単語が出てきたのには驚いた。三十七年間生きてきて、ルックスを評価されたことはあまりない。

「つまり、好みのタイプだっていうことですよ」照れ臭そうに児島くんが言った。「川村さんだって、今までの恋愛とかもそうだったでしょ？　どこを好きって言われたって、そんなの答えようがないじゃないすか。何となくいいなあって思って、そういう気持ちが少しずつ大きくなって、それが好きってことなんじゃないですかね」

そうかもしれない。人を好きになるのに、明確な理由なんてめったにあるものではないだろう。出会って、何となく気になって、偶然とかもあって、親しくなって、いつの間にか好きになっている自分に気づく。そういうものなのかもしれない。

「川村さん……オレじゃ駄目ですか？」

児島くんの手がゆっくりと伸びて、わたしの手を包んだ。大きくて、温かい手だった。わたしはその手を外そうとはしなかった。自分でも気づかないうちに、彼の手を握り返していた。

「……駄目じゃない……かもしれない」

「オッケーってことですか？」

駄目だ。わたしの負けだ。彼の笑顔にはかなわない。どうしようもなかった。

「大事にしてよ。歳取ってるんだから」

歳取ってるって、と児島くんがまた笑った。どうしようか、とわたしは尋ねた。

「……うちに来る？」

「いいんですか？」

「しょうがないじゃない……あたしたち、つきあってるらしいから」

「らしいじゃないです」児島くんが言った。「つきあってるんですよ」

そうなのか。そうなのだろう。そういうことになるのだろう。児島くんがわたしの手をもう一度そっと握った。

ちょっとだけ困ったなと思ったけど、こうなってしまったからには仕方がない。いつまで続くのかわからないけれど、とにかく始めてみることにしよう。

帰ろうか、とわたしは言った。児島くんが嬉しそうに笑いながらうなずいた。

別れについて

1

表参道の街に、山下達郎の『クリスマス・イブ』が流れていた。十一月も終わりに近づいた土曜日のことだった。

「晶子さん、クリスマスどうする?」

児島くんがコーヒーにピッチャーのミルクを注ぎ入れながら言った。クリスマス。そうか、そういうイベントもあるのだなあ、と改めてわたしは思った。この数年、クリスマスについて意識したことはない。

もちろん、街がクリスマス仕様になり、恋人たちがいつもより着飾って歩いているのは目にしていたのだが、わたしにとってそれはあくまでもひとつの風景でしかなかった。

仕事柄、ということもある。銘和乳業は社名にもあるように、乳製品を扱っているため、クリスマスはある意味で稼ぎ時だった。例えばクリスマスケーキなどには当然牛乳が使われる。それ以外にも乳製品の需要は限りなくあった。業務用の牛乳が最も売れるのは、年間を通してこの時期とも言われている。

従って社員はそれぞれに忙しく働かざるを得なくなり、特にわたしのように独身で恋人のいない中堅社員で、それなりのスキルも経験もある社員は便利扱いされる傾向が強かった。これは会社としても当然の措置だっただろうし、わたしの側にもあえて異を唱える理由はなかった。

会社の命じるまま、この時期になるとさまざまな業務をこなしてきた。それもあって、クリスマスというイベントを特別に意識することがなくなっていた。

加えていえば、三十七歳であるわたしにとって、クリスマスなどどうでもいいというのが本音でもあった。わたしには、ない方がいい行事が三つある。クリスマス、バレンタイン、誕生日だ。

「クリスマス、ね」

わたしはミルクティーをひと口飲んだ。そう、クリスマス、と児島くんが微笑んだ。

あれから、約五カ月ほどが経っていた。児島くんに押される形でわたしたちはつきあい始めたが、どうせ長続きすることはない、というのがわたしの率直な考えだった。年齢差のことも含めて、わたしにには別にこれといったセールスポイントがあるわけではない。

中年女とまで自嘲《じちょう》したくはなかったし、まだそこまで言わなくてもいいのではないかという想いもあったが、実態としてはやはり中年女の範疇に入るのかもしれなかった。

それに対し児島くんは二十三歳、八月の時点で彼は誕生日を迎えていたため、今では二十四歳になっていたが、身長、ルックス、性格、その他もろもろ含めて今が売り出し時と言っていいだろう。このまま数年経てば、ある種の渋ささえも身について、引く手あまたになるのは目に見えていた。

これほど釣り合わないわたしたちの関係がそれほど長く続くはずがない、というのはわたしも含め友人たちの一致した観測でもあった。客観的に見て、本当にそうだと思う。

まあ、それでもいいじゃないの、と言ったのは友人の紺野友美だ。児島くんとつきあうようになってからひと月ほど経った頃、わたしは彼女にその事実を報告していた。グッジョブ! というのが友美の第一声だった。

「晶子、あんたはね、あたしら三十代後半の女たちに、夢と希望を与えてくれたんだよ。二十三歳の男とつきあうだなんて!」

夢か希望か知らないが、確かにそういう側面もないとはいえない。あんたはラッキーだよ、と友美が言った。

「ないって、そんなのフツー。あたしらの年齢になったら、二十三の男と寝るなんて、ホストクラブで大金でもばらまかない限り、あり得ないって」

おっしゃる通りです、と電話に向かってわたしはうなずいた。

「そりゃあね、続くか続かないかは別として、ラッキーな話だって。奇跡に近いね。結構な話じゃございませんか。あやかりたいね、あたしも。ねえ、その児島くんとかっていうのに言ってさ、友達とか紹介してくんないかな」

羨ましいわあ、と友美が心の底からうめき声をあげた。そうなのかもしれない。十四歳も年下の男の子に言い寄られて、実際におつきあいすることになってしまうなんて、そんな虫のいい話は考えたこともなかった。

しかも相手はジャニーズレベルのいい男なのだ。友美ではないが、ラッキーという以外、他に形容の仕様はないだろう。

「まあでも、あんまり期待しちゃいかんとも思うけどね。あんたのどこに魅《ひ》かれたのかは、あたしにもわかんないけどさ、はっきり言って一過性のハシカみたいなもんだと思うしね。まあ、いい夢見させてもらってると思ってつきあうぐらいで、ちょうどいいんじゃないの？」

友美が嫉妬《しっと》で言っているのではないことは、長年のつきあいでよくわかっていた。彼女は男勝りのさっぱりした性格で、友達の恋愛を意味もなくやっかんだりするような女ではない。

もちろん、わたしも同じ意見だった。ひと月続けばたいしたものだと思っていたし、三カ月続けばある意味立派なことだと感じてさえいた。ところがどういうわけか交際は五カ月近くに及び、今のところわたしたちの間に何の問題もない。別れる気配すらなかった。

仕事の関係もあって、彼とは毎日のように会社で顔を合わせていたし、週に一、二度はお互いの家を行き来し、休みの日は会うのが習慣となっていた。最初のうちこそ彼はわたしのことを川村さんと呼んでいたが、夏を過ぎた頃から晶子さんと下の名前で呼ぶようになり、最近では晶子と呼び捨てにすることさえあった。

わたしは最初から今日に至るまで、児島くんと呼んでいる。要するに、わたしたちの関係は決して悪くなかった。むしろ、より親しさの度合いが高まっていると言っていいだろう。

「クリスマス、ですか」

もう一度わたしは言った。うん、と児島くんがうなずいて、くわえていた煙草に火をつけた。

「一応さ、二人で過ごす初めてのクリスマスなわけだから、まあ少しはその、ちゃんとしたところで食事するとかさ」

彼が有名なレストランの名をいくつか挙げた。まだクリスマスまでにはひと月ほどあるが、彼が今言ったレストランはもう予約で一杯だという。ただ、彼の兄がレストラン関係に顔が広いということもあり、今だったらその関係で席が取れるかもしれない、と言った。

(そういえば、二十代初めの頃ってそうだったよなあ)

わたしが大学生の頃が、いわゆるバブル期だった。誰もが競うようにして高級レストランの予約を取り、シティホテルのスイートルームに泊まったりしたものだ。わたし自身、その恩恵に与ったこともある。

あれはあれで楽しかったが、今となってはあまり興味はなかった。クリスマスだろうとお正月であろうと、いつものようにゆっくりのんびりまったりしたい、というのが正直なところだ。

とはいえ、児島くんの言うことにも一理ある。二人にとって初めてのクリスマスなのだから、きちんと正装して、雰囲気のいいレストランで食事をしてみるのもいいかもしれない、と思った。

「あたし、そんなに詳しいわけじゃないから……児島くんに任せるよ」

「そう？　晶子さんがいいなら、こっちでセッティングとかしちゃうけど、いいかな」

「ゴメンね、面倒かけて」

「全然。それも男の甲斐性だから」

さて、と児島くんが時計を見た。そろそろ行きますか、という意味だ。わたしたちは渋谷で映画を見ることにしていた。

「出ようか」

伝票を取り上げた児島くんが、レジの方へと向かった。わたしはおとなしくその後に従った。

2

映画を見てから軽く食事をして、そのまま二人でわたしのマンションに帰った。明日の日曜日、彼は青葉ピー・アール社が協賛しているイベントに出なければならないため、しばらくテレビを見てから少しだけ話をして、それからお風呂に入って一緒にベッドにもぐりこんだ。

わたしたちのセックスライフについて、殊更《ことさら》口にしたいわけではない。する時もあればしない時もある。おしなべて言えば、平均的日本人カップルよりは少し多いかもしれないが、ギリシア人と比べたら遥かに少ない、というのが実際のところだった。

わたしも女性として、人並みの欲望はあるつもりだ。ただ、それほど積極的というわけではない。児島くんも同じようなところがあって、その辺りのわたしたちのリズムはだいたい合っていた。そういうところも、わたしたちの関係が長続きしている理由のひとつかもしれなかった。

いつもそうだが、彼は寝付きがいい。ベッドに入って十分も経たないうちに、安らかな寝息が聞こえてきた。

わたしも寝付きが悪い方ではないのだが、何となく寝付かれないまま、枕元のスタンドのスイッチをつけた。床の上に直接置いていたファッション誌の頁をめくりながら、ぼんやりと考え始めた。今までのこと、そしてこれからのこと。

今、たぶんわたしは幸せなのだろう。客観的に見た場合、かなり幸せといえるかもしれない。仕事はそこそこ順調だ。〝モナ〟の件では広報課、宣伝部の代表として社長表彰も受けた。その他のプロジェクトもそれなりにうまく進んでいる。

プライベートに関しても、問題はなかった。わたしはファッション誌の頁から、眠っている児島くんの顔に視線を移した。

彼は年齢差に一切こだわることなく、わたしとつきあってくれている。もともとわたしは面倒くさがり屋だし、出無精だし、過去もそうだったけれど、つきあっている相手との連絡など、決してまめな方ではない。

にもかかわらず彼との関係が続いているのは、いつも児島くんの方からきちんと連絡を取ってくれたり、いろいろな段取りをつけてくれているからだ。

こんなふうに言うのは照れ臭いが、彼がわたしのことを大事に思い、愛してくれているのは間違いのない事実だろう。例えばそれは、わたしの会社の後輩である小川弥生が児島くんに対して再三再四交際を申し込んだにもかかわらず、彼がそれを断り続けたことからもわかる。

最終的に弥生は、体だけの関係でもいいとまで言ったらしい。弥生ほどにルックスが整っていて、社の内外から人気のある女の子がそこまで自分を安売りすることもないと思うのだが、彼女もそれだけ精神的に追い詰められていたのだろう。

それでも児島くんはわたしの名前こそ出さなかったが、つきあっている彼女に悪いから、という理由でそれを断った。正直なところ、わたしが男だったら、少なくとも一度ぐらいはそういう関係をもってしまったかもしれない。

弥生にそれだけの魅力があるのは、同性の目から見てもよくわかった。でも、児島くんはわたしのためにそれをしなかった。

そんなことも含め、わたしは幸せなのだろう。彼の寝顔を見ながらつくづくそう思った。ただし、逆に言えばその分だけ不安でもあった。

今、わたしと児島くんはうまくいっている。彼は十三歳も年下だったけれど、そんなことを微《み》塵《じん》も感じさせなかった。

例えば仕事において、わたしと彼の間にはプライベートな関係があるにもかかわらず、彼は決してそれを理由に妥協したり、譲歩を求めたりするようなことはなかった。ビジネスとプライベートはちゃんと分けないと、というのが彼の口癖でもあった。

あるいは、打ち合わせの場などで、わたしたちの意見が食い違うこともあった。彼は青葉ピー・アールというPR会社の代表として会議に出ている。その目的は会社に利益をもたらすことだ。

わたしはわたしで、銘和乳業の宣伝課長という立場がある。本来ならお互いにとってメリットがあるような方向を目指さなければならないのだが、時と場合によってはそうはいかないこともあった。

そんな時でも、彼は決して安易な形で妥協しようとはしなかった。わたしの立場に対しての配慮を忘れることこそなかったものの、巧妙な形で譲歩したり、駆け引きを持ちかけたり、新しい提案をしてくるのが常だった。

プライベートでわたしたちは男女としてつきあっているが、だからといって変な風にビジネスの問題をなし崩しにしてしまうようなことはなかった。若いけれど、十分に尊敬できたし、共に仕事をしていくパートナーとして教えられることも少なくなかった。

だから、今はいい。何の問題もない。だけど、こんなことが長く続くはずがない、というのがわたしの現実的な判断だった。

仕事の面でも、プライベートの面でも、彼とわたしは本当にうまくいっている。でも、この先どうなるかと言えば、どうにもならないはずだった。児島くんほどの男なら、そのうちもっと相応《ふさわ》しい相手が現れるだろう。

年齢的な意味でも、仕事面でも、その他の意味でも彼と釣り合うような女性が出てくるのは間違いない。わたしと彼との関係は、決してバランスが取れているとは言い難かった。

繰り返すようだけれど、今はいい。明日も、そして来週も、もしかしたら来月もそうかもしれない。でも、来年は？　再来年は？　数年後は？

わたしは早生まれなので、来年の二月に三十八歳になる。そしてその二年後にはいよいよ四十の大台を迎えることになる。その時、児島くんは二十六歳ぐらいのはずだ。

今の関係が、そんな先まで続くとは思えない。あり得ないだろう。いずれ、彼とわたしは別れることになる。それは不安とすら言えない。確信とさえ呼べるものだった。

その時のことを考えると、わたしは不安で不安でたまらなかった。胸が苦しくなり、呼吸ができなくなるほどだ。

わたしの彼に対する気持ちは、一日ごとに大きくなっていた。確実に自分の心が彼の方に傾いているのはよくわかっていた。

これ以上、今以上、その想いが強くなっていけば、彼と別れた時の喪失感はどうしようもないほど大きなものになるだろう。心にぽっかりと開いたその穴を埋めることは、おそらく一生できないのではないか。

そのタイムリミットは刻々と近づいている。自覚があった。これ以上親しくなれば、わたしは彼から離れられなくなる。でも、彼はいずれわたしのもとから去っていくだろう。

幸せであっても、不安は尽きない。いや、むしろ幸せだからこそ、何もかもが怖かった。彼がいなくなった時のことを考えると、どうしていいのかわからなかった。

児島くんはわたしのそんな気持ちに気づいているのだろうか。わかっているのだろうか。のんきな顔で眠っている彼を見ていたら、不意に涙が浮かんできた。幸せなのに、なぜわたしは泣いているのだろう。幸せなのに、どうして不安になってしまうのだろう。

(だめだ)

こんなことをいくら考えていても意味はない。それはよくわかっていた。ファッション誌を閉じて枕元に置いてから、スタンドの明かりを消した。

眠ってしまおう。眠れば、今わたしが抱えている不安から、とりあえず逃げることができるはずだ。わたしは静かに目を閉じた。それでも、しばらくの間、眠ることはできなかった。

3

ラ・ルゴロワの予約が取れたから、と児島くんから電話がかかってきたのは翌々日の月曜日のことだった。すごいねえ、とさすがにわたしも感心してしまった。

ラ・ルゴロワは六本木ミッドシティのレストランモールで最も人気があり、そこで供されるフレンチは日本でも最高と言われている。あらゆる情報誌、女性誌などで何度となく紹介されている、名店中の名店だった。

シェフはフランス人のムッシュ・ルゴロワで、ミシュランの三つ星を七年間連続してとり続けていたことは有名だ。彼は何年か前に先妻を亡くし、その後日本人女性と再婚していた。そのためもあり、ムッシュ・ルゴロワはフランスの本店を閉め、日本で自分の新しい店をオープンすることを決めた。

例えばフレンチの有名なシェフも日本で店を開いているが、彼らの基本的な拠点はあくまでもフランスであり、東京やその他の場所に出している店は、言ってみれば支店に過ぎない。極端に言えば、名義貸しに近いとさえ言えるだろう。

それに対し、ルゴロワは違った。彼は本気で日本に骨を埋《うず》める覚悟で来日していた。そういう気迫は客にも通じるもので、オープンしてからというもの、三カ月待ちは当たり前、というのがラ・ルゴロワという店だった。そこのクリスマスの予約を、ひと月前のこの段階で取ってきたというのは、いくらコネがあるとはいえ児島くんもたいしたものだ。

相変わらずいい仕事をするねえ、と誉め称えると、まあ初めてのアニバーサリーだから、という答えが返ってきた。

本当は、その前に記念日と呼ぶべき日がなかったわけではない。八月十日は児島くんの誕生日であり、彼は二十四歳になっていた。おそらく彼も、何らかの期待をしていただろうし、わたしもお祝いをする気がなかったわけではなかった。

ただ、ちょっと時期が悪かった。銘和乳業が〝モナ〟の第三弾としてティラミス味とチーズケーキ味の発売を前倒しにしていたこと、そして以前から開発が進められていた和テイストのアイスクリーム〝古都〟の発売が完全に重なってしまい、宣伝部はそのために戦場のような騒ぎになっていた。

それに広報課や広告代理店、果ては青葉ピー・アール社のようなPR会社も巻き込まれ、毎日のように徹夜が続いた。誕生日どころか、今日が何曜日なのかさえもわからなくなるような状況だったといえば、少しは理解してもらえるだろうか。

そんなわけで、児島くんの誕生日祝いは池袋のファミリーレストランで行われることになった。唯一、救いといえば、八月十日の午後十一時に店に入ることができたことぐらいだろう。下手をすれば日付が変わった十一日にずれ込んでしまう可能性すらあったのだ。

それでも児島くんは喜んでくれて、和風ハンバーグ御膳と共に、誕生日だからという理由でザッハトルテとイタリアンジェラートの二つのデザートを食べて、御満悦ではあったのだが。

あの時のことを思えば、クリスマスはまだ気楽なものだった。確かに、銘和乳業では乳製品を扱っているため、クリスマス商戦にも参戦している。ただし、会社として忙しいのは納品が終わる二十日ぐらいまでだ。クリスマス・イブ、つまり二十四日になってしまえば、ある意味で残務処理しか仕事は残っていないといっていい。

そして、会社も鬼ではない。クリスマス・イブがいろいろな意味で社員にとって大切な日であることは理解してくれていた。

恋人がいる者たちはデートのひとつもしたいだろうし、家族のある者は早く家に帰ってクリスマスパーティもやりたいだろう。それでも何でも仕事をしろ、というほど厳しい社風の会社ではなかった。

むしろ、クリスマス商戦に参戦している会社だからこそ、クリスマスの重要性を理解していたかもしれない。戦争と同じで、クリスマス休戦、というニュアンスさえ社内には漂っていた。

「ちゃんとドレスアップしてきてよ、晶子さんも」

「なるべくね」

「何だかなあ。もうちょっと、やる気見せてくんないかなあ」

違うよバカ、とわたしは電話越しに言った。

「ちょっと照れてるだけだってば」

「ヤバイ。グッときた」児島くんがコマーシャルのようなセリフを言った。「まあ、とにかくそういうことなんで。取り急ぎ報告だけでもと思ってさ」

「うん、ありがとう」

「今週、どうする?」

「うーんと、ですね、週末はまあ余裕ありって感じでしょうか」

「了解。じゃ、また連絡する」

それだけ言って児島くんが電話を切った。わたしも携帯を充電器に差し込んだ。何すか、と水越が薄笑いを浮かべながら近づいてきた。

宣伝部の第二課にいた渡辺《わたなべ》くんという若い男の子が、家庭の事情で実家へ帰ることになり、退社したのは七月の終わりのことだ。わたしは課長として、人員の補充を秋山部長に願い出た。

その頃〝モナ〟の新商品発売と、アイスクリーム〝古都〟の発売が重なり、本当に宣伝部は異常な状況に陥っていた。猫でも構いませんから、誰かください、とわたしは部長に懇願した。必要とあれば、部長の靴をなめるどころか、食べてもいいぐらいのつもりだった。

その結果として、本当に猫がやってきた。それが水越だ。日本語を解するところだけは、猫よりましかもしれない。

もともと水越自身も宣伝部への異動を希望していたこともあって、彼は嬉々《きき》として仕事に取り組んでいたが、何の因果か広報課にいた時と同じく、わたしの向かいに彼の席が置かれていたため、時々自分がどこの部署にいるのかわからなくなって困った。そして、水越がくだらないことで話しかけてくるのも、前と変わらなかった。

「何すか、ニタニタして。携帯に電話があって、そんなふうに微妙に笑ってると、周りが不気味に思いますよ」

水越は体育会出身だが、オバサン気質の人間だ。放っておいてくれればそれで済むのに、口を出さないと気が済まない。

「うるさい」

「何かねえ、最近の課長はあれですね、どうも挙動不審というか何というか」そしてオバサンだから、水越は人の言葉に耳を貸さない。「何かあったんすか? まさか、男ができたとか」

加えてオバサンに特有の妙な勘を働かせるところがあった。九割はまったくの見当違いだが、一割ほどは異様な洞察力を示す。例えば、今のように。それにしても、まさか男ができたとか、というのは腹の立つ発言だ。

「あなたねえ、人のこと構ってる場合じゃないでしょうに。〝古都〟のリサーチのレポート、まとめたの？　電通との打ち合わせのセッティングは進んでるんでしょうね。〝古都〟の新しいコマーシャルの件はどうなの？」

八割方終わっています、ともごもご答えながら水越が自分の席に椅子を戻した。おそらく、そのどれも半分も進んでいないのだろう。水越を黙らせるには、仕事をさせるしかないのだ。

（……男ねえ）

そうなのよ。あたし、彼氏できちゃったの。しかも十三歳も下で、すごくカッコよくて、その上優しいの。男らしいし、頼りになるし、いつもあたしのこと大事にしてくれるの。

そう言ってやりたいところだったが、そんなわけにはいかない。児島くんとわたしの関係は、今のところ社内の誰にも話していないし、幸運というべきか、誰にもばれていなかった。私たちは割りとオープンにデートとかもしていたのだけれど、目撃されたこともない。

実際問題として、わたしはあまり他人に児島くんのことを話したくなかった。十三歳年下の男とつきあってるなんて、まるで若いツバメを囲っている有閑マダムのようではないか。

それに、銘和乳業と青葉ピー・アール社の関係は、他のPR会社と比較しても深いものがあった。これは長年の慣習によるもので、わたしとはまったく関係ないのだけれど、青葉ピー・アール社の社員と交際しているというのは、感覚的には社内恋愛に近いものがあった。

悪いことをしているわけではないが、社内恋愛はあまり同僚たちに話さない方がいい、ということをわたしは経験的に知っていた。うまくいっている時はいいが、別れた時にしこりが残るからだ。

わたしの中には怯えがあった。いつか、必ず児島くんとは別れなければならなくなる。長くても一年、短ければあと数カ月後にはそんな事態を迎えることになるだろう。それでも、部署が変わらない限り、彼とは仕事をし続けていかなければならない。

交際していたこと、そして別れてしまったことが周囲に知られれば、誰もが気を遣わざるを得なくなる。業務に支障をきたす恐れもあった。なるべくならそれを避けたい、というのがわたしの率直な気持ちだった。

(クリスマスか)

つぶやきが唇から漏れた。それがひとつのきっかけになるのかもしれない。その先にはお正月があり、二月になればバレンタインデーがあり、そしてわたしの誕生日がある。その辺りが潮時なのではないか、と思った。今、わたしは幸せではあるけれど、この上ない悲観論者であることも確かだった。

「クリスマスって何すか」

水越が顔を上げた。仕事をしなさい、とわたしは威厳を込めてそう言った。

4

それからのひと月はあっと言う間だった。相変わらず仕事は忙しく、会社はクリスマス商戦に入っていたため、わたし個人も、そして宣伝部全体も凄まじい勢いで働かざるを得なくなっていた。

それでも、その間を縫《ぬ》うようにしてわたしは児島くんと連絡を取り合い、デートをしたり、休日にはわたしのマンションに彼が泊まっていくこともあった。変化がないといえば変化はなく、わたしと彼の関係も前の通りだった。ある意味では、前以上に親密になっていたかもしれない。

十二月二十一日の日曜日、児島くんはいつものようにわたしのマンションに来て、二人で夕食を作り、一緒に食べた。その後、借りてきたＤＶＤを一本見て、軽くワインを飲みながら話をした。

話題はクリスマス・イブをどう過ごすかだった。今年のイブは水曜日で、彼もわたしも仕事がある。それでも七時には終わるだろう。店の予約は八時からだった。

プレゼントとかどうしよう、と彼が言ったけど、そういうのは止めとこうよ、とわたしは答えた。この年齢になって、今さらプレゼント交換というのもおかしいし、だいたい例のラ・ルゴロワというその店のクリスマスディナーは、とんでもない金額だった。ワインの一本でも空ければ、二人で軽く十万円はいってしまうだろう。

一緒にご飯とかを食べて、二人で過ごせればそれで十分だよ、とわたしは言った。そうだね、と児島くんが少しだけ残念そうな顔になったけど、そんな贅沢《ぜいたく》をすることに、わたしとしてはやっぱり抵抗があった。

ディナーが終わるのは十一時ぐらいになるだろう。わざわざ口にすることはなかったが、その後児島くんがわたしのマンションに来るのは決まっているようなものだった。

もうずっと前から、彼はわたしのマンションにスーツやワイシャツ、靴など着替え一式を置いておくようになっていた。翌日の木曜日は二人とも仕事がある。そのための準備も整っていた。

「ラ・ルゴロワかあ……児島くんは行ったことあるの？」

まさか、と児島くんが首を振った。もちろんわたしもない。ただ、雑誌などで店についての情報だけは調べていた。わたしだって、クリスマスについてはそれなりに楽しみにしていたのだ。

ラ・ルゴロワはアール・デコ調の内装で、食器類はバカラ、エルメス、その他厳選された高級品だけを使い、テーブルやソファはル・コルビュジエがデザインしているという。

地下のワインセラーには数千本ものワインが揃えられており、また出てくる料理はムッシュ・ルゴロワという三つ星シェフが創造力のすべてを注ぎ込んで作り上げた独創的なものだと雑誌には書いてあった。長生きしてて良かった、とわたしはわざと老人口調で言った。

「まさか、ラ・ルゴロワみたいな名店に行ける日が来るなんて、考えたこともなかったよ」

「晶子さんにしては、素直な発言だね」児島くんが言った。「でも、これからはもっといろんなところへ行こうよ。お店とかもそうだけど、旅行とかさ。日本だけじゃなくて、アメリカでもフランスでもイタリアでもいいし、ベトナムとかもいいなあ。行きたいところへ行って、いろんなことをして、思い出を作ったりとかさ」

ちょっとセンチメンタルな口調だった。彼にはちょっとそういうところがある。そうだね、とわたしもうなずいた。何をしよう。何がしたい？　どこへ行きたい？　そんなことをずっと話し合った。

わたしたちはソファに座り、高校生のように手をつないだまま、いつまでもいつまでも話し続けた。朝がこなければいいのに、とわたしは心から願っていた。

5

十二月二十四日、水曜日。クリスマス・イブがやってきた。

わたしは予定していた通り、七時に仕事を終えた。立場が上になるというのは、こういう時便利なもので、お先に、と言ってフロアを後にしても、誰も何も言わなかった。

会社の更衣室で家から持ってきていた黒のワンピースに着替え、上から最近買ったフェイクファーの襟がついているコートを羽織った。それまで着ていた服は、そのまま自分のロッカーにしまった。余計な荷物は持っていたくなかった。

そのまま六本木まで電車で向かった。途中、児島くんから五分ぐらい遅れるかもしれない、というメールが入った。今回に限り許してあげる、と返事を送った。

六本木ミッドシティにはオープンしたばかりの頃、友美と行ったことがあった。まあ、一度は見ておかないとマズイんじゃないの。そんな感じだ。

ただ、中へ入ってうろうろしているうちに、あまりの広さに辟易《へきえき》として、二人とも面倒くさくなってしまい、すぐに帰った。だから、ラ・ルゴロワというその店がどこにあるのか、記憶は曖昧だった。

案内図を頼りにしばらく歩き回っているうちに、どうにか店までたどりついた。八時ちょっと前だったけれど、着いてみると店の前に黒の上品なスーツを着て、ステンカラーのコートを小脇に抱えた児島くんが立っていたので、ちょっと驚いた。

「遅くなるんじゃなかったの?」

「まあ、その、仕事がひとつ残っちゃったんだけど、明日の午前中には間に合わせますって連絡したら、先方も納得してくれてさ。まあ、イブだからねえ、とか言って笑ってたよ」

「ダメじゃん。らしくないよ。仕事はちゃんと終わらせないと」

「大丈夫、ちょっと手間はかかるけど、難しいことじゃないから。それに、向こうもオッケー出してくれたしさ」児島くんがわたしの全身を見つめた。「うーん、クリスマス仕様だ」

まあ一応、とわたしは口に手を当てたまま答えた。

「そっちだって。そのスーツ、似合ってるよ」

照れ笑いを浮かべた児島くんが、では参りましょうか、と店に入っていった。出迎えてくれたのは、黒のタキシードを着た中年の男だった。

「いらっしゃいませ。児島様でございますね」

少々こちらでお待ちください、と男がウエイティングルームに案内してくれた。どこから現われたのか、やっぱり黒いスーツを着た若い女性が、お荷物とコートをお預かりいたします、とわたしたちに言った。

言われるままに、わたしは着ていたコートとバッグを渡した。児島くんも同じようにカバンとコートを預けていた。

「こちら、ウェルカムドリンクでございます」ソファに座っていたわたしたちのところへ、さっきの中年男が銀のトレイに載せたグラスを持って入ってきた。「一九八一年のシャンベルタンでございます。お口に合えば幸いです」

それでは、もう少々お待ちください、と言って男が下がっていった。わたしたちは、どちらからともなくメリー・クリスマスと言い合ってグラスを合わせた。黄金色の液体が静かに揺れた。

「あれですね、今さらこんなことを言うのもなんだけど」

児島くんがグラスを大理石のテーブルに置き、灰皿が置かれているのを目ざとく見つけて煙草をくわえた。店内は禁煙と雑誌に書いてあったが、このウエイティングルームでは喫煙をしても構わないらしい。

「何？」

「いや……やっぱり晶子さんはきれいだなって思って」

「若い子はすごいね」わたしは本当に感心していた。「ちょっとお酒飲んだだけで、よく照れもせずにそんなことを言えるね」

「いやいや、照れてるけどさ」児島くんが煙を吐いた。「すげえ照れてるけど、マジでそう思ったんだから、仕方ないじゃん」

「いえいえ。児島くんこそ、スーツがとってもお似合いですわ」

冗談めかして言ったけれど、本当に彼はカッコよかった。背が高い男は得だ、と思った。ダークスーツをここまで着こなすには、身長がないと難しいだろう。

「ほめ合ってどうするんだ」児島くんが大声で笑った。「まあ、でも、本当に晶子とこんなふうにクリスマス・イブを過ごせるっていうのは、何て言うか、ちょっと誇らしい気分だよ」

よく理由はわからないが、児島くんのわたしに対する高い評価は出会った時から今日まで変わることがなかった。自分で言うのも違うと思うけれど、わたしは別にそれほどきれいなわけでも、プロポーションがいいというわけでもない。ごく普通の、どこにでもいるような三十七歳のOLだ。性格に協調性があるとか、間違いのない仕事をするとか、そういう面で誉められることはあったけれど、ルックスに関してそれほど高い評価を受けたことはない。もちろん、自信もない。

よほど児島くんの個人的な壺《つぼ》にはまる何かがあるのだろうか。ただ、それがどこなのか交際が半年近くなってなお、わたしにはわかっていなかったのだが。

グラスの中身が半分ほど減り、児島くんが煙草を一本すい終えたところで、例の中年男が入ってきた。お席の準備が整いましたので、と彼が先に立ってわたしたちを案内してくれた。

用意されていたのは、半円形になっているソファで、いわゆるカップルシートだった。児島くんはいったいどんな手を使って、この特別席を用意させたのだろう。相当な無理をしたのではないか、と思った。

6

食事はどれも素晴らしかった。前菜としてエンドウ豆をムース状にしたサラダ、その後にフォアグラと雑穀《ざっこく》を併《あわ》せた和テイストのソテー、薄く切ったアワビをトリュフソースで食べるカルパッチョとコースが続き、口直しとしてフランボワーズのシャーベットが出てきた。メインは肉と魚の両方、あるいはどちらかを選べるということだったが、わたしも児島くんもそこまでのコースにボリュームがあったため、ひと品だけにすることにした。

わたしは高知から直送されたという舌ビラメのムニエル、彼はクリスマス限定という飛驒《ひだ》牛のステーキを選んだ。少しずつシェアして食べたが、舌ビラメのシンプルではあるけれど濃厚でクリーミーな味わい、更に素材の味を活《い》かしきるため塩と粒胡椒《こしょう》だけで味付けをしたステーキは、どちらも完璧としか表現の仕様がなかった。

最後にグラッパを勧められて少しだけ飲むと、香草の香りがとても心地よかった。まるで高原で食事をしているような気がした。

最後にシェフ帽をかぶったフランス人の女性が出てきて、わたしたちの目の前でクレープを作ってくれた。ブランデーを合わせてフランベすると、フライパンの中で美しい青い炎が踊った。

わたしはストレートの紅茶、彼はコーヒーをオーダーし、そのクレープを食べた。コースを締めくくるにふさわしい甘みと酸味の調和が取れたデザートだった。

ありがとう、とわたしは児島くんに礼を言った。こんなに素敵なクリスマスは生まれて初めてかもしれなかった。料理の味とか、お店の雰囲気とかではない。彼の気持ちが、配慮が嬉しかった。優しい笑顔が本当に嬉しかった。

「いやあ、そんな、ねえ」冗談めかして彼が笑った。「年に一度のことなんだし。晶子が喜んでくれたんなら、こっちも素直に嬉しいし。たまにはこんなのもいいでしょ？　とか何とか言ってもさ、また明日からはビンボー暮らしに戻ることになるんだけどね」

あたしも出すからと言ったけど、彼は頑としてそれを受け入れてくれなかった。男としての見栄もあるのだろうし、意地を張りたい時もあるのだろう。

それを理解するだけの経験値は、さすがにわたしにもあった。男の人は大変だなあと思ったけれど、それは言わない方がいいだろう。

「ところでさ、年に一度といえば」コーヒーを飲みながら児島くんがわたしを見つめた。「お正月ってものがあるわけで」

ああ、そうだ。そういうものもあった。去年の正月、わたしは何をしていただろう。

「晶子って、何か予定あるの？」

別に、とわたしは首を振った。初詣でに行く趣味はないし、例によって例のごとく、正月は小平の実家に帰って両親と過ごすつもりだった。

「そっか……ねえ、じゃあ三が日は時間が取れるってことかな」

そういうことになる。ええと、と児島くんが頭の後ろを掻いた。ほんの少しだけ、変な感じがした。

「あのですね、それだったら、晶子さんにうちの親と会ってもらいたいわけですよ」

「児島くんの……ご両親に？」

「あと、兄貴も帰ってくることになってるんで……。つまり、その、紹介しておきたいというか……それで、もし時間とか合えばだけど、こっちも晶子の家に挨拶に行きたいというか……」

ちょっとだけ沈黙が訪れた。何のために？　とわたしは尋ねた。

「それは……要するに、今オレがつきあってる人がいるってことを報告しておきたいっていうのと、それから、あの、つまり将来のことも考えてるってこととか、そういう意味も含めて……そっちのご両親にも、一度はきちんとご挨拶したいし……」

「児島くん、止めといた方がいいよ」その場をごまかすために、わたしは大きく手を振った。

「それはね、絶対止めた方がいいって。あたしたちは、確かに今、つきあってる。すごくいい関係だと思う。だけど、こんなのいつまでも続かないって。常識で考えてみてよ。そんなの無理に決まってる。でしょ?」

「無理?」ちょっと児島くんの顔が強《こわ》ばった。「無理って、どういう意味かな」

「無理っていうのは、無理ってことよ。ねえ児島くん、あたしね、年が明けて、二月の終わりになったら三十八になるの。三十八よ。四捨五入して四十とか、そういうレベルじゃないんだよ。ちょっと手を伸ばしたら、もう四十なんだよ。わかる?」

「年齢の話はしないって約束したじゃん」

「約束したけど、それとこれとは別だって。そんな、児島くんのご両親とかに紹介されたり、家《うち》の親に会わせたりしたら、話がものすごく面倒になるよ。わかりきってるじゃない。こっちはまだいいよ。行き遅れた娘とつきあってくれてる男の人がいるっていうだけで、大喜びしちゃうかもしれない。だけど、児島くんの親は違うよ。そんな、十三歳も上の女とつきあってるなんて、絶対反対されるって。ていうか、あたしが親だったら猛反対するな」

待ってくれよ、と児島くんが眉をひそめた。

「晶子の言ってる意味がわかんないな。オレ、真剣に晶子とつきあってるつもりだし、そっちもそうだと思ってる。もっとはっきり言えば、オレは先のことまで考えてつきあってる。恋愛ってさ、最終的に結論って二つしかないじゃない?」

「二つ?」

「だからさ、恋愛の最後に待っているのは、別れちゃうか……結婚するかのどっちかしかないってこと。だろ? 論理的に言ったら、絶対そうじゃん」

「そうかなあ」なるべく冗談っぽく聞こえるようにわたしは言った。「自然消滅とかさ、どっちかが死んじゃうとか、他にもいろいろあるんじゃないの？」

「マジで言ってんの、こっちは」児島くんがテーブルを少し強く叩いた。「そりゃ、そんなこともあるかもしんないけど、基本的な話をしてるんだよ。それでさ、これはオレの勝手な言い分だけど、オレ、晶子と別れるつもりとか全然ないわけ。考えられないし、考えたこともない。このままずっとつきあっていくんだと思ってる」

「若者は結論を急ぐねえ」わたしは残っていたクレープのかけらをフォークでつついた。「あのさあ、児島くん。あたしたち、出会ってからまだ一年も経ってないんだよ。つきあうようになってからだって、やっと半年越えたとか、そんなレベルじゃない。たったそれだけの期間で、もうそこまで話が進んじゃうの？　あたし、そんな勇気はないな。もっと慎重に、お互いのことよく理解できるようになってから、ゆっくりとそういうことを考えたいと思ってるんですけど」

「ゆっくりっていつ？　いつになったら、晶子さんの言うように、お互いのことをよく理解できるようになるわけ？　オレ、そんなの永遠に無理だと思うな。だいたい、オレたち二人とも別々の人格を持ってるわけじゃない？　本当の意味でお互いのことをわかりあえるようになるなんて、あり得ないって」

「ね？　ほら、もうあたしたちの意見は食い違ってる。同じ問題を話し合っていても、考え方が真逆なわけじゃない。それなのに、将来がどうしたとか、親に挨拶に行きたいとか、結婚がどうとか、そんなこと考えない方がいいんじゃないかな。いいじゃない、今まで通りで。さっきの児島くんの理屈で言えば、あたしたちの先に待ってるのは、たぶん別れっていうゴールしかないと思うよ」

「マジで？　マジで言ってんの？」

「声が大きいってば」

たしなめたけれど、児島くんは声のトーンを落とさなかった。

「すっげえ悲観論者なんだねえ、晶子さんって。意外だなあ。別れると思いながら、オレとつきあってるわけ？　勘弁してくださいよ。そんな中途半端な気持ちなの？」

中途半端なつもりはない。わたしは彼のことを本当に好きだ。弟みたいな存在としてとか、ちょっと可愛《かわい》い年下の男の子とか、過去にはそう思ったこともあったが、今はそんなふうに考えてつきあっているわけではない。真剣に彼のことを想っている。

だけど、先の事に関しては、決して楽観的に考えられなかった。彼とわたしとでは、あまりにも立場が違い過ぎる。どうにもならない無理がある。どんなに頑張っても、どんなに愛し合っていたとしても、十三歳の年齢差を超えることはできないのだ。

「中途半端な……わけじゃないけど……」

「言いたいことはわかるよ。極端な話、晶子さんが二十歳の時、オレは七歳だったわけだから。七歳の子供が二十歳の女の人に恋をして、どうしても結婚してくれなんて言ったって、それは子供の理屈だよね。だけどさ、今はそうじゃないわけじゃん。晶子さんは三十七歳だけど、オレも二十四歳になってる。二十四歳は子供じゃないだろ？　いや、晶子さんから見たらガキみたいなものかもしんないけど、社会的に見たら、成人してるわけだし、サラリーマンとして働いているわけだし、いろんな意味で未熟なのはわかってるけど、社会人なのは間違いないだろ？　つまり、オレが言いたいのは、社会人って意味ではオレも晶子さんも同じだってことで――」

うまく言えねえなあ、と児島くんが両手で髪の毛を掻き毟《むし》った。せっかくきれいにセットされていた髪形が、寝起きみたいな感じになっていた。

「オレだって、軽々しくこんなことを言ってるんじゃないんだ。すっげえ真剣に考えて、考え抜いて、晶子しかないって思ったから、そう言ってる。もちろん根拠があるわけじゃなくて、そんなの直感みたいなものだけど、でも、そういうもんじゃない？　出会った瞬間から恋したり好きになったりとか、交際ひと月で結婚を決めたりする人たちだって少なくないと思うよ。半年もつきあってれば、だいたいお互いのことはわかるさ。その上で、オレとしても考えて考えて、やっぱ晶子しかいないなって思ったわけよ。それって、おかしいかな？」

「おかしいなんて言ってないよ。児島くんの気持ちはよくわかってるつもりだし、こんなあたしを選んでくれたってことにも、すごく感謝してる」

「こんなあたしって」児島くんが苦笑いを浮かべた。「そうじゃないよ。晶子だからいいんだ。つまり……晶子じゃなきゃダメなんだって。少なくとも、オレにとってはそうなんだ」

「ありがとう。すごく嬉しい。本当にそう思ってる」

だんだんと、わたしは冷静になっていた。児島くんが本気であることもよくわかっていたし、その気持ちが嬉しいというのも本当だ。

だけど、やっぱり無理だろう、ということも確かだった。感情が先走っている児島くんに対して、わたしは淡々と事実だけを話すことにした。

「……この半年、ずっと楽しかった。毎日毎日、会社へ行くのが楽しみだった。だって会社へ行けば、あなたに会えるから。あなたがどうしてあたしのことを好きになってくれたのか、いつから好きになってくれたのか、それはよくわからない。あたしも、いつからあなたのことを意識するようになったのか、はっきりとは覚えていない。でも、あなたがあたしのことを好きだと言ってくれたこと、あたしもそれが嬉しかったことははっきり覚えてる。たぶん、ううん、きっといつまでも忘れないと思う。今日のことも、絶対忘れない。こんなに素敵なクリスマスは、もう二度とないと思う」

「……だったら」

だけど、とわたしはゆっくりと首を振った。

「この先のことは考えられない。あなたと一緒にいて、楽しければ楽しいほど、幸せなら幸せなほど、不安になってしまう。いつか、きっとあなたに相応しい素敵な女性が現われて、あなたはあたしから離れていくことになる。こんなこと、言いたくて言ってるわけじゃないよ。だけど、それが現実だと思う。あたしの中にある選択肢も、あなたと同じでやっぱり二つだけど、それはあなたとちょっとだけ違う。このまま、今までのような関係を続けていくか、それとも別れるか。最終的な結論は、どちらも同じなんだけど。結局は別れることになる。ただ、それが早いか遅いかの違いだけ」

「……それで？」

「はっきり言うけど、あたしは傷つきたくない。傷つくのが怖い。臆病《おくびょう》なことを言ってるのかもしれないけど、それが本音なの。これ以上、もっともっとあなたを好きになっていって、それであなたに捨てられたら……あたしは本当に傷ついてしまうと思う」

「捨てるとか別れるとか、そんなことを言わないでほしいな」児島くんがコーヒーを一気に飲み干した。「もっと、オレのことを信じてくれないかな。オレ、ずっと晶子のことを好きでいる自信があるよ」

今はね、とわたしはうなずいた。

「今はそうかもしれない。あなたはあたしのことを好きでいてくれてるし、大事にもしてくれている。でも、それがいつまで続くのかは、誰にもわからない。でしょ？　児島くん、学生時代の恋愛の時はどうだった？　相手のことを好きになって、でもそれがいつの間にか重荷になって、面倒くさくなって、気持ちが薄れていったりしたことはなかった？」

児島くんは何も答えなかった。つまり、そういうことなのだ。そして、それは誰のせいでもない。

恋愛には、そういう側面が必ずついて回るものだということを、わたしも知っていた。苦笑を浮かべた児島くんに、じゃあはっきり言うけど、とわたしは言葉を継いだ。

「今はいいわ。あなたは二十代、あたしは三十代。昔と違って、そんなカップルが増えているのはわかってる。でもあたしが四十になった時、あなたは二十六歳なの。二十代と四十代のカップルがうまくいくなんて、あたしにはとても思えない。女の方が年上の夫婦とかは、これからもどんどん増えてくると思う。でも、その年齢差の限界は十歳までだとも思ってる。あなたが今二十八歳なら、まだ考える余地はあったけど、実際は二十四歳で、あたしとは十三歳も離れてる。そして最終的に捨てられるのはあたしの方。そんなリスクを抱えたまま、あなたと将来の話なんかできない。ましてや親に挨拶したりとかされたりすることなんて、考えられない」

児島くんが黙り込んだ。怒っている、というのではない。冷たくさえ聞こえたかもしれないわたしの言葉に、納得せざるを得ないところもある、と感じているようにも見えた。

「ごめん。せっかくのイブなのに。こんなに素敵なディナーを用意してくれたのに、こんなこと言うつもりじゃなかった。児島くん、あなたが思ってるよりずっと、あたしはあなたのことが好きなの。だけど、だからこそ、傷つくのが怖い。だから……」言わなければならない、と思った。

「だから……今日で終わりにした方がいいのかもしれない」

「それは……今日で別れるってこと？」

女の子のように細い声で児島くんが言った。そう、とわたしはうなずいた。

「本気で……言ってるの？」

もう一度児島くんが確かめるように聞いた。自分でもわからなかった。でも、たぶん、きっと、その方がいいのだろう。

だからわたしは小さくうなずいた。児島くんが何も言わず顔を伏せた。

それから三十分ほど、わたしたちは無言のまま座っていた。他の客が帰り支度を始めているのがわかった。それでもわたしたちは黙ったまま、目を合わせることもなく、ただ座っていた。

「ごめんなさい……あたし、帰る」

十一時を回ったところでわたしは立ち上がった。児島くんは止めようとしなかった。何も言おうとしない彼を残し、一人だけ席を離れ、出口に向かった。

おそらく、こんな光景を何度も見ているのだろう。例の中年の男が、無言でコートとバッグを渡してくれた。

エレベーターで下まで降り、ビルの外へ出た。雪が降り始めていた。その昔、大学の三年上の先輩から言われた言葉がふいに胸の中に蘇《よみがえ》った。

「晶子ね、男の子と別れるときは、クリスマスとか誕生日とか、そういう記念日は避けた方がいいよ。何でかって？　その次の年も、それからも、あんたが生きてる限り、必ずその記念日はやってくる。そのたびに、別れたときのことを思い出してしまう。胸が痛むよ」

その通りだった。先輩も、こんな経験をしたことがあったのかもしれない。

これから先、わたしはクリスマスを迎えるたび、今日のことを思い出してしまうのだろう。できることならこのビルを、あるいは六本木というこの街そのものを破壊し尽くしたかった。

そんなことを考えながら、地下鉄の駅へと向かった。雪が降り続けていた。

神様について

1

人影が差した。顔を上げると、左側に児島くんが立っていた。請求書です、と彼が一枚の紙を差し出した。

「金額の確認、お願いします」

「はい」

ひと月ほど前だから、二月に入ったばかりの頃、銘和乳業の宣伝部は上昇気流に乗り続けている〝モナ〟の駅貼り用特大ポスターを作成した。電車の中吊《なかづ》りのようなレベルの大きさではない。その数倍はあろうかという巨大なものだ。他社で何と呼んでいるのかは知らないが、うちの会社ではA全とかAゼロと呼んでいる。

通常のポスターやチラシの類は、最低でも千枚単位で発注するのだが、これほどの大きさのものを千枚作っても貼る場所がない。数十枚単位で作るのが慣例だが、正直言ってあまりにも大き過ぎるため、わたしたちのような素人《しろうと》の手に負えるものではない。

結局は印刷会社に依頼して作るのだが、その間にPR会社を入れて発注する場合の方が多かった。彼らはこの手の仕事に慣れているからだ。

今回もそうで、わたしはこのA全ポスター五十枚の製作を青葉ピー・アール社に委託していたのだが、児島くんが持ってきたのはその請求書だった。ほとんど手間賃にしかならない仕事だが、PR会社としてはある意味サービスということもあって、こういう仕事もしてくれる。

「結構です。問題ありません」

わたしは金額を確認してから、その請求書を水越に渡しておくように言った。この程度の金額なら若手が処理すればいい。

「わかりました。それでは、後は水越さんと話します」

「お願いします」

児島くんが請求書を封筒に戻して、スーツの内ポケットに入れた。気がつけば、ずいぶんと彼のスーツ姿も板につくようになっていた。

もう一年近く前のことになるが、初めて会った頃ははっきり言って全然似合っていなかった。月日が経つというのは、そういうことなのだろう。

「すいません、お忙しいところ、お邪魔しました」

児島くんが小さく頭を下げて去っていった。今度は広報課に顔を出すようだ。PR会社の社員らしく、各部署に挨拶をして回るのも彼の仕事だった。

小さなため息がわたしの口から漏れた。なぜ、というわけではない。ただ、児島くんと二人だけで話すとどうしても緊張してしまう。

それは仕方のないことだったかもしれない。彼とわたしは約半年近くつきあっていたが、最終的に去年のクリスマス・イブ、その関係にピリオドを打っていたからだ。

彼とわたしの間には仕事という関係があったが、それとは関係なく交際してきたつもりだったし、別れてからもそれは同じだ。つきあっていても、別れてしまっても、ビジネスはビジネスだろう。

それは二人の間で暗黙の了解であり、だから何事もなかったように今でも一緒に仕事をしている。それにしても、疲れることは事実だった。

基本的に、彼は一日に一回、多いときには何度でもうちの会社にやってくる。彼の姿を見るたびに、どうしても顔がこわばってしまう。

異動願いでも出したいぐらいだったが、今いる宣伝部に移ってきたのは去年の夏のことだ。まだ一年も経っていないのに、そんな勝手な願いが受け入れられるはずもない。やれやれ、とわたしはまたため息をついた。

2

去年のクリスマス・イブ、わたしたちは普通の恋人たちと同じように、ディナーを共にした。いつものデートの延長線上にあることだったが、やはりイブともなると気合も入るというものだ。わたしたちはそれぞれいつもよりオシャレをして店に向かった。高級なレストランで食事をし、クリスマスを祝う。そのためのデートだったはずなのだ。

わたしたちはその半年ほど前に交際を始めたばかりで、ある意味で一番盛り上がっていた時期といってよかった。にもかかわらず、別れ話が持ち上がったのは、児島くんが自分の両親にわたしを会わせたいと言い出したからだ。

　児島くんとしては、真剣につきあっているのだということをわたしに対してアピールしたいという気持ちがあったのだろう。それはよくわかっていたし、とても嬉しいことでもあった。だけど、わたしとしてはそれは無理だという気持ちの方が強かった。理由はとても簡単で、彼とわたしの年齢が十三歳も違っていたからだ。しかも、歳が上なのはわたしの方だった。

　その時も児島くんに言ったのだけれど、女性の方が年上のカップルが増えているのは確かだ。わたしの周囲にだって、そんな恋人たちはたくさんいる。時代の流れからいって、今後ますます多くなっていくだろう。

　ただ、それは例えば五歳上まで、というのがひとつのリミットだろうし、無理を押しても十歳上までが限界のはずだ。十三歳年上というのは、ちょっと常識的にみても考えにくい。早い話、彼が二十七歳になった頃、わたしは四十歳を過ぎている。いろいろな意味で難しいことがあるはずだ、というのはちょっと考えてみればわかることだった。

　もちろん、彼とのつきあいがスタートする前から、わたしはそれを何度も彼に言ってきた。だから、彼が交際を申し込んできた時も、それを理由に断っていた。その後もしばらくそんな状態が続いた。窮余の一策として、広報課にいる小川弥生という女の子と彼をくっつけようと画策したこともあったぐらいだ。

　それでも、どうしても川村さんじゃないと駄目なんですと彼は言い、わたしもそれにほだされるような形で最終的にはつきあうことを決めていた。ひとつには押されると弱いというわたしの性格的な問題もあったし、もうひとつには十四歳下の彼氏がいるということが、何となく自慢に思えたということもある。実際、彼は今時の若者らしく背も高くルックスも良く、一緒に歩いているだけで気分が浮き立つことさえあったのだ。

ただし、とわたしは何度も自分の心に釘を刺していた。こんなことが長く続くはずがない、と。いつ別れることになっても不思議ではないし、むしろ別れない方がおかしいぐらいなのだと。十四歳の年齢差というのは、そういうことを意味していた。

決して遊びでつきあっていたつもりはない。ただ、将来のことを考えたり、彼の収入や立場のことを考えた場合、いつまでもだらだらと続けていけるものではないとわかっていた。

わたしは三十七歳で、少しばかり歳はいってしまっているが、それでも女性の婚期が遅くなっている現代という時代において、まだ遅すぎるというわけではないだろう。

少なくとも十三歳下の彼氏より、もっとリアルに将来のことを考えられる相手を探すべき年齢だった。更にいえば、今がラストチャンスなのかもしれない、という思いもあった。

そんな時、唐突に彼が自分の両親に会ってほしいし、自分も晶子さんの親に会いたいと言い出した。正直なところ、いったい何を考えてるのかと一瞬腹が立ってしまった。

彼はまだ社会人一年生で、こんなことは言いたくないが収入だってたかが知れている。しかも勤めているPR会社はそれほど大きいわけではないし、もっと言えば彼はそこの契約社員に過ぎなかった。

そんな彼の両親に会って、どうしろというのか。わたしの親に会わせて、どうなるというのだろう。その先に何も見えないのは、わかりきった話ではないか。

彼の中には、結婚ということもあったのかもしれない。確かに、わたしたちの関係はうまくいっていた。つきあっていて年齢差を感じることはほとんどなかったし、いつだって楽しかった。

ただ、それはあくまでも恋愛という枠の中にいるからで、結婚という現実的なものを前にした場合、話が違ってくる。好きだからという理由だけで結婚はできないとわたしは思っていたし、それは決して間違っていないはずだ。

経済的な問題だって出てくるだろう。世間体というものもある。セックス、子供、その他さまざまな問題がいくつもあるのだ。

にもかかわらず、児島くんはさも当然、といった顔で親と会ってほしいと言った。醒《さ》めたわけではない。むしろ、やっぱり無理だとわかってしまった、ということなのだろう。

わたしは彼が好きだし、言葉を強くして言えば愛していた。でも、できない。無理だ。そう思った。だから、その場で別れを告げた。

その後、年末年始を挟み、何通かメールが送られてきたが、わたしはそれをすべて無視した。何と答えていいのかわからなかったからだ。

二月、わたしの誕生日があり、そこでわたしは三十八歳になった。その日、ハッピーバースデー、というメールが児島くんから来たが、それが最後だった。あれから数週間経つが、彼からの連絡はなくなっていた。

もちろん、仕事はあるわけだから、まったく口を利かなくなるとか、そういうことはない。日々、接触はある。ただ、前のように無駄話をしたり、誘ったり誘われたりというようなことは当然のことながらなくなっていた。

わたしたちの関係は、本来の意味でビジネスライクなものに変わっていた。わたしは銘和乳業の宣伝課長として仕事を彼に発注し、彼は決められた納期内に、予算を守ってその仕事を終わらせる。淡々とした関係だ。

プライベートを仕事の場に持ち込んだり、余計な話をすることもない。仕事の手を抜くということもない。ただお互いにお互いの仕事をこなしていく。それだけの関係。

それはある意味でとても寂《さび》しいことではあったけれど、仕方のないことだった。いずれはそうなると思っていたし、覚悟もしていた。

思っていたより少し早くその時期が来てしまったというだけの話だ。しょうがない、とひとつ頭を振って、わたしはデスクに向かった。

3

何事もない時は何もないが、起きる時は起きるものだ。わたしが秋山部長に食事に誘われたのは三月の終わりのことだった。

秋山部長は宣伝部でわたしの直属の上司に当たる。仕事の話かと思っていたし、確かに食事の席でそういう話も出た。

予想以上に川村さんがよくやってくれていて、とても助かっている、と部長は言った。とんでもないです、とわたしは答えた。実際、広報課から宣伝部に移って約八カ月が経っていたが、まだまだ不慣れなことも多かったのだ。

「そりゃ、ビジネスのスキルみたいな話になると、もちろんまだいろいろとあるだろうけど、こっちから見ているとそんなに大きなトラブルを起こすわけでもないし、確実に実績を上げている。それだけでもたいしたもんだと思うよ。それに、川村さんを宣伝課長に据えたことで部全体に筋が通ったというか、締まった感じがする。本当によくやってくれてると思ってるよ」

会社で働く者として、上司から認められるというのはやはり嬉しいものだ。そして秋山部長は部下に対して変なお世辞を使うような人ではないこともわかっていた。本当に評価してくれている部分もあるのだろう。ありがとうございます、とわたしは素直にお礼を言った。

仕事の話をしていたのは、一時間ぐらいだ。その後、話題は別のことに移り、最終的に部長が話し出したのは、自身の家庭の問題だった。

前から噂されていたことだったが、奥さんと正式に離婚したという。何と答えていいのかわからないまま、残念ですね、とだけ言った。そうでもない、と秋山部長が苦笑を浮かべた。

「途中はいろいろあったけど、終わってしまうと何て言うのかな、すっきりしたと言うと言い過ぎかもしれないけど、ちょっとほっとしたようなところもある。自分でも意外だったけどね。奥歯に挟まっていた何かが取れたみたいな感覚というか……不思議なもんだね、これは」

それは当事者である部長にしかわからないことなのだろう。先週、離婚届を役所に出してきたということだったが、紙切れ一枚のこととはいえ、本人にとっては重い出来事だったに違いない。

子供の養育権は妻のものになったよ、と言った部長が、ところで、とわたしを正面から見つめた。

「川村さんはどうなの……つきあってる人とかいるの?」

「残念ですけど、いないんですよ」

お互い、寂しい話ですなあ、と部長が言った。

「寂しいっていうかねえ……いい歳して情けない話だよ、本当に。いや、君のことじゃないよ、僕の話だ」

慌てたようにフォローした。気にすることないです、とわたしは答えた。

「わたしもいい歳ですから。何だかなあっていうのは同じです」

それはわたしにとっても本心だった。何だかなあ。これでいいのかなあ。この先、どうなるのかなあ。

とりあえず終の住み処であるマンションこそ買ったものの、だからと言っていったい何がどうなるというのだろう。このまま何事もないまま仕事を続け、そして定年を迎えることになるのだろうか。もちろん、そうなるのだろう。今さら何があるとも思えない。

「川村さんはさ、結婚願望とかはないの？」

不意に部長が身を乗り出した。

「そりゃあ、ありますよ」

願望はあるけど、相手がいないというのが実状だ。そう、とうなずいていた部長が、例えばだけどさ、と二度繰り返した。

「例えばの話なんだけど、川村さんは恋愛とか結婚について、相手の過去とか気になる？　変なことを聞くようだけど、例えば離婚歴がある男性とかは、やっぱり対象外になるのかな」

「……まあ、二十代だったら、そんなことも考えたかもしれないですけど……もうそんな歳じゃありませんから。こっちが条件つけたりできるような立場じゃないのは、自分が一番よくわかってるつもりです」

別に自虐的になっているわけではないが、現実問題としてはそういうことだろう。もちろん、相手が初婚の方がいいとは思う。でも、わたしの年齢に釣り合うような男性ということになると、バツがひとつぐらいついていても、それは仕方がないことだとも思う。

「同じ会社の人間とかは、どうなのかな」少し部長が早口になった。「いや、ほら、やっぱり社内だといろいろ面倒なことがあるわけじゃない。うちもそうだけど、同じ部署同士で結婚したりすると、どちらかがその部署から外されなきゃいけない、みたいな。別に内規ってわけじゃないけど、そういうこともあるだろ」

わたしは少し戸惑っていた。部長は何を言いたいのだろう。

「これはさ、個人的な意見とはちょっと違うんだけど、うちの場合、もしそういうことがあると、どうしても女性の方が異動させられる方が多いのは事実なんだよな。慣例っていうかさ。個人的にはどうかなって思ってるんだよ。よりその部署で実力を発揮できる方が残るべきなんじゃないかってね。だけど、まあこれは仕方がないというか、その辺はまだ古い体質が残ってるからなあ……」

そうですねえ、とわたしは答えるしかなかった。一般論として、部長の言っていることはその通りだろう。

結婚した二人を同じ部署に置いておけば、どうしてもトラブルというか、そういうことが起きてしまう。例えばだけれど、妻になった女性の方がどんな意見を持っていても、最終的には夫である男性の意見に従ってしまうとか、そんなこともあるかもしれない。

会社としては、なるべくそういう事態を避けたいだろうから、どちらかを異動させることになる。そして多くの場合、女性の方が動くことになるのが現実だ。とはいえ、それがいったい何だと言うのだろう。部長は何が言いたいのか。しばらく沈黙が続いた。

「……川村さんは、宣伝部にずっといたいとか、そういう希望はある?」

「……どうでしょう。何しろわたし、入社してからずっと広報だったんで、他の部署のことがよくわからないんです」

「そうか……そうだよなあ……」

しきりに部長が首をひねりながらそう言った。もしかして、まさか、そういうことなのだろうか。

その後、わたしたちは小一時間ほど話をしてから、それぞれ家路についた。どうなのだろうか。わたしの想像は当たっているのだろうか。

考えても結論が出ないのはわかっていたけれど、考えざるを得なかった。その夜、わたしはしばらく眠れなかった。

4

その後、気が付くと部長と食事を共にする回数が増えていた。昼食の時もあったが、ほとんどの場合は夕食だった。部長に誘われて、わたしがノーと言うことはほとんどなかった。だいたい、週に一、二度のペースではなかっただろうか。

ひと月ほどそんな期間が続いた。その頃には、わたしにも秋山部長の真意がある程度わかるようになっていた。部長はわたしに対して、何らかの意味で好意を抱いている。

自分でも信じられないが、どうもそういうことらしい。明確には伝えられていなかったけれど、部長の話の端々から、それを察することはできた。

わたしにとって、それはとても嬉しいことだった。わたしが入社した前後に、部長は前の奥さんと結婚していたが、みどりさんというその女性に対して、ちょっと羨ましく思ったこと、もっとはっきり言えば妬《ねた》ましく思ったことはよく覚えている。

部長が仕事のできる人であり、上層部からの評価も高いこと、おそらく将来的には役員になるのではないか、という話も聞いていた。そして下からの受けもよく、会社員として、管理職として、評判がいいこともよくわかっていた。

実際、秋山部長は仕事熱心で、自分の意志や信念もあり、そのために部下たちを引っ張っていくリーダーシップも持っていた。同時に柔軟性も持ち合わせていて、自分の意見に固執したりすることもなかった。

他からの意見や助言があれば、それを取り入れてより良いアイデアにすることも多かった。そして一度決めたことについては、上層部からの反対意見が出たとしても自説を主張する強さも持っていた。

はっきり言って、わたしを含めた銘和乳業の女子社員たちの多くが、秋山部長に憧《あこが》れていたといっても過言ではない。ただ、残念なことに彼は結婚していたから、誰もが諦めざるを得なかっただけの話だ。

ところが、おしどり夫婦と言われていた秋山部長は奥さんの不倫が元で離婚してしまい、フリーの身になった。昔風にいえば戸籍に傷がついたことになるが、今の時代、そんなことを気にする女性はいないだろう。ましてや、相手は秋山部長なのだ。

そして、その部長が明らかにわたしに対して好意を抱いている。ざっくばらんなところのある部長は、それをあまり隠すつもりはないようで、わたしの周囲からも、いったいどうなってんのよ、という問い合わせが殺到したぐらいだ。

自分でもよくわからないし、はっきり何かを言われたわけでもないので答えることはできなかったが、部長の側にそのつもりがあるのは間違いなかった。最近では、誰かが側《そば》にいてもそれに構うことなく、個人的にわたしを誘うことも増えていた。

「チャンスだよ、晶子」給湯室に先輩である大塚女史から呼び出されたのは、そんなある日のことだった。「聞いたよ、秋山のこと。ずいぶんあっちも積極的らしいじゃないの」

「そんなことないですよ……たまたま、食事とかそういうことが続いているだけで」

「あたしに隠し事は通用しないよ」大塚女史が指を振った。「いや、わかってる。まあまあ、秋山もいろいろあったからね。離婚の原因も原因だしさ、今度は落ち着いた女を選ぼうっていうのもわかるよね」

給湯室から首だけを伸ばして、誰も来ないことを確かめた大塚女史が言った。

「確かに……食事をすることとかは多くなってますけど」わたしは言った。「でも、仕事の話とかもありますし……」

当たり前でしょう、と彼女がわたしの背中を叩いた。

「男なんてね、そんなもんだよ。いざとなると度胸が据わらないんだね、あいつらは。男ってのはしょうがないよねえ……それで、どうなの。誰にも言わないから。あんたはどう思ってんの？」

「そんな……どうって言われても……尊敬してる上司ですし」

「能書きはいいから。どう思ってんのか、それだけ言いなさい」

「いや、その……」大塚女史の矢継ぎ早の攻撃に、わたしはもう抵抗する気力がなくなっていた。

「悪い人じゃないなあって……」

「もう告白とかされたの？」

「いえ、そんな……そういうことじゃないかもしれないですし……」

「ないかもしれないし？　晶子、あんたねえ、週に三度も四度も食事している相手に、そういうつもりがないわけがないでしょうに」

三度も四度もじゃありません、とわたしは抗議した。

「一度とか二度とか、それぐらいです」

「同じだってば。そんだけ会ってりゃ十分だよ。間違いないね。晶子、先輩の忠告は聞いておくもんだよ。あんたは今、大きなチャンスを迎えてるんだ。いいかい、チャンスの神様ってのはね、前髪しかないんだよ。後になって、しまったって思っても、その時は遅いんだからね。何しろ、相手は後頭部が禿《は》げてるんだから」

「そんな……チャンスとかじゃなくて」

いいかげんにしなさい、と大塚女史がまたわたしの背中を強く叩いた。給湯室にすごい音が響いた。

「ああ、あたしがもう少し若けりゃねえ……自分で行ったんだけど、まあしょうがない。今回はあんたに譲りましょう。いいじゃないの、秋山。悪い男じゃないよ、これから出世だってするだろうし、みんなからも好かれてるし。もし何だったら、あんたが自分の方から言いなさいよ。恥ずかしがる歳でもないでしょうに」

「いや、それは……違う話だと思うんですけど」

とにかく頑張りなさい、という応援を背に受けて、わたしは自分の席に戻った。

おそらく、それは何かの前触れだったのだろう。その日の夜、わたしは秋山部長から食事に誘われた。もちろん、わたしはすぐにうなずいた。

5

部長に連れていかれたのは、会社からそれほど離れていない場所にあるバーだった。バーといっても、軽食の類はもちろんある。

部長は黒ビールを、わたしはファジーネーブルをオーダーしてから、食べる物をいくつか注文した。真鯛《まだい》のカルパッチョとか、シーザーサラダとか、木の実の盛り合わせとか、そんなふうにあまり重くないものだ。

比較的部長は量を食べる人なので、ちょっと珍しいと思ったが、やはり彼にも心の準備というものが必要だったのだろう。食事などどうでもいい、というのが率直なところだったのではないか。

　いつもより早いペースで黒ビールの中ジョッキを空けた部長が、同じものを、と注文した。よく冷えたビールが、すぐにテーブルに届いた。ジョッキの中で弾《はじ》ける泡を見つめながら、ところで川村さん、と部長が口を開いた。

「最近、僕たちのことが社内で話題になってるの、知ってる？」

「……まあ、何となく、ですけど」

　知ってるも何も、今日も給湯室で大塚女史に励まされてきたばかりだ。昨日のランチタイムには、どこまで進行しているのか、周りから根掘り葉掘り聞かれてさえいた。ある意味、わたしたちの関係は社内中の注目の的だった。

「そりゃ、そうだよな」部長が口の周りの泡を手で拭った。「噂の種にはなるよなあ。会社員の楽しみって、それだもんな」

「異動の噂と社内恋愛の話は、ＯＬの大好物ですから」

「男だってそうだよ。それでさ」さりげなく部長が言った。「その噂を、本当のものにするっていうのはどうかな」

　来た。ついに来た。逸《はや》る想いを抑えながら、はあ、とだけ私は答えた。つまりさ、と部長が付け加えた。

「お互い、いい歳だから、遠回しに言っても始まらない。はっきり言うけど、どうかな、僕は。つきあってみる相手として考慮の範囲内かな」

　なるほど、うまい言い回しもあるものだ、とわたしは感心した。考慮の範囲内、か。そう言われると答えはイエスかノーかしかなくなる。そして、範囲の中なのか外なのかと言われれば、これは誰がどう見たって当然範囲内ということになるだろう。

「……秋山部長のことは、仕事の面でも、その他のことでも、尊敬してますし、学ぶべきところも多いと思っています」

「いや、そういう社交辞令的な話じゃなくてさ。男としてどうなのかってことだよ」

わかってますってば。そんなにすぐに答えを出したらもったいないっていう女の気持ちがわからないのかしら、この人は。

「それは、まあ、その……もちろん、あります」ちょっと舌がもつれた。「いい方だと思ってますし、つまりそれは男性として魅力的というか、いや、ちょっと違うかな……あのですね、でもそういうことなんです」

「つまり、ありってことかな」

部長がわたしの手にそっと触れた。どうするべきなのか。引っ込めるべきなのか、このままにしておくべきなのか。悩んでいるうちに、結局そのままということになってしまった。

「僕としては、ありの方向で考えてもらえると大変ありがたいんだけどね」

「……いえ、ありがたいのはこっちの方です。でも、そんな……あたしなんかでいいんですか？部長だったら、もっとこう社内でも社外でも、何て言うか、お似合いの方がいらっしゃるんじゃないかなっていうのもちょっとあるんですけど……」

「それは、僕が決めることじゃないかと思うんだよね」

冗談めかして部長が言った。わたしは野菜スティックに空いていた手を伸ばした。

「それはそうなんでしょうけど……」

「いや、もちろん、今ここで答えてほしいとか、そんなつもりはないよ。川村さんだって、いろいろ考えるところもあるだろうし、僕もいい歳だ。結論を急いでいるわけじゃない。ただ、そういう風に僕が考えているということを、頭の隅の方にでも入れておいてほしいんだ」

「それはもちろん」わたしはちょっと焦りながら答えた。「隅の方どころか、中央に置いて考えます」

部長が小さく笑った。わたしも自分で言いながら、思わず笑ってしまった。

「その……先々のことも含めてね、考えてほしいんだ。ゆっくり、落ち着いて。川村さんにとっても、僕にとっても、どうすれば一番いいのか、それを考えてほしい。のんびりとは言いたくないけどね。でも、ちゃんと考えてみてくれないかな。僕も一時の感情だけで言ってるつもりはない。今まで上司として川村さんのことはずっと見てきたつもりだし、このところしばらく食事を一緒にしたりして、よく考えたその結果として、こんなことを言っているんだってことはわかってほしい」

「……はい」

もしわたしたちがもう少し若かったら、このままの勢いで何かが始まってしまったかもしれないが、その辺りはやはり二人とも年齢相応に落ち着いていた。部長も強く誘ったりはせず、わたしも何も言わなかった。結局、二時間ほどその店で過ごし、何もないままわたしたちは帰った。

期限を切られたわけではないけれど、なるべく早く返事をした方がいいだろう。チャンスの神様ってのはね、という大塚女史の声が聞こえてきた。わかってます、前髪しかないんですよね。

それを逃したら、次はないんですよね。

まったくもっておっしゃる通りです。むしろ、いつ答えるべきなのかを考える方が、わたしにとって重要な問題になっていた。

6

その翌週、もう一度部長と食事をした。その時はそういう話は出なかった。というのも、その日は部長が抱えていた仕事が佳境に入っていて、食事の席にもどんどん電話がかかってくるような状態だったからだ。だから、食事をしただけで終わった。

結局、わたしがイエスという返事をしたのは、更にその翌週の金曜日のことだった。別に勿体《もったい》をつけるつもりはなかったが、あんまりあっさり答えてしまうのもいかがなものかという気持ちもあった。そして、冷静になって考えるためには、やはりそれなりの時間はどうしても必要だった。

「あの……前向きに考えたいと思っています」

そう言ったわたしに、部長がちょっとほっとしたような笑みを向けた。

「いや、悩ませていたら悪かったなと思ってね……ほら、一応上司と部下という関係だから、断るのも難しいだろうなあって、後で思ってさ。ちょっと配慮が足りなかったかなって。でも、とりあえずそういうことなら良かった」

正直なところ、それはあまり考えていなかった。言われて思ったのだけど、確かに部長の申し出を断っていたら、仕事の面でやりにくいことも起きただろう。

部長もわたしも大人だから、そんなに露骨なことはないにしても、やっぱりしこりは残ったはずだ。それも含めて、わたしが出した結論は、いろいろなことを丸く収めるためにも最善な答えだったのだろう。

前向きに考える、という答えが返ってきた以上、部長としても当然それを了解の意味に受け取っただろうし、わたしとしてもそのつもりだった。正直に言えば、何が起きてもいいように、わたしは万全の用意を整えていた。

早い話、下着は上下揃いのものを身につけていたし、その他、大きな声では言えないが、細かい部分の処理もきちんとしていったのだ。金曜日を選んだのも、わたしとしては翌日のことまで考えた結果だった。

これは想像だけれど、部長の方もおそらくそのつもりがあったと思う。ただ、思っていた通りに事が運ばないのが現実というもので、部長の携帯電話が鳴り出したのは夜九時近くになった時のことだった。

電話をかけてきたのは宣伝部の社員で、先週もそうだったように現在進んでいるプロジェクトについて、かなり大きなトラブルが発生した、という連絡だった。

仕事ということであれば仕方がない。わたしたちに焦る必要はなかった。会社へ戻るという部長と共に店を出て、わたしは帰ることにした。少しばかり未練はあったが、それを言い出すほど子供ではないつもりだった。

（せっかく、下着を揃えといたんだけどなあ）

帰りの電車に揺られながら、ぼんやりとそんなことを考えた。でも、これぱかりはどうしようもない。わたしだって、過去に急な仕事でデートをキャンセルしたことは何度もあったのだ。例えば十代、あるいは二十代なら、部長の仕事終わりを待つという選択肢もあったかもしれないが、部長も言っていた通り、ゆっくりといろんなことを進めていけばいいとわかっていたから、わたしとしても困ることは何もなかった。電車が東久留米に着き、わたしは家へと向かって歩き始めた。

7

本当に不思議だと思うが、会社員はどうして他人の恋愛について、あれほど敏感なのだろうか。翌週の月曜日、わたしと部長のことは、もうすっかりみんなの知るところとなっていた。

後で部長にも確認したのだが、先週の金曜日のことは誰にも話していないという。それはわたしも同じだった。

にもかかわらず、どういうわけか誰もがわたしたちの関係が一歩進んだことに気づいていた。わたしか部長が特殊なオーラでも発していたのだろうか。その辺りのことはよくわからない。

もっとも、それで困ることは別になかった。わたしは独身だし、部長も正式に離婚していたから、これは不倫でも何でもない。

そして、今のところ手が触れ合う以上のことは何もなかったのだから、清廉潔白もいいところだ。誰に後ろ指を指されることもない。堂々としていればそれでよかった。

冷やかしてくる人とかもいたけれど、わたしとしてはただ笑っているしかなかったし、それ以上に何か言う人もいなかった。別にみんなも、何か確証があってわたしと部長のことを言っているわけではないのだ。

ただ、おそらくはわたしと部長の間に何か目に見えない電気のようなものが走っていて、それを察した連中が噂の種にしているということなのだろう。

月曜の朝は何かと雑事が多い。わたしを含め、宣伝部のみんなが仕事を始めていた。宣伝の仕事というのは、土日の間にわたしたちの知らないところで進んでいる場合もある。関係者から来ていた報告メールを処理するだけでも、それなりに時間がかかった。

朝会、課長会議、連絡会など、月曜日は会議も多い。それぞれにルーティンではあるけれど、課長職という立場にあるわたしはそういう会議に出席しなければならなかった。何だかんだで、一応もろもろやるべきことが終わったのは午後一時を回ったところだった。

少し遅いランチになってしまったけれど、仕方がない。わたしはビルの外に出て、近くのコンビニで買ったサンドイッチと野菜ジュースで昼食を済ませることにした。

たまにはこういうのも悪くない、と思った。よく晴れた日だったためもある。わたしは会社の裏手にある公園まで戻り、そこのベンチでサンドイッチの包みを開いた。

(何か、展開が早すぎるよなあ)

もそもそとサンドイッチを食べながら、そんなことを思った。去年の暮れまでは、児島くんとつきあっていた。形として、わたしの方から振ったことになるのだけれど、決して傷ついていないわけではなかった。

それなりにいろいろと考え、どうにもならないという結論に達し、結果としてああいう形で終わった。嫌いで別れたのなら、もっと楽だったろう。

そしてわたしは三十八歳の誕生日を迎え、もう何事も起きないだろうとある種の諦めに似た想いを抱くようになっていた。そんなところに、降って湧いたように持ち上がったのが秋山部長の存在だった。

これはわたしに限ったことではなく、多くの女子社員が秋山部長に憧れていた。ただ、それはあくまでも夢物語のような話で、決して現実味のあることではなかった。わたしもそう思っていた。にもかかわらず、部長はわたしにアプローチをかけてきた。

ガチガチの堅物というわけではないけれど、部長はどちらかといえば真面目な性格だ。離婚したばかりで、部下であるわたしに誘いをかけるのは、勇気がいっただろう。

それでも、とにかく部長は高い壁を乗り越えるようにしてわたしの方に近づいてきてくれた。わたしとしても、もともと憧れていた存在だったし、否《いや》も応もない。できすぎているぐらいにありがたい話だった。

本当に、大塚女史ではないけれど、次はわたしの方から誘ってみるべきかもしれない。もっと具体的に、リアルな形で。つまり男と女として。わたしの方から前へ一歩進むことも必要だろう。

ジュースを飲んでいたら、目の前を小さな子供がゆっくりと通り過ぎていった。まだ二、三歳ぐらいなのか、頭が大きくてバランスがうまく取れていない歩き方だった。その後を追うようにして、若そうなお母さんが大股で歩いていった。

子供か。まだ間に合うだろうか。マル高というのは何歳からのことを言うのだっただろうか、と考えながらふと顔を上げると、公園の入口のところに児島くんが立っていた。

「……どうも。こんにちは」

小さく頭を下げた児島くんが近づいてきた。こんにちは、とわたしも小さく礼を返した。

「偶然ですね……よく来るんですか？」

わたしの座っていたベンチの前で、彼が足を止めた。よく、というほどではない。月に一度か、ふた月に一度ぐらいだろうか。そう答えると、ぼくは御社に来る時、よくここに寄るんですよ、と彼が言った。

「こんなところに公園があるなんて、ずっと知らなかったんですけど、半年ぐらい前かな。広報の誰かに教えてもらって。それからは、時間があればちょっと寄ったりして」

児島くんの態度はすごく自然だった。どうしてここに寄るのと尋ねると、いやあ、と頭を掻いた。

「正直、御社が全面禁煙になっちゃったじゃないすか。まあ、喫煙ルームがあるのは知ってますけど、何しろぼくは出入り業者ですからね。なかなかあそこじゃすい辛くて」

「気にすることないのに」

「サラリーマンのたしなみってやつですよ」児島くんが笑った。「それで、ちょっと困ったなみたいな話をしてたら、裏に公園があるよって。そこなら煙草もすえるって言われて。誰が教えてくれたんだっけかなあ」

座る？　とわたしはベンチを指した。いえ、いいです、と児島くんが首を振った。

「ていうか、そろそろ時間なんで。水越さんと約束してるんですよ」

しまった、煙草をすうのを忘れた、と児島くんが肩をすくめた。水越なんか待たせておけばいいのよ、とわたしは言ったけど、そういうわけにもいかないですから、と彼が首を振った。

「すいません、お昼の邪魔をしちゃって。じゃ、失礼します」

歩きだした児島くんが足を止めた。

「そういえば……川村さん、秋山部長と……その……だそうですね」

「……どうなのかな」わたしはフレアスカートのパン屑《くず》を手で払った。「まだ、わからないけど」

「良かったですね。ぼくが言うのもおかしいかもしれないですけど、お似合いだと思います」

失礼します、と繰り返して、児島くんが公園を出ていった。わたしはその後ろ姿を、少し感傷的な気分で見送った。

8

週末の金曜日、秋山部長に呼ばれた。仕事の話じゃないんだ、と部長がちょっと声を潜めた。要するに食事の誘いだ。もちろん大丈夫です、と答えた。

七時半に池袋の駅近くにあるレストランで待ち合わせをしていたのだけれど、部長が着いたのは三十分ほど遅れた八時過ぎのことだった。済まない、と席に着くなり部長が頭を下げた。

「申し訳ないね、遅れちゃって……ちょっと人事に呼ばれて、それで遅くなった」

「……異動、ですか?」

そうじゃない、と部長が照れたように笑った。

「ここだけの話だけどね……六月の株主総会で、執行役員に推挙するつもりだから、と会社に言われた。社長以下、取締役会もその方向で動いてくれているそうだ」

「すごいじゃないですか。部長の年齢で……あ、すいません……でも役員だなんて、うちじゃ一番若いんじゃないですか？」

「かもしれない。でも、執行役員だからね。成績が悪ければ、すぐにそんな肩書は外されちゃうさ」

そう言いながらも、秋山部長はさすがに嬉しそうだった。わたしもちょっと興奮していた。前から部長は幹部候補生と言われていたし、役員になるのも時間の問題と噂されていたけれど、執行役員とはいえ、おそらく誰の予想よりも早い出世なのではないか。

「お祝いですね、今日は」

「まあ、まだ正式に決まったわけじゃないけど、前祝いぐらいはしてもいいかな」

部長がウェイターを呼んで、シャンパンを二つ、と注文した。

「本当にすごいと思います……良かったですね」

「そして、それを真っ先に君に報告することができたというのも、僕にとっては嬉しいことでね」テーブルに届けられたシャンパンのグラスを部長が高く掲げた。「とにかく、乾杯しよう」

わたしは自分のグラスを部長のグラスに合わせた。黄金色のシャンパンを、部長が半分ほど飲んだ。

人事部長の話では、部長が執行役員として担当するのは宣伝、広報、広告ということになるそうだ。そして順調にいけば、数年後には執行という二文字が取れて、本当に役員になる。その時は販売担当役員になるらしい。銘和乳業という会社の中では、最もその比重の重い役職だ。

当然のことだけれど、食事は楽しく進んだ。銘和乳業は同族会社ではあるけれど、創業者一族はこの何年か経営から一歩退いた形を取っている。現在の社長も創業者の係累ではなく、サラリーマン社長だ。

ということは、秋山部長も順調に出世の階段を昇っていけば、将来的に社長になる可能性も十分にあり得る。販売担当役員というのは、現社長もそうだったけれど、明らかにいわゆる出世コースだった。

「まあ、そんなのは十年も二十年も先の話だよ。それまでうちの会社が保《も》つかどうか、そんな保証もないしね」

食事を終え、コーヒーを飲みながら部長が言った。確かにそうかもしれないけれど、そんなことを言っていたら保証できることなんて何もないだろう。

もしかしたら、明日にでも地球が大爆発を起こしてしまうかもしれない。そして、銘和乳業は今のところ経営は順調だし、株価も安定している。少なくとも十年ぐらいは安泰だろうと思われた。

「それでね……」急に部長が真顔になった。「別に、だからというわけじゃない。もともとそのつもりだった。今日、こんなことを言うのは、ある意味偶然だということはわかってほしい。偉くなるからとか、出世するからとか、そういうこととは関係なく、川村さんはこの前、僕とのことを前向きに考えてくれると言ってくれたけど、もっとはっきりした返事がほしい。どうだろう、僕と真剣につきあってもらえないかな」

部長がわたしの手を握った。酔いのせいもあるのかもしれないけれど、その手はとても熱かった。

「決していい加減な気持ちじゃない。僕としては真剣に君のことを考えているつもりだし、君もそうなら嬉しいと思っている。幸せにしたいと思っている」

部長が正面からわたしの顔を見た。手は握られたままだ。わたしとしても、答えはひとつだった。ありがとうございます。そんなふうに言っていただけるなんて、本当に嬉しいです。部長の目を見つめながら、わたしはゆっくりと口を開いた。

「ありがとうございます。そんなふうにおっしゃっていただけるなんて、本当に嬉しいと思っています」

「そう言ってくれると信じてたよ」

微笑んだ部長の笑みが、凍りついたように固まった。わたしが自分の手を引いたからだ。

「でも、わたしにはあまりにもったいなさすぎる話で……やっぱり無理だと思います。申し訳ありません」

静かにわたしは頭を下げた。どうして、というように部長がわたしを見つめた。

「僕じゃ駄目かい？　どうして無理だと思うんだ？　何の不満があるのか、教えてくれないか」

「駄目じゃないですし、無理でもないですし、不満もありません」わたしはひとつひとつ言葉を選びながら言った。「部長が仕事ができる方だということはよくわかっています。これからは執行役員になられるわけですし、将来的には役員にもなると思います。もしかしたら、社長になるかもしれません。前にも言いましたけど、男性としての魅力もあります。ずっと憧れていました。

そして、きっとわたしのことを幸せにしてくれると思います」

「その通りだ」部長がもう一度わたしの手を摑んだ。「決して傲慢《ごうまん》な意味で言ってるんじゃない。役員になるから、何でも思い通りになるなんて思ってないよ。だけど普通のサラリーマンより、経済的な意味でも、世間体みたいな部分でも、ある程度の保証はできると思っている。君のことを幸せにできると考えている」

そうだ。問題は、ポイントはそこだった。どうしてわたしは今までそこに気づかなかったのだろう。

「すいません……そして、本当にありがとうございます」わたしは席から立ち上がった。「感謝しています。すべて、部長のおかげです」

「どういう意味だ?」

「一番大事なことを教わったという意味です。ずっと、入社した頃から、部長に憧れていました。仕事もできて、人間味もあって、優しくて、理想の男性だと思っていました。でも、今回のことで何よりも重要なことを教わったような気がしています。憧れと好きとは、イコールではないんですね」

失礼します、ともう一度頭を下げて、わたしは自分のバッグを取り上げた。やらなければならないことはわかっていた。

9

池袋の駅へ出る途中、児島くんに電話しようとして、わたしは去年のイブに彼と別れた時、未練を残さないために彼の携帯番号を消していたことを思い出した。メールも同じだ。何度か来ていたが、その都度消去していた。どうしようもない。直接、彼の家へ行くしかなかった。

新宿で乗り換え、高円寺へと向かった。週末ということもあってか、車内はかなり混んでいた。吊り革に摑まりながら、わたしはずっと考えていた。秋山部長はわたしの幸せを保証すると言ってくれた。それはとても重い言葉であり、そう言ってくれたことについて、本当に感謝していた。

でも、幸せって何なのだろう。例えば秋山部長が役員になり、社長になり、その妻になることが幸せなのだろうか。いや、それももちろん幸せのひとつの形だろう。社長夫人。それは決して悪くない響きだ。

だけど、だからと言ってそれがわたしの幸せなのかどうかはわからない。たぶん、幸せには生きている人の数だけの形がある。具体的な言葉にしてしまえば、それは経済力であったり愛情であったり平和で安らかな毎日であったり、そういうことに集約されるのだろう。

でも、実際には違う。違うというより、もっと細かく、人それぞれに違う形での幸せがあるのではないか。

三十八歳になるまで、わたしにはそれがわからなかった。幸せというものには、愛している人がいるということはもちろんだけど、安定した生活だとか、ある程度のお金とか、そういうものが含まれていると漠然と考えていた。そうではない。いや、そういうことも幸せの一部かもしれないけど、そんなに重要な要素ではないのだ。

幸せって何なのだろう。それは、おそらく言葉で説明できるものではない。考えて定義できるものでもない。ただ、感じるものなのではないか。そんな気がしていた。

この数カ月、傍《はた》から見ればわたしは幸せだっただろう。会社の期待を一身に背負っている幹部候補生との交際。誰もが羨む立場だったかもしれない。

確かに、それはその通りだっただろう。女子社員の多くが憧れている白馬に乗った王子様。そんな人とつきあえるなんて、考えたこともなかった。でも、その憧れが現実のものになり、王子様の方からつきあってほしいとアプローチをかけてきた。

嬉しくないはずがない。女として、それ以上の幸せがあるはずないと思った。そして、今日の部長の話では、部長は執行役員になるという。おそらく今後も順調に出世の階段を昇り続けていくのだろう。そんな相手に交際を申し込まれて、断わる女などいるはずもない。誰もがそう思っていただろう。

でも、わたしは本当は気が付いていた。何かが違うと。わたしが欲しているものとは、何かが違うとわかっていた。憧れとか、社会的な地位とか、収入とか、そういうものではないと本当は気づいていたのだ。

(何てバカだったんだろう)

わたしにとって必要なのは、他の誰でもない。児島くんという十四歳年下の男の子だった。

彼はわたしのことを真剣に見つめ、考え、あらゆるリスクを乗り越えて、それでもわたしでなければ駄目なんだと言ってくれた。そして、それはわたしも同じだった。

彼はまだ若く、経験にも乏しく、正式な意味での会社員ですらない。働いてこそいるものの、その立場はとても不安定で、ひとつ間違えれば辞めさせられてもおかしくなかった。

当然、経済的にも不安があるし、仮に今いる会社でどんなに偉くなったとしてもたかが知れている。秋山部長とは比べものにすらならない。それでも、彼でなければ駄目なのだ。それは最初から、もしかしたらつきあう前からわかっていたことだった。

にもかかわらず、わたしはつまらない計算をしてしまった。年齢の問題。収入の問題。世間体。すべてがマイナスの要素だと思った。だから彼と別れた。そうするしかないと思い込んでいた。

そんなことはない。電車の窓外に流れていく風景を見つめながら思った。そんなことはないのだ。

わたしは、彼がわたしを幸せにしてくれる保証がないと思っていた。もしかしたら、それは半ばその通りなのかもしれない。だけど、だったらわたしが彼を幸せにしてあげればいい。

わたしはただの三十八歳のＯＬに過ぎない。今後偉くなるのかならないのか、そんなことさえもはっきりしていない。でも、だけど、児島くんのことを幸せにすることはできるかもしれないはずだ。

年齢？　そんなのどうでもいい。お金？　何とかなるだろう。世間体？　気にすることはない。だって、彼はそれでいいと言ってくれた。それが彼にとっての幸せだと言ってくれたのだから。

幸せの保証なんて、誰にもできない。極端な話、今わたしが乗っているこの電車が脱線事故を起こして、そのまま死んでしまう可能性だってある。その意味で、保証することは誰にもできない。秋山部長にも、児島くんにも。

だから、保証なんてどうでもいいことなのだ。重要なのは、自分が幸せだと思える何かをつかみ取ることだ。わたしにとって、それは児島くんでなければならなかった。

わたしにとっての幸せとは、イコール児島くんなのだということに、今ようやく気が付いていた。遅かったかもしれない。でも、まだ間に合うかもしれなかった。

高円寺の彼のアパートに着いたのは、夜の九時近かった。インターフォンを鳴らし、ドアを叩いてもみたが、児島くんが出てくる気配はなかった。だいたい、部屋の明かりも消えていた。どこへ行ったのかわからないが、彼が今この部屋にいないことだけは確かだった。

(この肝心な時に)

どうしよう。どうすればいいのだろう。迷っていたわたしの頭の中で、何かがひとつ閃《ひらめ》いた。

児島くんとのことを進めていくために、クリアしなければならない大きな問題がある。それは彼のご両親だ。児島くんが捕まらない以上、ご両親に挨拶をしに行こうと思った。

順序としてはおかしいかもしれない。児島くんにはもう新しい彼女ができているかもしれない。それでも、わたしはもう迷わなかった。その時はその時だ。潔《いさぎよ》く諦めよう。まずはご両親のところへ行こう。

彼の実家が町田にあることはわかっていた。わたしは児島くんのアパートからとって返し、高円寺の駅へと向かった。

10

行ったことはなかったけれど、彼とつきあっていた頃、彼の実家がどの辺りにあるのかは聞いたことがあった。町田の駅からほど近いところに、ダルマ屋、という居酒屋があり、その裏手にある古い一軒家だと彼は言っていた。

わたしも決して方向感覚がいいわけではないが、ダルマ屋というその店は戦前からあり、近所に住んでいる人なら誰でも知っているという話だった。駅からもそう遠くはないというから、聞けば誰かが教えてくれるだろう。

新宿で小田急線に乗り換えた。いらいらするほど電車の速度が遅く感じられた。それでも待っていればいつかは目的地に着くもので、電車がようやく町田の駅に着いた。わたしは駅員に声をかけ、ダルマ屋という居酒屋を知っていますか、と尋ねた。

その駅員は知らなかったけれど、その次に聞いた駅前にいたおばさんは、ダルマ屋というその店を知っていた。わたしの顔を見ながら、おばさんは丁寧に道順まで教えてくれた。よほど強い何かを感じたのだろう。

歩いて七、八分だから、と言ったおばさんに礼を言うと、なぜかはわからないが、頑張んなさい、と言われた。頑張ります、とわたしは答えた。

改札を抜け、おばさんに教えられた通りの道を行くと、あっさりとダルマ屋というその店が見つかった。裏手にある古い家、とつぶやきながら、店の後ろに回った。

細い道が一本あり、そこを入っていくと確かにちょっと古ぼけた家があった。表札には〝児島〟と太い文字で書かれていた。わたしは迷わず戸を叩いた。

「すいません、夜分すいません。どなたかいらっしゃいますか？」

戸を叩きながら言った。いきなり戸が開いた。そこに立っていたのはTシャツにジーンズ姿の児島くんだった。

「……こんばんは」

不思議なものを見るような目で児島くんが言った。わたしも驚いていた。

「……どうして、ここに？」

「いや、週末なんで……たまには親の顔でも見にこようかなって……そんなことより、いったいどうしたんですか？」

「入ってもいい？」

返事を待たずにわたしはローヒールのパンプスを脱いで、玄関に上がった。訳がわからない、というように首を傾《かし》げた児島くんが、どうぞ、と言った。わたしだって、訳がわからなかったのだから、無理はない。

「どうした、達郎。お客さんか？」

奥の方から声がした。親父です、と児島くんが言った。うなずいたわたしは、その声のする方へと向かっていった。

建て付けの悪い襖《ふすま》を開くと、そこは居間だった。児島くんのお父さんなのだろう、五十代半ばぐらいの男の人がテレビを見ながらお茶を飲んでいた。その向かい側に座っていた女の人は、当然児島くんのお母さんということになる。

「あの……こんばんは」

「……こんばんは」

二人が不審者を見るような目になっていた。もう夜の十一時を廻《まわ》っている。他人の家を訪問するには遅すぎる時間だということは、わたしにもわかっていた。

「すみません、夜分に。非常識なのはよくわかっています。本当にすみません」

「達ちゃん……」お母さんが言った。「どちら様なの？」

わたしの後ろに児島くんが立っていた。彼が口を開く前に、わたしは自己紹介を始めていた。

「川村晶子といいます。達郎さんが働いている青葉ピー・アールさんの取引会社のひとつで、銘和乳業という会社の社員です。もう少し細かく言うと、そこの宣伝部で働いています」

「……あの、達郎が何か失礼なことでも……」

お母さんがおろおろした声で言った。とんでもありません、とわたしは答えた。

「失礼なのはわたしの方です。こんな時間に、連絡もせず、いきなりお邪魔するなんて、本当に失礼なことをしていると思っています。自分でもよくわかっているつもりです」

とにかく座ったら、と児島くんが後ろからわたしの肩を押した。いいの、とわたしは首を振った。

「実は、どうしてもお父様とお母様にお伝えしたいことがあってお伺いしました。非礼は重々承知しています。ですが、話を聞いていただけないでしょうか」

達ちゃん、とお母さんが困ったような顔になった。さっぱりわからない、というように児島くんが肩をすくめた。

「正直に申しますが、わたしは去年の年末まで、達郎さんとおつきあいをさせていただいていました。もっとはっきり言いますけれど、わたしは今三十八歳で、達郎さんより十四歳ほど年上になります。申し上げにくいのですが、おつきあいを断ったのはわたしの方からでした。常識で考えて、十四歳年下の彼と交際を続けていくのは難しいと思ったからです」

そうなんですか、とお母さんがつぶやいた。はい、と答えながらわたしは頭を下げた。

「それなのに、こんなことを言うのは身勝手だとわかっています。でも、お願いがあるんです。達郎さんを、わたしのお婿《むこ》さんにください。お願いします」

晶子さん、と児島くんが焦ったような声で叫んだ。わたしは更に深く頭を下げた。

「不躾《ぶしつけ》なお願いなのはわかっています。しかも、わたしは達郎さんの気持ちを聞いてさえいません。お婿さんになってくれるのかどうか、それさえわかっていないんです。でも、お願いです。自分の方から別れを切り出しておいて、何を都合のいいことを言ってるんだと言われても仕方がないこともわかってます。ましてや、十四歳も年上の女が何を言ってるのかと思われるのは当然です。でも、わたしとしては、どうしても達郎さんにお婿さんになってほしいんです。達郎さんが今日、ここにいることは知りませんでした。まず、ご両親のお許しがいただきたくて、こんな時間に来てしまいました。すみません、本当にすみません」

一気にそれだけ言って、わたしは深く深く頭を下げた。どれぐらい沈黙が続いただろう。わたしにはそれさえわからなかった。達郎、というお父さんの声がした。

「……どうも、ここのところ、お前が週末になるとこっちへ来ては、自分の部屋に閉じこもってるからおかしいとは思ってた」

「親父」

情けないなあ、とお父さんが顎《あご》の辺りをぼりぼりと掻いた。

「情けないというか、嘆《なげ》かわしいというか……女に振られたぐらいで、そんなに落ち込むような育て方をおれはしていたのかね」

「うるさいよ、親父」

児島くんが舌打ちをする音が聞こえた。とにかく頭を上げてください、とお父さんが言った。

「川村さん……でよろしかったですかね。ひとつだけ聞かせてもらいますが、あなたは達郎より十四歳も年上だという。達郎のことはいい。あなたはそれでも構わないと、本当に思ってるんですか？」

はい、と迷うことなくわたしは答えた。

「わたしが達郎さんを幸せにしてみせます」

そうですか、とうなずいたお父さんが煙草をくわえた。

「非常識とは言いませんが、決して常識的ではないと思いますな。そうは思いませんか」

「その通りだと思います。でも、間違っているとは思っていません」

母さん、とお父さんが声をかけた。

「お茶の用意を……川村さん、とにかく座ってください。わたしたちは話し合う必要がある。そうでしょう？　そして、その話し合いは前向きに進められるべきだとわたしは思うのですが、どうでしょうかね。川村さん、わたしの答えはあなたの期待に沿ったものになっていますか？」

お父さんが優しく微笑んだ。立ち上がったお母さんが、新しい茶器を戸棚から出し始めた。そして、児島くんが後ろからわたしの手をそっと握った。

「ありがとうございます」

それだけ言うのがやっとだった。感謝します。お父さんに、お母さんに、そして児島くんに。世界中のあらゆる神様に。

「晶子さん、座ってよ」

わたしの手を摑んだまま、児島くんが言った。その頰に、微笑みが浮かんでいた。

［初出誌］
月刊「J-novel」2006年12月号～2007年12月号に連載。

[著者紹介]

五十嵐貴久（いがらし　たかひさ）

1961年生まれ。成蹊大学卒業後出版社勤務。01年『リカ』で第二回ホラーサスペンス大賞を受賞してデビュー。サスペンス『交渉人』『交渉人遠野麻衣子・最後の事件』『ＴＶＪ』、コンゲーム小説『Fake』、時代小説『安政五年の大脱走』『相棒』、青春小説『1985年の奇跡』『1995年のスモーク・オン・ザ・ウォーター』、本格推理『シャーロック・ホームズと賢者の石』、家族小説『パパとムスメの７日間』、恋愛小説『For You』など手がける分野は多岐にわたり、映像化作品も多数あるなど広範な読者の支持を得ている。

＜e-mail＞officeigarashi＠msb.biglobe.ne.jp

年《とし》下《した》の男《おとこ》の子《こ》

初版第１刷／2008年５月25日

著　者／五十嵐貴久

発行者／増田義和

発行所／株式会社実業之日本社

〒104-8233　東京都中央区銀座1-3-9

電話［編集］03(3562)2051［販売］03(3535)4441

振替00110-6-326

http://www.j-n.co.jp/

小社のプライバシーポリシーは上記ホームページをご覧ください。

印刷所／大日本印刷

製本所／ブックアート

ISBN978-4-408-53530-2

〈実業之日本社の文芸書〉

異譚・千早振る　鯨統一郎
古典落語の長屋噺でおなじみの、粗忽長屋の面々が江戸幕府転覆のカギを握るユーモア時代ミステリー連作集。　四六判上製

ホームシックシアター　春口裕子
私の胸に、生まれて初めて芽生えた殺意という感情──生きることに不器用な女たちを変えた6つの出来事を描く戦慄の短篇集。　四六判上製

純愛の証明　森村誠一
逆説的な、プラトニック・ラブの極致とは⁉ 十九歳風俗嬢と四十男の運命的な出会いと恋愛。円熟のロマン&ミステリー。　四六判上製

いのちのパレード　恩田陸
あなたはパレードの目撃者に選ばれました──。十五通りの恩田ワールドを堪能できる、幻想的で摩訶不思議な作品集。　四六判仮フランス装

プロトコル　平山瑞穂
〝運命の人〟との間には、互いをつなぐ〈プロトコル〉がある──。要注目作家が贈る、新感覚オフィスクライシスサスペンス！　四六判上製

Re-born　はじまりの一歩　伊坂幸太郎　瀬尾まいこ　豊島ミホ　中島京子　平山瑞穂　福田栄一　宮下奈都
わたしの人生、もう一度ここからはじめよう！ 七人の人気作家が、新たな出会いと出発をテーマに描く、珠玉アンソロジー。　四六判上製

モーニング　Mourning　小路幸也
葬儀の帰り、喪服のままドライブを決意した四十五歳の男たち。車中で学生時代の回想を始めたが……。中年世代のための物語。　四六判上製

腕貫探偵、残業中　西澤保彦
明晰な推理力をもつ安楽椅子探偵は公務員！ 奇怪な事件も、話を聞くだけでさらりと解き明かす市役所の苦情係って⁉　四六判上製

ムーヴド　MOVED　谷村志穂
予期せぬ出来事に翻弄される三〇歳のバツイチOLが、そのつど新しくなる自分を発見してゆく様を描いた傑作長編！　四六判仮フランス装